光文社文庫

女神

新装版

明《あけ》野《の》照《てる》葉《は》

光 文 社

女神

解説

関《せき》口《ぐち》苑《えん》生《せい》

プロローグ

一九九七年　埼玉県朝霞市《あさか》

いくらか乱雑に折り畳まれた新聞、テーブルの上に置かれたままのコーヒーカップ、吸殻を何本か抱えた灰皿……吸殻は、間違いなく正晴《まさはる》が喫《す》っていたマイルドセブンライトだった。まるで今さっきまで、そこに正晴がいたような部屋の状況だ。ソファの上の少しへこんだシートクッションを目にしていると、ひとりでに胸が詰まってくるようで、江上晴男《えがみはるお》、真知子《まちこ》夫婦は、額《ひたい》に暗い翳《かげ》を落とし、揃《そろ》って音にならない溜息をついた。

一人息子の正晴が暮らしていた1DKのマンションの部屋だった。息子の正晴と連絡がとれなくなってから、すでにひと月半以上が過ぎようとしていた。当初は、とりたてて問題にしていなかった。相手は二十六にもなる大人の男だ。仕事が忙しければ郷里の宇都宮《うつのみや》の彼らのもとに、何週間も電話を寄越さないこともある。晴男も真知子もそのことを、便りがないのはよい報《しら》せという程度に軽く受けとめていた。

だが、正晴の勤め先の銀河精鋼《ぎんがせいこう》から彼らのところに電話がはいった。正晴が、無断で二週間も、会社を休んでいるという。

「欠勤が十日を過ぎた頃、正晴さんがこちらでお住まいのマンションへもいってみたんです。しかしご不在ですし、新聞も郵便受けから溢れているような有り様で」

上司の村内康之《むらうちやすゆき》の言葉に、晴男は顔を曇らせた。いやな予感がした。

確かに最初は四日間という日程で、正晴から休暇願いがでていたという。土、日を合わせれば六日だ。日頃から休みをあまりとらず、有給休暇もまったく消化できていなかった正晴のこと、村内もそれを快く承諾した。当然休暇が終われば、いつものように出社してくるものとばかり思っていた。が、二日が過ぎても三日が過ぎても正晴の顔が見えない。休みを延長したいというような電話もまったくかかってこない。不審に思って電話をしたが、留守番電話になったままで、こちらからの電話にでることもない。それで村内も致し方なしに、正晴の朝霞のマンションを訪ねてみたらしい。

親の目から見れば、正晴が二十六の男として、人より特別しっかりしているとは思えない。だが、少なくとも会社を二週間も無断で休むようなずぼらな性格はしていない。子供っぽいところはあっても根は真面目。昔から正晴は、そういういい加減な真似はしない人間だった。

(おかしい。何かあった)

晴男は直感した。

連絡を受けて以降、晴男は真知子ともども、この部屋にも何度か足を運んでいる。さすがに郵便受けから溢れでた新聞は片づけたが、カップや灰皿までは片づける気にならなかった。真知子も手をだそうとしない。それをしてしまったら、正晴の仕事を奪うことになる気がする。正晴がもうここへは帰ってこないと、認めたことになる気がする。また、正晴が生きていた痕跡を、この手で消してしまうことになりそうで、手をつけることが恐ろしくもあった。

「その娘さんの名前を聞いておくんだったわ……」

繰り言のように、真知子がぼそりと口にした。

実は、結婚しようかな、と思ってるんだ——、電話での、正晴の声と言葉が耳に甦《よみがえ》る。

「今度会わせる。ちょっと歳上なんだけどね、とにかく近々そっちに連れて帰るから」

電話だったこともあって、どこのどんな娘なのかを聞きそびれた。正晴が近いうちに連れてくると言っているのだ。どのみち会ってみればわかることだ、という思いもあった。

行方不明になる人間は、警察に届けがだされるだけで、年間五万人以上もいるという。だから、いかに二人が息子は自ら失踪、蒸発するような人間ではないと言い募《つの》っても、警察はなかなかまともにとり合ってくれない。その余裕がない。

正晴の周辺のことを、晴男と真知子は自分たちなりに調べてもみた。職場での問題はなかった。人間関係も悪くない。賭《か》け事はもともと好きではないし、気が大きい人間でもないから、借金の類《たぐい》もない。客観的に見てみるならば、彼の身の上に困ったことは、何ひとつとして起きていなかった。そもそも正晴は、遠からず結婚するつもりでいたのだ。人生の春にいる二十六歳の男が、どうして自分から行方を晦《くら》ましたりする必要があるだろうか。

「結局、警察ってところは」真知子が重たそうに言葉を口にした。「死体が見つからなければ動いてくれないんだ。それからじゃぜんぜん遅いっていうのに」

正晴は、四日間の休暇をどう使うつもりでいたのだろう。気分転換に旅行にでもいくつもりでいたのか。あるいは現にいったのか。だとしたら旅行先で何らかの事件に巻き込まれでもしたのだろうか。

晴男は、それについても同僚たちに尋ねてみた。が、誰も特に何も聞いていないということだった。なかには会社にでてきて正晴の姿が見えないので、はじめて彼が休暇をとったのだということを知った人間もいたぐらいだった。村内も、休暇の理由は「リフレッシュ」としか聞いていないという。日頃の正晴の勤務態度はいたって真面目だった。その人間がたまの休暇を申し出たのだ。あれこれ詮索、追求する必要もあるまいと考えて、敢《あ》えて何も聞かなかったという。聞いていて、晴男はすべてが裏目にでたような気がした。

自分から姿を消すはずのない正晴が姿を消した。杳《よう》として行方が知れない。認めたくないことだった。けれども、正晴は死んでいる、殺されている——、はっきりと口にできずにいるだけで、当然その思いは二人の中にあった。口にできないのは、言葉にした途端に、それが現実になってしまいそうな気がしたからだった。

窓の外では、はや日が西に傾きつつあった。茜《あかね》色を内に孕《はら》んだ陽射しが、そのことを告げている。

晴男も真知子も、いっこうに正晴の行方が摑《つか》めないことに苛立《いらだ》ちながら、一方で、よもや自分たちがテレビドラマのような事件に巻き込まれようとは、という茫然たる非現実感の中にあった。

「その娘さん……」再び真知子が呟《つぶや》くように言った。「その人を探して聞いてみたら、何かわかるんじゃないかしら」

正晴が「結婚」という言葉まで口にした相手だ。確かに相手の娘ならば、何か手掛かりに似たものを与えてくれるかもしれなかった。

正晴は今どこにいるのか。どこでどうしているのか——。

部屋は徐々に茜色に染まりつつある。だが、二人の顔には、暗い翳が落ちたままだった。

第一章

1

淡い甘さがあるのに残り香がない。さわやかな芳香が佐竹真澄《さたけますみ》の鼻先を、春のそよ風のように流れていった。

独特のよい香りに、思わず真澄は、デスクの書類に向けていた顔をすいと上げていた。目の前に、すでに君島沙和子《きみしまさわこ》の姿はなかった。もはや彼女は真澄の前を通り過ぎて、課長の前田《まえだ》のデスクの前に立っていた。真澄からは、沙和子の後ろ姿しか見えない。が、長い艶《つや》のある栗色の髪が背中に流れ、くびれた腰のラインと相俟《あいま》って、後ろ姿だけでも充分に女らしい雰囲気を醸《かも》しだしていた。細身だが、彼女はメリハリのある丸みを帯びたからだつきをしている。女を感じさせるからだの線だ。

真澄の前を通り過ぎて間もなく、沙和子のコロンの匂いは消えていた。彼女のコロンにくどく尾を引くしつこさはない。だが、沙和子の姿を目にしていると、ひとりでに匂いの記憶が呼び覚まされて、現に今、その香りを嗅いでいるような錯覚に囚《とら》われた。よそで嗅いだことのない匂いだ。近頃はコロンも自分の好みに合わせて調合できるから、彼女は自分自身にふさわしい自分だけの匂いを、作ってもらっているのかもしれなかった。

タイトスカートから伸びている脚のラインもきれいだった。背丈は一メートル六十ちょっとというところか……今日はヒールの高い靴をはいているが、彼女はウォーキングシューズをはいてもよく似合う。前田のにこやかな面持ちからみて、沙和子もまた穏やかな笑みを顔に浮かべて彼と話をしているに違いないことが窺《うかが》われた。柔らかく人を包み込むような穏やかな笑みだ。それでいて、目映《まばゆ》く輝いている笑みだ。

無意識のうちに、真澄の唇から、小さな息が漏れていた。

(完璧。あのひと、どうしてああも完璧なんだろう)

もともとうつくしいひとには違いない。特別彫りが深い顔だちをしている訳ではないが、部分部分の造りもいいし、全体としてのまとまりがことにいい。くどくなく、しかし印象には強く残り、人に好意を持たれこそすれ、決して嫌悪を買わない種類の顔だ。険《けん》がなくて厭《いや》味《み》がない。美人でも、得な部類の美人の顔だろう。女の真澄でさえ、時として見とれてしまう。男ならばなおのこと、と思わざるを得ない。このふわっとした雰囲気と肌や髪のきめ細かな艶、それに内から自然と発する輝きを、人は色気というのだろうか、と真澄はぼんやりと考えていた。

一昨日の月曜日、四半期の営業成績が発表になった。女性セールスとしての沙和子の成績は断然トップ。営業部全体から見ても、常にトップセールスであり続けている津田正幸《つだまさゆき》が沙和子の上に一人いるだけで、彼女は並みいる男性セールスを完全に圧倒していた。

真澄の勤めるトライン・コンサルタンツは、経営コンサルティング業務も含めた、企業の広告、販売促進補助を主業務としている。沙和子たち営業マンがやっていることは、他企業に食い込み、その会社の売り上げ拡大につながる営業戦略のプレゼンテーションをすることだ。広告業務まで担当することを考えれば、アドマン、すなわち広告営業といっていいかもしれない。

このご時世だ、どこの会社も広告や販促に多額の金をかけるだけの余裕がない。それを考えても、真澄には、広告営業がとうてい楽な職種であるとは思えない。事実、営業成績が上がらなくて、会社にいるにいられなくなり、自ら去っていった人間も少なくない。真澄自身は営業アシスタントの仕事をしているが、それだけに自分がついている営業マンの苦労やプレッシャーやストレスは、よくよく承知しているつもりだ。しかし沙和子は、常に平然と好成績を収めている。日々生き生きと楽しげに営業に歩き、着実に顧客を獲得して営業成績を上げ、会社の中でも光源のように輝いている。

「きっとあの人にとっては、営業って仕事が天職なのよ」

同僚の西田理恵《にしだりえ》が、真澄にそんなふうに言ったことがある。

「営業って仕事は、結局、才能如何《いかん》なんじゃないのかしらね。私、津田さんをはじめて見た時も、まさかあの人が押しも押されもせぬトップセールスだなんて、想像してもみなかったもの」

津田正幸は、沙和子とはまったく違うタイプの人間だ。見たところ、彼はとりたてて目立つところのある男ではない。線が細く色白で、弱々しげで自信なさそうにさえ見える。その外見が逆に相手を安心させるのか、いつの間にやら向こうの懐《ふところ》深くはいり込んで、信用と信頼を勝ち取っているというタイプの男だ。津田の取り引き相手のなかには理恵同様、よもや彼がトップセールスとは思わずに、何とか彼を助けてやりたい、男にしてやりたいという気持ちから、契約を結ぶに至ったケースもあると耳にしたことがある。

津田はそういう自分を演出しているのか。人間関係というものに関して、それぐらいあざとい計算ができる男なのか、頭のいい男なのか——。

真澄にはそうは思えなかった。恐らく彼は本能のように、その場その場で相手の出方に合わせて自分を変え、巧みに人の心を摑んでいくことができる種類の人間なのだろう。それが営業の才能というものなら、やはり才能の賜物《たまもの》かもしれない。

ならば沙和子も津田と同じように、本能的に相手の心を摑みとり、自然と相手に自分の要求を飲ませることのできる種類の人間なのか。

津田と沙和子は比べられなかった。両者の外見と印象があまりにも違うがゆえに、真澄にはその判断がつかなかった。

顔がいい。スタイルがいい。センスがいい。仕事ができる……ふつう女が男に負けないだけの仕事をこなしていれば、多少なりとも気のきつさのようなものが表にでてしまうものだ。営業職となればなおさらだろう。が、沙和子はバリバリ仕事をこなして、常に一線で活躍しているというのに、ぎすぎすしたところがほとんどなかった。

いずれにしても君島沙和子は、三年ほど前に中途入社してきて以来、営業部の花であり、トライン・コンサルタンツの花であり続けている。三十三歳。真澄より六つ歳上だし、一番若手の女性社員と比べたら、十も歳上という計算になる。にもかかわらず、彼女は社内で最も光っている。男性社員はもちろんのこと、女性社員の注目をも集めている存在であることは、間違いないところだった。

「あ、佐竹さん、また君島さんのこと見てる」

同じ営業アシスタントの後輩、内山瑞穂《うちやまみずほ》の囁く声で、真澄は現実に立ち戻った。

「佐竹さん、ほんと、君島さんのこと、好きですよね」

「え？　好き？　うん、好きっていうか――」

真澄はいくぶん曖昧《あいまい》に言葉を濁した。瑞穂の指摘に、なぜだか少し狼狽《ろうばい》している自分を感じていた。

「だって佐竹さん、いつも君島さんのこと見ていますもの」

「そうかなあ」

「カッコイイですものねえ、君島さん」続けて瑞穂が言う。「私の同期もみんな憧れていますよ。スタイリッシュな美人で仕事ができて……理想的ですもの。仕事ができるってことは、稼ぎがいいってことでしょう？　今の世の中、お金がなかったら楽しめないですものね。君島さんは自力でそれも手にしている。きっとお洒落《しゃれ》なマンションかなんかに住んで、いい生活してるんでしょうね。世の中、ああいう人もいるんだな、って羨《うらや》ましく思うぐらい。女性社員で君島さんのこと敵視しているのは、同じセールスの木村《きむら》さんや黒崎《くろさき》さんぐらいのものじゃないですかね。私、君島さん見ていると、いつも金魚の話を思い出しちゃって」

「金魚？」

「友だちが何の知識もないままに、水槽で金魚を飼っていたんですよ。だけど、どれもぜんぜん精彩がなくてくすんでる。元気もない。だから見ていてもつまらない」

ある日、金魚に詳しい知人が訪ねてきて水槽を覗いて言った。駄目よ、これ、雄ばっかりじゃないの。雌を入れてやらなくちゃ。これじゃ精彩欠くのは当たり前よ——。

そこできれいな雌の金魚を一匹買ってきて水槽に入れてやると、見違えるように全部の金魚が生き生きと活動しはじめた。

「君島さんを見ていると、私、その話を思い出すんですよね」

詰まるところ、掃《は》き溜めに鶴ということか、と真澄は心で呟いた。沙和子がいなければ、この営業部も殺伐《さつばつ》として活気のない一部署にすぎない。そこに沙和子という存在があるだけで、周囲の人間も活気づき、雰囲気自体が華やいでくる。確かに、日頃は面白くなさそうな顔をしてデスクに坐《すわ》っている前田が笑顔を見せていることからしても、それは当たっているかもしれなかった。

澱《よど》んだ水槽の中のくすんだ金魚。自分はまさしくそれだ——、真澄は思った。そう思うと、足元から自分の存在が崩れていくような情けない気持ちに見舞われて、顔から一枚、生きた表情が剝《は》がれ落ちていった。

（私は誰とでも交換可能な、とるに足らないつまらない人間……）

百五十八センチ、五十キロ。真澄はどちらかというと丸顔で、パーマをかけない短めの髪を少し茶色に染めている。完全な茶髪や金髪にする勇気はなかった。仕事は一所懸命やっているつもりだが、単に営業部の女子社員の中では古株になりつつあるというだけで、少しも目立った存在ではない。部長の河合《かわい》などは、未だに真澄を呼ぶのにすっと苗字がでてこない。ええと、とひと言はいった後に、「佐竹君」とくる。

街を歩いていても似たようなものだった。いつだって真澄は群衆の一人だ。雑踏の中に紛れてしまって、誰かに振り向いてもらったり、何か特別の出来事に出くわすということはまず起きない。たまに声をかけられたと思えば、エステだ絵画だという性質《たち》のよくないキャッチセールスでしかない。

どこにいても煤《すす》けた風景の一部。壁の染み。だからどうしても自分に自信が持てない。それゆえたまに男性社員に食事に誘われても、どうして私を、という気持ちが先に立ち、からかわれて、噂話や笑い話の種にされるぐらいなら、いっそいかない方がマシだと思って断ってしまう。

西田理恵から、「似合わないからおやめなさいよ」とさんざん言われながらも、このところ流行《はや》りのレンズの小さい縁の赤い眼鏡をかけている。丸顔の真澄にレンズの小さい眼鏡はまさに逆効果というもので、なおさら顔が丸く大きく見える。探せばもっと顔に似合った眼鏡がいくらでも見つかることはわかっていた。それでも、最善を装って不細工とせせら笑われるより、不似合いを承知で敢えてそうしているのだから、と考える方が、自分自身安心できる。実のところ、この種の眼鏡は、よほど個性的な顔だちをしている人間でなくては似合わないのではないかと思う。それがなぜだか世間では逆転していて、この種の眼鏡をかけていれば個性的ということになっている。しかし、実際は、個性的というのは、ふつうの基準にあてはめればうつくしくないということだ。いってみれば真澄は、その種の眼鏡をかけることで、個性という看板を掲げる一方で、何とか大勢《たいせい》に潜り込み、素《す》の自分を云々《うんぬん》されるのを避けていた。

そんなふうだから、真澄の日常は澱みきっている。少しの華やかさもなければ流れもない。

三百六十五日、似たり寄ったりの毎日だ。だから、自分とはまったく違った存在の君島沙和子に、どうしても目が惹《ひ》き寄せられてしまう。

真澄は、沙和子が好きというよりも、瑞穂たち若い女性社員と同じように、彼女に憧れているのかもしれなかった。

(そりゃあ私だって、君島沙和子のようになりたい。だけど、どうやったら彼女のようになれるっていうの？ 無理だ。私が彼女のようになんか、絶対になれっこない)

真澄の顔から、さらに一枚、生きた表情が消えていった。

前田との話を終えた沙和子がデスクを離れて歩きだした。見まいと思いつつも、真澄の目は、おのずと沙和子に惹きつけられるように、密かに彼女の動きを追っていた。

歩きながら、沙和子はふと耳に手を当てた。歩みをほぼ止めて、片方のイヤリングを耳からはずしてちょっと眺める。

途端に沙和子の眉根が寄り、顔色が真っ暗に翳った。空模様が小春日和からがらりと夕立直前に変わったような、唐突で極端な変化だった。沙和子は苦りきった面持ちのまま、もう一方の耳のイヤリングもはずすと、いたって無造作な調子でふたつまとめて上着のポケットに突っ込んだ。その様子は、どこか忌《い》ま忌《い》ましげですらあった。

(まただ)

真澄は思った。

（またあの表情をした）

はじめて目にする沙和子の表情ではなかった。何かの拍子に、沙和子はいきなり表情を曇らせることがある。きっと彼女にとっては、何か気に入らないことがあったのだろう。けれどもそれが何なのか、真澄には皆目見当がつかない。いつだって、ほんの一瞬のことだ。見ていて真澄は、まるで皆既日蝕だと思う。一瞬の、沙和子という太陽の皆既日蝕。

沙和子と不意に目が合った。自分に注がれている視線の気配を、彼女は敏感に感じとったのかもしれなかった。

真澄に対して、沙和子はすぐに頬笑《ほほえ》みを浮かべてみせた。過剰な笑みではない。うっすらと滲《にじ》む程度のほのかな笑みだ。目の色も、先刻の暗さを少しも残していない。自分が顔を曇らせた瞬間など存在しなかったといわんばかりの、元の小春日和のような顔だった。

その柔らかな表情に圧《お》されるように、真澄は反射的に沙和子から目をはずし、視線を落として俯《うつむ》いていた。

（やっぱり完璧）

再び胸の内で、息をつくように呟く。

（あの人、どうしてああも完璧なんだろう）

沙和子が本当のところどういう人間なのか、真澄にはよくわからない。だが、彼女が人に対して向ける顔、見せる姿は、完璧というよりほかにないと思う。あの笑みを向けられたら、自分がたった今目にした表情の方が、あるいは見間違いかと思ってしまう。

何事もなかったかのように、沙和子が真澄のデスクを通りすぎていく。また沙和子独特のよい香りが真澄の前にふわりと流れ、何秒かの間だけ、デスクのあたりに漂っていた。

2

よく晴れ渡った、気持ちのよい土曜日だった。午前中に掃除も洗濯も買い物も済ませ、昼過ぎにはゆっくりと風呂にも浸かった。汗と一緒に老廃物をすべてだし尽くして、肌は生き返ったようなハリをとり戻し、しっとりとしながらもきめを保ってぴんとしている。洗い上げ、しっかりパックをした髪も、潤いのある艶を放って輝いていた。

君島沙和子は、鏡の中の自分に向かって頬笑みかけるかのように、一度にこりと笑みを浮かべてみせた。

九十九点。

完璧とまではいえない。が、ほぼ理想通り、満点に近い笑みだった。

沙和子は満足したようにもう一度笑みを浮かべると、ドレッサーの前を離れた。

大きな窓から外を眺める。初秋の朱を帯びた午後の陽射しが目に眩しい。

江東区《こうとう》森下《もりした》にあるマンション。沙和子はその七階に住んでいる。広さは2LDKだ。賃貸だが、できて間もないマンションなので、どこもかしこもが新しく、清潔な感じがする。部屋はオフホワイトを基調に、部分部分に黒を使った洒落た内装になっている。錦糸町《きんしちよう》にも近いから、本来下町ということになるのだろうが、隅田川のすぐ近くということからすれば、今人気のウォーターフロントのマンションでもあった。夏の隅田川の花火大会も、部屋にいながらにして楽しむことができる。このマンションに住むことにしたのは、新しいだけに中の造りも機能的でモダンだし、小川町《おがわまち》にある会社まで、都営新宿線で十分ほどでいけるという交通の便のよさもあった。

今の稼ぎならば、ローンを組んでマンションを買うことも可能だった。が、それはしたくなかった。賃貸だと月々の家賃は捨てているようなものかもしれなくても、いつでも好きなところに動くことができる。定住は、性格的に好みではなかった。というよりも、その発想自体が沙和子にはなかった。

時計に目をやる。

午後四時三十二分。

そろそろ料理にとりかかるべき時刻だった。今夜は広田英二《ひろたえいじ》が六時半頃、沙和子の家を訪ねてくることになっていた。家で一緒に夕食をとろうと誘ったのは沙和子だった。

広田英二、二十八歳。今は公立の総合病院に勤務する内科医だが、家は品川で開業医をしている。何年か総合病院で経験を積んだら時期をみて、彼も実家の医院を継ぐことになるだろう。

ワインはシャブリにした。オードブルはスモークサーモンと酢牡蠣《がき》、メインディッシュは白身魚の包み焼き。香りづけに中に入れるハーブはローズマリーだ。サラダは野菜だけの軽めのものにして、その代わりに具だくさんのスペイン風オムレツを焼いておく。それだったら、冷めてもおいしく食べられる。様子を見て料理が足りないようだったら、カニ缶とホワイトアスパラの缶詰を開ければいい。それに胡瓜《きゅうり》揉みでもして添えたら、充分立派な一品になることだろう。

料理の段取りは、すでに頭の中でできていた。手がかかるのはスペイン風オムレツぐらいのもので、ほかの料理は簡単にできる。料理など、素材さえまともなものを揃えておけば、あとは盛りつけ次第といっていい。時間は充分、沙和子は次々に必要な素材を冷蔵庫の中から取りだしては、手際よく夕食の支度を進めていった。

一時間ちょっとで、料理はほとんど仕上がった。

正確には一時間十八分。

オムレツも、ほどよくきつね色の焦げ目がついて、おいしそうに上がっている。食べる前に少し温めれば、中のチーズがちょうどよく溶けて、しっとりとした口当たりになるはずだ。トマトもよく熟れたものを使ったから、熱を通したことで汁けと酸味と甘さが、いい具合に引きだされているだろう。

九十四点。

六点のマイナスは、殻《から》がついていない分、酢牡蠣の見た目がもうひとつ美しくないことだった。クレソンとレモンを添えて深い青と茶の釉薬《うわぐすり》のかかった作家物の器に盛りつけて、何とかそれらしく体裁《ていさい》を整えて誤魔化《ごまか》したが、頭に思い描いていた図通りでないことには不満が残った。まあ許される範囲の誤差としていいだろうとは思うのだが、やはり完全に善しとして瑕疵《かし》を無視することはできない。マイナスは、五点より少し大きい。だからマイナス六点。

次は殻つきの牡蠣にしようかと考えながらも、沙和子はちょっと首を捻る。牡蠣の殻は手や指を傷つけやすい。手に傷をつけてしまっては、かえってマイナスが大きくなる。傷のある手というのは見た目がよくないし、指の傷は何をするにも差し障《さわ》る。

電話が鳴った。約束をしていただけに、英二か、という思いでとった。が、電話の主は英二ではなかった。

「あら、どうしたの？　土曜のこの時刻に電話って、珍しいわね」

顔に一瞬雲がかかりかけたが、沙和子は意図して澱みのない明るい声をだして言った。

仁村要介《にむらようすけ》——、沙和子よりも九つ歳上の、大手通信機器メーカーに勤務するサラリーマン。四十二歳、家庭持ち。

したがって、彼が休日である土曜日に、メールを寄越すことはあっても、電話を寄越すことはまずないことだった。内心、それがどうして、と訝《いぶか》しく思う。

「いや、用事があって、ちょっと外にでたんだ。そうしたら、何だか急に沙和子の声が聞きたくなって」

「おかしな人ね」

笑みを含んだ声で沙和子は言った。甘さを含んだ声でもあった。

「先週会って、さんざん話をしたばかりじゃないの」

「話をしたばかりだから、余計に話の続きがしたくなるんだよ。——来週は？　忙しいの？」

子機を持ったまま、パソコンが据えられている机に向かって歩いていき、沙和子はスケジュール帳を開いた。

「水曜の晩か金曜の晩だったら大丈夫と思う。あなたは？」

「水曜なら僕もたぶん大丈夫だ。会いたいな」

「水曜ね。それじゃ前の日にでもメールするわ。それでお互いの都合を確認し合って、待ち合わせの時刻を決めましょう。どう？」

「いいね、そうしよう。で、今日は？　これからどうして過ごすの？」

「今日？」沙和子はスケジュール帳を閉じて天井を見上げた。「今日は……持ち帰りの仕事があるからそれを片づけて、そうしたらお酒でも飲みながら、借りてきた映画のビデオを見て過ごすことにするわ。せっかくの週末だもの、私もちょっとはゆっくりしたいし」

「映画のビデオか。何ていう映画？」

「え？　ラヴストーリーよ」

「だから何ていう映画？」

「恥ずかしいわ。題名を言ったら、あなたに馬鹿にされそう」

「そんなことはないけど……まあ、ならば題名は聞かないことにしておくか。それじゃ水曜、お互いになるべく時間を作って、何かうまいものでも食いにいこう」

「ええ、そうしましょう。楽しみにしているわ」

一拍置いて要介が言った。「沙和子、愛しているよ」

ひとつ息を飲んでから、同じように沙和子も返す。「私もよ」

私もよ、と言った沙和子の声は、充分な湿り気を帯びていた。相手の耳にしばらく滞留する厚みと余韻を持った声でもあった。

子機を戻すと、沙和子は小さく息をついて時計を見た。

五時五十七分。

やれやれというように、一、二度軽く頭を横に振る。英二がやってくる前に電話がきていて幸いだったと思う。

これだから嫌い、と電話をちらりと横目で睨《にら》みながら、沙和子は半分吐き捨てるように胸の内で呟いた。

電話は勝手に現実生活に侵入してくる厄介もの。だから沙和子はたいがい電話は留守番電話にしておいて、かかってきても滅多にとることをしない。相手がはっきりしたら、すぐにこちらからかけ直せばいいだけのことだ。今は誰もが携帯電話を持っているから、かかってきた電話をとり損なったばっかりに、その後しばらく連絡がつかなくなってしまうという恐れもほとんどないといっていい。

予想外のものに介入されたという不機嫌さと苛立ちが萌《きざ》しかけたが、もう一度息をついて気分を切り換えてから、沙和子はテーブルを整えにかかった。

レストランではないのだ、整えすぎはかえって落ち着かない。花を飾るのも、お洒落ではなく、反対に田舎臭くなる気がするので沙和子はしない。

部屋にも、必要最低限の家具は仕方ないとして、極力物は置かないようにしている。家具はここに移り住んでくる時に、何から何まで一切買い換えた。決して凝《こ》ったものではない。落ち着いたトーンの使い勝手のいいもので揃えた。物質優位の時代は終わったのだ。逆に今は物があまりないことが、快適でお洒落な生活の必須条件だと沙和子は考えていた。

だいたいのことを済ませると、もう一度ドレッサーの前にいって、自分の姿を確認し、ごく簡単に化粧を直した。

ドアホンが鳴った。

六時二十六分。

受話器をとって応えてから、英二を出迎えに玄関に向かう。

「いらっしゃい」

ドアを開け、沙和子は薄化粧を施した顔に笑みを浮かべた。匂い立つような笑みだった。

その笑みに誘われたように、ゆるゆると英二も顔を緩《ゆる》ませる。

「今日はお昼食べる時間あったの？　あなた、お腹空いているんじゃない？　夕食の用意はもうだいたいできているの。今、温めるものは温めるから、そこに坐って待っていて」

「うん」

「おしぼりもあるけど、手を洗うんだったら洗面所を使って。タオルはグリーンのね」

「うん」

うん、と言った声が耳に近かった。振り返ると、間近に英二の顔があった。

「会いたかった……」

英二が沙和子に唇を寄せる。

「駄目よ、今、用意しているんだから」

一度軽く唇を合わせてから、ちょっといたずらっぽい目をして沙和子が言う。照れたように英二が笑った。

「そうだ、英二さん、ワインをあけておいてくれる？　オープナーはテーブルの上にだしてあるから」

「よし、わかった」

一度家に帰って着替えてきたのだろう、ジーンズに淡いインディゴの綿のシャツ。襟口から、ヘインズの白のTシャツが覗いている。カジュアルな出で立ちをした英二は、いつもより若々しく見えた。いや実際に、彼は沙和子より五つ若い。

歳下の医者の恋人。背が高く、顔だちが整っていて、一緒に歩いていて絵になる男だ。頭がいいから、英二は話をしていても面白い。仕事柄、決まって土、日が休みという訳ではないし、夜も常に自由とは限らない。だから会うのはせいぜい十日か二週間に一度というところだ。が、沙和子にはそれで充分だった。彼と過ごす時間は、沙和子に幸せな気分をもたらしてくれる。恋人としては、かなり得点の高い相手といえるだろう。

だが、満点という訳ではない。

八十二点。

日によっては七十六点に下がることもある。

英二には、やはり何かが足りなかった。

五つでも、自分が歳上という意識があるせいだろうか、気がつくと、いつでも沙和子の方が世話を焼いている。自分の話をするよりも、彼の話を聞いている。それはそれで楽しいのだから構わないのだが、ふとした瞬間に物足りなさを覚える。沙和子も相手に甘えていたい時がある。相手の話に耳を傾けるよりも、自分の話を聞いてもらいたい時がある。わがまま勝手を言って、好きにしていたいと思うこともある。

そんな沙和子の思いを上手に埋め合わせてくれているのが要介だった。

沙和子、どんな一週間だった？　何をしていた？　いい店を見つけたよ、今度飯を食いにいこう、沙和子、何が食べたい？　沙和子、沙和子……一緒にいると要介は、庇護者のように細やかに、沙和子の面倒を見てくれる。カレイのから揚げなどでてくれば、きれいにむしって小骨までしっかり除いてくれる。

要介といる時は、沙和子は何も考えなくてよかった。すべては彼が決めてくれるし運んでくれる。沙和子はただ、子供のように甘えていればいい。

だからといって、要介もむろん満点という訳ではない。沙和子が彼に対して必要としている面についてはかなりの高得点をマークしているかもしれないが、要介とだけなら、たぶん沙和子はつき合っていないだろう。彼にそこまでの魅力はない。恋人ではなく、愛人。それも沙和子が彼の愛人なのではなく、彼が沙和子の愛人なのだ。それでなくては成り立たない関係だった。

「さ、これでオーケー」沙和子は料理をテーブルの上に並べ終えて言った。「それじゃ乾杯しましょうか」

お疲れさま、と、いかにも仕事を持っている大人同士にふさわしい挨拶を交わして乾杯をする。

目の前の英二の口もとからは、白い歯がこぼれていた。目にもきらきらとした輝きがある。英二は昔からテニスをやっていたし、今はヨットを趣味にしている。だからインテリでも、彼は青白いもやしではなく、ほどよく焼けた、艶のある滑らかな肌をしている。英二には、サラブレッドの匂いがする。沙和子には、それが一番の魅力だった。

(だけど、この人だけでは駄目)

一人の男とだけつき合うものではない。沙和子は以前にそれを悟った。お互いに、相手にばかり目が向くようになってしまっては、鬱陶《うっとう》しいだけの関係に堕《お》ちてしまう。男に一所懸命になられるのはなお困る。

男というのは複数いてちょうどいい。今の沙和子には、英二と要介、まったく違った役割の二人の男がいるからこそ、うまくバランスがとれている。寂しい思いをすることもなければ、相手に対して言うに言えない不満を抱えたままで過ごすこともなく、あっちこっちと適度に発散して、いい気分で自分の時間を過ごすことができている。その時間のお蔭で、仕事への意欲も持つことができる。

沙和子は、ほんのり笑みを漂わせながら、ワイングラスに唇をつけた。

(この人も必要。でも、あの人も必要)

目の前の英二の顔を潤った瞳で見つめながら、沙和子は心で呟いていた。

3

君島沙和子――、ここのところどうしてだか頭から、彼女のことが離れない。

真澄の部屋には、同じコーポラス、「コーポ・リラ」に住む、吉村由貴《よしむらゆき》がやってきていた。彼女とは、少なくとも週に一度はどちらかの部屋で、持ち寄ったものや一緒に買ってきたものを食べたり飲んだりしながら、愚にもつかないお喋りに時を費やす間柄だった。いってみれば、愚痴《ぐち》の言い合いのようなものだが、そこにしか、真澄も由貴も自分のストレスのはけ口を見つけられずにいた。

が、近頃は、由貴と一緒に過ごしていても、いつの間にか沙和子のことばかり話している自分に気がつく。

真澄が住んでいるのは、東中野《ひがしなかの》のコーポラスだ。1DK。狭いことは否めないが、それでも七万という家賃は、しがないOLの身の上の真澄には、限界ぎりぎりというところだった。

学生時代から東中野に住んでいたから、アパートこそ変わっても、ずっと東中野に住み続けている。移るにしてもせいぜい中野か高円寺《こうえんじ》と、ついつい近場の中央線沿線で考えてしまう。臆病な犬と変わらない、と自分でも時々情けなく思う。自分のテリトリーを、広げるだけの勇気がない。

由貴と親しくつき合うようになったのは、八ヵ月ほど前、彼女が当時勤めていた会社を辞めた頃からだった。つき合いは長くないが、今では旧《ふる》くからの友人のようにも思える。同じアパートに親しい友人がいるというのはいいものだと、由貴とつき合うようになってから真澄は思った。心細かったり落ち着かなかったりする時、電話をすればたいがいすぐに顔が見られる。いきなりドアを叩くこともできる。何時間でも一緒にいてもらえる。

正確には、由貴は真澄よりひとつ歳下の二十六歳だが、まあ同い歳といっていいだろう。由貴といると真澄は楽しい。時間を忘れる。話していて、頭のいい娘だとしばしば思う。見た目はどちらかというと可愛らしいといったタイプだ。ショートカットの髪がよく似合っていて、見る人にキュートという印象を与える。だから、ふだんこうして接している分には、真澄は由貴という人間に何の問題も見出せない。が、性格的な問題で、彼女はなかなか会社勤めを続けることができずにいた。

短大を卒業して就職してからというもの、由貴はすでに四つ会社を変わっている。今はきちんと就職することもせず、ドラッグストアのアルバイトをして、何とか生計を立てている状態だった。フリーターといっていいのかもしれない。だが、由貴本人はその言葉を嫌っていた。

少しも自由でないのに、何がフリーターか――。

確かに、表面的にはきれいで耳に響きがいい言葉というのは、怪しかった。

「だけど、どうして会社や社会で、そんなにうまくやっていける人がいるんだろう」

由貴が、ビンにはいった状態で売られているカクテルを、自分のグラスに注ぎながら言った。ライチのカクテルだった。

「私からすれば不思議みたい。ミラクルよ。しかも彼女、営業職なんでしょ？」

「そう。成績抜群のトップセールス。でも、ぜんぜんキリキリした感じがないの。まるで天《てん》女《にょ》ね。ふわふわ漂いながら、いつの間にかいい仕事をして、いい成績を収めているって感じ。美人だしね。理想的な顔だちといっていいかもしれない。すっきりとして現代的だけど、尖《とが》ってなくて女っぽくて、おまけにそこはかとない色気もあるのよ」

「天職に恵まれた天女か。で、目下真澄ちゃんは、そんな沙和子さんに滅法憧れている訳だ」

真澄は缶ビールを飲みながら、ちらりと由貴に目をやった。

「もしかして私、最近彼女の話ばっかりしているでしょ？」

いくらか笑みを滲ませながら由貴が頷《うなず》く。

「憑《つ》かれているように、といってもいいかもね、沙和子さん、沙和子さんて」

「憧れてることは憧れてる。だけどね」

「だけど、何？」

真澄は心持ち表情を翳らせて、再び小首を傾げた。自分自身はっきりしない。

沙和子に憧れていないとはいわない。無理とはわかっていても、君島沙和子のようになりたいという願望は、確かに胸の奥底に抱いている。とはいうものの、憧れといってしまうと、それでは何か消化しきれないものが、澱《おり》のように胸に残る気がしてしょうがない。それが何なのか、真澄は自分でもまだよくわからずにいた。

「気になる」ぼそりと真澄は言った。「とにかく気になる。そんな感じなのよね」

むろん由貴は、実際に沙和子に会ったことはない。だが、今しがた彼女が口にした「ミラクル」という言葉は、的を射ているかもしれなかった。厳しい職種にありながら、日々輝きながら仕事をこなし、しかも人が羨むような好成績を上げていて、人に対してはいつもいい顔を見せている。ふつうはまず絶対になし得ないことだった。それを難なく彼女はこなしている。

「私、沙和子さんが男の人と歩いているところ、見たことあるのよね。日曜の晩、銀座の街で」

不意に思い出して真澄は言った。

若い男だった。二枚目だし、背が高くて肩幅もあり、遠目にも見栄《みば》えのする男だった。ひょっとすると、沙和子よりもちょっと歳下かもしれない。その男と腕を組みながら、足早に銀座の街を通り抜けていく沙和子のコートの裾が風に翻《ひるがえ》り、柔らかな栗色の髪が軽やかに揺れていた。

年が明けて間もない、まだ寒い季節のことだった。男もロングコートを着ていたが、二人して寄り添って歩く姿は、さながら映画のワンシーンのように決まっていた。かたわらの男に向けられた沙和子の横顔を、一瞬真澄は垣間《かいま》見た。仕事の時に見せる笑顔とはまたひと味違う、寛《くつろ》ぎと奥行きのあるいい顔をしていた。

あれだけの女だ、当然つき合っている相手ぐらいいるだろうとは思っていた。だが、もしもあれが本当に沙和子の恋人だとすれば、ほぼ完璧といえる相手だった。彼女は、仕事においてのみならず、私生活でも充実しきっている。

「恋も仕事も思いのままか」由貴が、半分天井を仰ぐようにしながら、壁に背をもたせかけて言った。「家でもきっと、こんな座卓でご飯食べたりしてないんだろうなあ」

「座卓って失礼な。ローテーブルといってよ」

「いいじゃない、うちだっておんなじだもの。1DKっていったって、DKの方は申し訳程度で、実質はひと間みたいなものだもんね。結局、何をするのもこの部屋ってことにならざるを得ない」

ダイニングキッチンの方は、せいぜい五畳というところか。おまけに玄関、風呂場、トイレと、三つもドアがあるものだから、冷蔵庫や食器棚、それに小さなテーブルを置くのがやっとだ。テレビを据えるスペースもない。そこで食事をしていても、誰かがきてドアを開ける羽目になったら、中の様子は丸見えだ。だから由貴が言ったように、結局ベッドの置いてある奥の六畳間で、狭苦しい思いをしながら下に坐って食事をすることになる。お蔭で部屋は、ベッドから洋服ダンスからテレビからローテーブルから……何から何まで一緒くたの状態で、足の踏み場がない。朝、会社に出かけるにもこの部屋で慌ただしく着替えを済ませ、物入れの引き戸を開けて、脱いだパジャマを突っ込んでいくような有り様だ。顔を洗ったり歯を磨いたりするのも、キッチンの流しでする。洗面台がないのだから仕方がない。仕方がないとは思うものの、そんな貧しい暮らしぶりが、自分の姿に滲んでいる気がしてしょうがない。どう考えても、沙和子がこんな暮らしをしているとは想像できなかった。間違いなく彼女は、もっとゆったりとしたスペースで、余裕のある暮らしを営んでいることだろう。

（やだな、こんなはずじゃなかったのに）

真澄は思う。かつて頭で思い描いていた東京での一人暮らしは、もっとお洒落で機能的で、洗練されたものだった。だが、大学進学にともなって東京にでてきた時以来、ほとんど変わらぬレベルの暮らしに停留し続けている。打ちっ放しのコンクリートの壁、イタリアのデザイナーがデザインしたようなモノトーンのシンプルで小粋な家具、間接照明……そんな理想の暮らしには、少しも近づかない。二十七歳――、それどころか、頭の設計図のなかではすでに結婚していていいはずの年齢を、真澄は過ぎてしまっていた。

どうしてだろうか、と真澄は考えた。なのにどうして沙和子ばかりが、望むものを手に入れているのだろうか、と。

真澄は、沙和子より六つ歳下だ。六年分、仕事と稼ぎが彼女に劣るのは止むを得まい。だが、若さという特権があるにもかかわらず、真澄は恋にも恵まれていない。公私ともに、彼女のような充実はつゆほどもない。

由貴にしたところで同じだった。由貴は職場の人間関係に過剰に神経質というのか、周囲の目や評価を気にしすぎる。それが高じると、やがて神経が疲れ果ててしまい、ある朝ぷっりと切れて会社にいかなくなる。いけなくなる、と彼女自身は言っている。今はアルバイトの身の上だから、先の見通しどころか、毎月の家賃と生活費を工面《くめん》するのがやっとという状態で、夢を語る余裕もない。見た目や雰囲気は決して悪くないのに、由貴は二十六歳の若さで、つき合っている男の一人もいない。友だちというものだって、どうやらろくにいなそうな気配だ。だからこそ、同じコーポラスに住む似た者同士、傷を舐《な》め合うみたいに、こうして一緒に食事をしたりしている。

頭の上に黒い雲が覆いかぶさったような心地がした。惨めさだけが心に募っていく。反面、こんな状況に置かれているのは、何も自分たちばかりではないという思いもあった。周囲を見まわしてみても、沙和子のようにほしいものを思いのままに手にしている女は見当たらない。自分たちだけが特別不幸な訳ではない。今は容易に自分の望みが叶うような、そんな甘い時代ではない。いってみれば、沙和子のありようの方が異常だった。

「言われてみればその通りよね」しみじみと、といった口調で真澄が言った。「ほんと、沙和子さん、ミラクルよ。何だかちょっとおかしいかも」

「ちょっとおかしいって？」

「あの人ばっかり、妙にうまくいきすぎてる。恵まれすぎてる」

「そんなもんよ。もともと神様って、不公平なのよ。愛する人は愛するし、愛さない人は愛さない」

「それにしたって」

真澄は自分の曖昧な記憶をたどるように、いくぶん眉根を寄せた。

考えてみれば、実際におかしなところがなくもなかった。突然のように沙和子が、表情を真っ暗に曇らせることもそうだ。いったい何が起きたのか、見ていて真澄にはまったく理解不能だ。

それに砂糖、と真澄は思った。いつだったか、沙和子と一緒に喫茶店にはいったことがあった。真澄も沙和子もコーヒーを頼んだ。運ばれてきたのは小さめのカップだったというのに、沙和子はそこにスプーンに山盛り三杯もの砂糖を入れた。お洒落な沙和子には似つかわしくない行為だと思った。コーヒーだけではない。沙和子は紅茶にもココアにも、見ている人間の口の方が甘ったるくなるほどに、砂糖をたっぷり入れると聞いたことがある。

「砂糖……ほかには？」由貴が問う。

「ほかに――」

異様なメモ魔、ということもいえるかもしれない。会社のビルでエレベータ待ちをしている時も、地下鉄の駅で電車を待っている時も、沙和子はひょいと手帳を取りだしては、何やらさかんに書き込みはじめたりする。その姿を、真澄は何度か目撃している。

また彼女は、実によく時計を見る。数字にもこだわる。十二時半というような言い方はまずしない。時計の針が二十八分を指しているなら二十八分、三十一分を指しているなら三十一分と、あくまでも正確に数字を口にする。聞いていて、何もそこまで、と思った記憶がある。

「メモ魔って、いったい彼女は何をメモっているの？」

「さあ。私は自分勝手に、何か営業に関する覚え書きをメモしてるんだとばっかり思っていたけど」

ただし、ほかの営業マンを見ていても、そこまでやっている人間はいない。そこまでやるからこそ、沙和子は常に好成績をキープできているのかもしれないが。

「一度中を覗《のぞ》いて見てみたら？」由貴が言う。「彼女の手帳やノートの中身をさ」

「え？　やだ、できないわよ、そんなこと。何だか〝覗き〟みたいじゃない」

「じゃあさ、反対に真澄ちゃんがメモをとってみたらいいよ」

「メモって何の？」

「君島メモ。もっと沙和子さんのこと観察して、逐一《ちくいち》メモをとってみるの。そうしたら、何か面白いものが見えてくるかもよ」

「面白いもの――」

「君島沙和子の秘密。正確には君島沙和子が君島沙和子たる秘密、かな。どうせ真澄ちゃん、沙和子さん、のことが気になってしょうがないんでしょ？　だったら徹底的に観察してみたらいいじゃない」

頭にぼんやりと沙和子の姿を思い描きながら、真澄は缶ビールに口をつけた。

何の面白みもない日常だ。やっていることは毎日同じ。職場で要求されるのは没個性のきわみみたいなことで、自分らしさを発揮する場面など、まったくといっていいほど巡ってこない。会社で過ごす八時間は真澄にとって、もはや苦行《くぎょう》に近い。そこで沙和子を観察することをはじめたら……真澄は、灰色の八時間の中に、少しばかりの楽しみを見出す糸口を見つけたような心地がした。

「やってみようかな」

言ってから、またビールをごくりと飲み下した。

君島沙和子――、目標を定めるように、頭が勝手に彼女の名前を呟いていた。

4

沙和子は営業職だから、当然社内にいるより社外に身を置いている時間の方が圧倒的に長い。その日、会社の同じフロアで過ごしていたのは、二時間足らずではなかったか。その二時間ばかりの間に、彼女は真澄が数えただけでも十回は、腕の時計に目をやった。

真澄も自分の仕事があるから、始終沙和子を見ている訳ではない。当然見逃してた時もあったろう。それを考慮に入れると、少なくとも十分に一度か二度は、時刻を確認している計算になる。彼女の中では、分刻みに近いスケジュールが立てられているのかもしれないが、それにしてもいささか異常な回数のように思えた。

加えてメモ。彼女は真澄が思っていた以上にまめに手帳を取りだしては、本当によくメモをとっている。ほんの少し唇を尖らせて神経質そうにこまごま書き込んでいることもあれば、いくらかゆったりとした表情で、満足げに書き込んでいる時もある。手帳を仕舞ったかと思うと、すぐにまた取りだして、何やら書き込みはじめることもある。沙和子がメモをとっている手帳は、表紙がパステルカラーのグリーン、イエロー、ピンクと、何種類かあるようだ。どうやら彼女は内容によって、何冊かを使い分けているらしかった。

「君島さんて、よくメモをとっているみたいだけど、あれ、いったい何をメモしているの?」

真澄は、沙和子の営業アシスタントをしている浅丘真梨子《あさおかまりこ》に尋ねてみた。

すると真梨子は、心持ち顔を曇らせ、口を歪《ゆが》め加減にして首を傾《かし》げてみせた。一緒に長い髪が肩からこぼれた。

「私も、よくわからないんですよね」

アシスタントは、一人でだいたい四、五人の営業マンの世話をする。資料整備、コピーとりをはじめとする営業補助という名の雑用と、事務処理が主な仕事だ。真梨子も真澄と同じく四人の営業マンについているが、実のところ彼女は、沙和子の世話はほとんどしていないのだという。

「君島さん、難しいところあるから」真梨子は言う。

「難しいところって？」

「どういうかたちであれ、ご自分の仕事に介入されるのはお嫌いみたい。コピーひとつにしても私に頼まずに、ご自分でとってらっしゃいますから。コンピュータにも私なんかよりよほど詳しいし、ノートパソコンをお持ちだから、それを駆使なさって何でもご自分で処理なさるんですよ。その方が私に頼むより早いのかも」

一度真梨子は、沙和子のメモ帳がゴミ箱に落ちているのを見つけて、拾っておいたことがあったという。ちょうど沙和子が営業にでている最中のことだった。表紙を見て、沙和子がいつも使っているメモ帳に間違いないと思ったが、念のため、中を開いて検《あらた》めた。使われていたのは一ページだけ、それも一ページの三分の一ほどに書き込みがあるだけで、残りはさらのままだった。だからなおのこと真梨子は、沙和子が捨てたのではなく、何かの拍子にたまたまゴミ箱に落ちてしまったのだろうと考えた。

真梨子は、営業から戻った沙和子にメモ帳を手渡そうとした。ところが、彼女は見るなり顔色を変えた。真梨子には、一瞬沙和子の両目がつり上がり、顔つきさえもが変わったように思えた。

「どうして?」

「それ、君島さんが捨てたものだったんですって。自分が捨てたものを勝手に見ないでもらいたいって、あの時は結構な剣幕で叱られてしまって」

「でも、それって、ほとんど使っていないメモ帳だったんでしょ? いつも君島さんが使っている手帳型の」

真梨子は黙って頷いた。

「それには何が書いてあったの?」

「数字ですよ。記号も交じっていたかしら。私もよくは見なかったんですけど。見たところで、私に理解できそうなものでもなかったし。何かのスコアかしら。よくわかりません」

「数字と記号がちょっと記入されているだけ」真澄の眉が自然と寄った。「それを君島さんは捨てた、捨てたものだと言い張った……」

「あ、誤解しないでください。その時だけです。ふだんは君島さん、私のこと、ぜんぜん怒ったりなんかしませんから」慌てたように真梨子がとりなした。「ご自分の仕事を手伝われたくないっていうのも、たぶん仕事に関しては、相当細かく神経使っていらっしゃるところがあるからだと思います」

「本当に捨てたものだったのかしら」

「そうだと思いますよ。ご自身が捨てたとおっしゃっていたんですから」

「だけど、どうしてろくに使ってもいないメモ帳を」

さあ、と真梨子はまた首を傾げた。「そういえば、ボールペンのインクが、少しかすれたような文字だった記憶がありますけど、私にはよく……」

真梨子と話を終えた後も、真澄はひたすら考えていた。ほとんど使っていないメモ帳を、沙和子はなにゆえ捨てたりしたのか――。

残念ながら、これといった答えはでなかった。

謎はまだある。

せっかく雑用係というべきアシスタントがいるのに、どうして沙和子は真梨子に何ひとつ仕事を頼もうとしないのか。真澄がついている平岡健吾《ひらおかけんご》など、営業マンは外にでている時が勝負とばかりに、企画書の作成からデータの入力から顧客へのメール配信から、何でもかんでも当然のように真澄に押しつけてくる。ほかの営業マンも似たり寄ったりで、コピーを自分でとる人間など一人もいない。事実、雑務はアシスタントに任せなければ、肝心の営業に費やすべき時間と労力を、大幅に割《さ》かねばならないことになるだろう。

(あの人、何もかも自分でやってるんだ。それでいて、あんなにいい成績を上げてるんだ)

沙和子という女が、ますますもって完璧な、スーパーウーマンに思えた。ついついわが身とひき比べて、またぞろ惨めな気分に陥《おちい》りかける。自分があまりに小さく情けないもののように思えかける。が、真澄は思い直した。クラーク・ケントだって現実には存在しない。あくまでも架空の人物だ。スーパーウーマンだって同じことではないか。間違いなく沙和子は生身の人間だ。からだはひとつ、腕は二本、脚も二本。そして一日は二十四時間。条件はほかの人間と変わらない。もちろん真澄とだって変わらない。

君島メモ

・頻繁に時計を見ては、さかんに時刻の確認をする。
・数字にこだわりを持ち、時刻も分の単位に至るまで正確を期する。
・異常なメモ魔。しかも手帳を何冊か使い分けている。
・まだ一ページと使っていないメモ帳を捨てた。
本人は捨てたと言い張っている。
・捨てた手帳に書かれていたのは数字と記号。
言語としての言葉はなし。
・コーヒー、紅茶等の飲み物に、やたらと砂糖を入れる。

・一瞬のことだが、時として突然のように顔色を曇らせる。瞬間的に顔色を変える。
・たとえコピーとりでさえ、自分の仕事をアシスタントに任せない。何から何まで自分でする。
・会社のコンピュータではなく、自分のパソコンを使っている。自分のノートパソコンは、人には絶対に触らせない。
・自宅の電話や携帯電話は留守電になっていることがほとんど。かかってきた電話を滅多にとることがないらしい。
（折り返し彼女の方からかけてくる）
・飛び抜けた記憶力の持ち主。
・三年余り前に中途入社してきてから、すでに二度引っ越しをしている。
・写真嫌い。
・人と目が合った瞬間、いつも同じ種類の表情を浮かべて頬笑む。
…………

沙和子を観察しはじめてから、まだ五日と経っていなかった。けれども真澄の手帳は着実に、彼女の目からすれば釈然としない君島沙和子の挙措《きょそ》で埋まっていきつつあった。

5

調べた。

口実を作って総務にいき、親しい先輩を誤魔化して、沙和子のファイルをアウトプットして持ちだした。

君島沙和子が入社してきたのは、新卒で入社した真澄よりも三年ほど後の一九九八年。それ以前は、オフィスコンピュータのBRMシステムズに勤めていた。職種はやはり営業だ。

ひとつ意外だったのは、沙和子が大学を出ていないということだった。民間の専門学校のようなところには通っていた様子だが、厳密な意味での最終学歴は高卒ということになる。

現在の住まいは江東区森下。その前が、同じ江東区の門前仲町《もんぜんなかちょう》。門前仲町の前は杉並《すぎなみ》区井草《いぐさ》に住んでいた。

なかには引っ越し好きの人間もいる。だが、入社してからわずか三年の間に、沙和子は二回も引っ越しをしている。住まいにしたら三ヵ所だ。一年に一度の引っ越しというのはやはり多すぎる。それではしょっちゅう引っ越しをしているようで、どう考えても落ち着かないだろう。

記憶力がいいことは営業マンの間では評判で、沙和子は何月何日何時何分誰がどうした、何があったと、きわめて正確に物事を記憶しているらしい。

「あれは感覚の写真機だな」

平岡健吾は真澄に言った。

「カシャッとその場の出来事を映像ごと切り取って、頭のフィルムに収めてるんだろうよ。下には〝01．09．23．12：24〟なんて日付と時刻の数字がはいっててさ。その時誰がどういうものを着ていたか、なんてことも、彼女はびっくりするぐらいによく覚えてるからなあ」

感覚の写真機――、聞いていて真澄は、何か違うような気がした。

その種の人間は、自分でさほど意識しなくても、目の前の出来事を自然と映像として記憶できるのだと思う。けれども沙和子は、時間を気にする。数字にこだわる。始終メモ帳に書き込みをする……彼女は意識的に、物事を正確に記憶しようと努めている。

「なくて七癖っていうけれど、沙和子さん、これ、相当のものだわ」

コーンのスナック菓子をつまみながら、由貴が真澄の手帳、〝君島メモ〟を覗き込んで言った。

でしょ、と真澄も頷く。「何日かの間に私が気づいたこと、人から聞いたことだけでこれよ。よくよく観察して沙和子さん並みにこまめにメモしていたら、あっという間に手帳が埋まってしまうかもしれないと思うぐらいよ。由貴ちゃん、これをどう考える？」

おしぼりで手の塩けを拭ってから、由貴は真澄の手帳に手を伸ばし、改めて中を眺めて、果てに半分投げ捨てるように言った。「ま、ビョーキだね」

「ビョーキ」

「私も半分ビョーキだから何となくわかる。沙和子さんて、ビョーキの匂いがするよ。真澄ちゃんだって感じるでしょ？」

由貴の言葉に、無言のまま重たげに頷く。

「私だって、そりゃあ引っ越したいって思うことはあるよ。だけど引っ越し貧乏って言葉があるみたいに、引っ越しをしたら、そのたび物だって傷《いた》むし、新しい部屋に合わせてどうしても買わなきゃならない物もでてくるし、敷金、礼金、引っ越し代金、下手したら電話工事やエアコン工事……つまらないお金ばっかりかかるじゃない。なのに二度の引っ越しはねえ」

「どう考えても多すぎるわよね。彼女、どうしてそんなに引っ越すのかしら」

「きれいな人だっていうから、ストーカー被害ってこともないじゃないでしょうけど、それにしたってね」

「ストーカー被害なら被害で、ただ引っ越してばっかりいないで、何か対策を講じるのがふつうだものね」

「きっとこれは沙和子さんの意志だな。この人、たぶん自分が引っ越したくて引っ越してる」

「なんで？」

「なんでって、そこまでは私だってよくわからないわよ。でも、そうしないと納得いかない人っているじゃない。そうねえ、たとえば気になるのはこれ」由貴が手帳の中の一項目を指差した。「まだ一ページと使っていない手帳を捨ててる。これと引っ越しって、何か通じるものがあるような気がするのよね」

余人には測りがたい。が、沙和子は、何かひとつ彼女にとって気に入らないことが発生すると、それがどうにも我慢ならないのではないか、と由貴は言う。

「捨てた手帳にしても、何か彼女には気に入らないこと、我慢ならないことがあったんじゃないの？　私はそんな気がするけど」

そういえば、ボールペンのインクが、少しかすれたような文字だった記憶がありますけど……真澄の耳に、浅丘真梨子の言葉が甦っていた。

「きっとそれよ」

真澄がそのことを口にすると、ためらいなく由貴が頷いて言った。

「ボールペンのインクが切れかかっていて、文字がかすれた。自分が思うように文字が書けなかった。それが彼女は我慢ならなかったのよ」

「たったそれだけのことで、何行かしか書いていない手帳を捨てちゃうの?」

「沙和子さんて人は、いったん気に喰わないとなると、あれもこれも、たぶんもう目にするのもいやになるんじゃないのかな。違うかな」

由貴の分析が正しいとするならば、もうひとつ説明がつくことがある。はたから見ている分には理由なく、沙和子が唐突に顔を曇らせるというあれだ。真澄にはわからない。けれどもその瞬間、沙和子にとっては耐えがたいぐらいに気に喰わないことが発生していると考えれば納得がいく。

たとえばイヤリング——、何の気なしにはずしてみたら、あの日自分が思っていたのとは違うものを、うっかりつけてきてしまっていたとしたらどうだろう。ほかの人間にとってはどうということもないことだ。誰も気にしてはいない。だが、それが彼女には我慢ならない。だから表情を翳らせて、すぐさまもう一方のイヤリングもはずすと、さも忌ま忌ましげにポケットに押し込んだ。

「はあ、沙和子さんて完璧主義者なんだ」ひとりごちるように真澄が言った。

「それよ」その言葉に、膝を打つような勢いで由貴が言う。「真澄ちゃん、最初っからわかっていたんじゃない。もともと彼女のこと、完璧、完璧って言っていたものね。彼女、本当に完璧主義者なのよ。ううん、本物の完璧主義者ね。だから仕事もアシスタントには手伝わせない。数字にもこだわる。ひょっとすると、スーパーウーマン症候群かもしれないね」

「スーパーウーマン症候群」

真澄も、沙和子はまるでスーパーウーマンのようだとは思っていたが、スーパーウーマン症候群とまでは考えていなかった。

スーパーウーマン症候群――、潔癖症に近い完全主義者。自分自身を信じているし、自分にはこなせるはずだという過度の期待とプレッシャーを自らに対して強《し》いている。何でも自分で思った通りにこなさないと気が済まないし、納得がいかない。当然、こなせなかった時のストレスは、人一倍強く大きくなる。

メモ帳に書き込むにも、こういう字でこういうふうに書くという理想が最初に頭の中で絵のようにでき上がっている。だからたまたまインクが切れかかっていて思うように書けなかったことが、理想と食い違うだけに我慢できない。時計を気にして、分の単位まで正確に言おうとするのも、これは何分で仕上げると、頭で細かく理想図が描けているから……そう考えると、確かに辻褄《つじつま》が合う。

「だけど、なんで営業なんだろう。彼女、前に勤めていたBRMシステムズでも営業をしていたのよね」真澄が言った。「学歴が関係しているのかしら。営業ならば実力で評価されるものね」

「それもあるかもしれないけど、沙和子さんの場合、やっぱり数字でしょう」

会社勤めをしていても、営業以外の仕事だと、なかなかすぐにはっきりとした数字では、結果というものがでてこない。恐らく沙和子には、その曖昧さが許せないのだろう。学校の時、テストで何点、何点と明確に結果がでたように、今も数字で結果がでることに満足感を覚えるし、自分が求める数字をだすことに関しては、目の色を変えて躍起になれる。達成できた時には、大きな充実感を覚えることができる。それだけに、常に一番でありたいと思うし、また、一番でなければ気が済まない。

その傾向は、真澄たちにもないとはいえない。小・中・高と十二年間にわたる学校生活で、何もかも点数化されて順位をつけられてきた。学校に通っていた頃は、それがいやでしょうがなかったはずなのだが、いつの間にやら身に馴染《なじ》んでしまった。いざ社会にでてみて、自分に下される評価が権限ある特定の誰かの印象に委《ゆだ》ねられたりしていると、今度はその曖昧さが堪《た》えがたく思える。ならばいっそ明確に得点をつけてもらい、総合点で評価を下してもらった方が、はるかに納得いく気がすることがある。

人間の価値など、本来数字では表せない。なのにどこかでそれを求めてしまうのは、これまで自分たちが育ってきた社会のシステムに害されているということの証明だろう。営業の場合などは特に、敢えて成績を張りだして発表することで、士気を高めたり競争心を煽《あお》ったりして、それを逆手にとったようなやり方をしている。わかっていてもそれに乗せられてしまうのは、すでに数字で評価されることが習い性となって、身にしみついてしまっているからに違いない。

「数字か……なるほどね。さすが由貴ちゃん。やっぱり賢い」

真澄は由貴の分析によって少しずつ、沙和子の内面が見えてきたような気がした。ただし、自分たちが考えていることが当たっているとするならば、沙和子の内面は、はたで見ているよりも楽ではないということになる。神経質なまでに数字を気にして、誰が課さなくても、あらゆることに自分でノルマを課している。その達成のために、陰で躍起になっている。

日本はいまだ学歴社会だ。BRMシステムズに就職するにも、自分を大卒以上に評価してもらうための、大変な努力が要ったに違いない。沙和子は昔から今に至るまで延々と、水面下では懸命に足を動かし続けている。

「なのにいつもあんないい顔してるんだ」感心したように真澄は言った。「まるですべて難なく余裕でこなしているみたいな」

「だって、それがスーパーウーマン症候群だもの。どうしても理想通り、完璧な自分でありたい」

スーパーウーマン症候群、青い鳥症候群、シンデレラ症候群に無気力症候群……まだある。恋愛依存症、物質依存症、対人恐怖症……もっと進めば、パニック障害、全般性不安障害、強迫神経症、鬱、境界性人格障害……と、きりがない。思えば世の中は病人だらけだ。ひとごとでない。真澄自身、カウンセリングに通っていた時期がある。どうしても自分に自信が持てなくて、人と接することに臆病になりすぎている気がしたのだ。自信というより、存在価値が見出せなかったというのが本当かもしれない。今もそこからたいして進歩はしていないが、あの頃は自分という存在の曖昧さが、不安で不安で仕方がなかった。

「ビョーキか」真澄は、半分自らを省《かえり》みながら呟いた。

「そう思って改めて見てみると、ほんとにこれは病的だよ」

その声に、見ると由貴が真剣な面持ちをして、また真澄の手帳を覗き込んでいた。

「真澄ちゃん、この人、何かふつうじゃない。私はそう思うな。もっと観察してみたらいいよ。もしかしたら何かとんでもないものが、飛びだしてくるかもしれないよ」

頭の中を、沙和子の像が流れていく。それはいつもの沙和子であって沙和子でない、真澄がまだ見たことのないくすんだ表情を顔に浮かべた沙和子だった。現実には一度も見たことがない沙和子の知られざる顔を、ふと垣間見た思いに囚《とら》われかける。

勝手な話だ。が、真澄には、今まで自分を超えた遠い存在でしかなかった君島沙和子という女が、ほんの少しだけ、自分の身近に感じられていた。

第二章

1

夏が過ぎ、あたりに秋の気配が漂ってくると、一年が終わりに近づきつつあることを季節によって否応《いやおう》なしに知らされるようで、江上晴男と真知子は憂鬱になる。今年もまた、このまま無為《むい》に暮れていくのか。

二〇〇一年もすでに後半、息子の正晴が行方不明になったのが一九九七年のことだから、今年の秋ではや、丸四年の月日が流れようとしている計算になる。電話、手紙……その間正晴からの連絡は一切ない。どこかで正晴を見かけたというような話も、ただのひとつもはいってこない。

当時正晴がつき合っていたはずの娘も、さんざん探してみた。が、どうしてだか見つからない。会社の同僚に尋ねても、学生時代の友人に尋ねても、みな一様に心当たりがないと言う。では、正晴がいもしない恋人をでっちあげて、晴男と真知子に嘘を言ったのか。

ありえないことだった。つき合っている相手がいることを隠すことはあっても、つき合っている相手がいもしないのに、親に会わせるなどという空約束をする道理がない。

いったいどこの誰なんだろう——、その思いが、徐々にその娘自身に対する疑惑に変わっていった。結婚を考えるほど親しくつき合っていた相手なら、本来、恋人である彼女自身が目の色を変えて、正晴の行方を探しまわっていてもいいはずだった。なのにいっこうに姿を現すことがないというのが妙だった。それは単に薄情というだけでなく、彼女が正晴の失踪の鍵を握っている、事件に関係している、ということを示しているのではないのか——。とはいっても、相手がどこの誰だかわからないのでは、どうにもしょうがなかった。

勤めをそのままにしておく訳にはいかないので、銀河精鋼は九七年の暮れに休職、翌九八年暮れには退職という手続きをとらざるを得なかった。東京に赴《おもむ》き、退職の手続きを終えて帰ってきた時、晴男は無念そのものの思いだった。

この四年、晴男はまめに警察に足を運び続けてきた。警察は、どこかで変死体が上がって、それが捜索願いに記されている正晴の特徴と似ているようであると連絡を寄越す。連絡を受ければ、晴男は胸が潰れそうな思いを押して出かけていかざるを得ない。それが正晴でなかった時の安堵と失望。むろん誰も息子の死体と対面することなど望んではいない。だが、またふりだしに戻ったという失望が胸に漂うことも事実だった。

正晴に行方を晦《くら》ます動機がなかった以上、事件か事故に巻き込まれたとしか考えようがない。けれども、それは晴男と真知子という行方不明者の親の考えであって、警察の考えではない。当時親子は一緒に暮らしていた訳ではなかった。不明者には親の知らない生活や悩みがあったかもしれない。また、周辺に明らかなトラブルの気配がない以上、それを事件と扱うことはできない。加えて、厳密にいうならば、正晴は突然会社にでてこなくなった訳ではない。四日間ではあるものの、一応休暇届けをだしていた。警察はそこに、会社を休みたい、もっといえば、会社にでたくないという正晴の意志を見ている。したがって、事件、事故よりも自己意志による失踪の可能性が高い、というのが、彼らの偽らざる見解だろう。

警察の立場で考えるならば、それも致し方のないところなのかもしれなかった。が、むろん二人は納得がいかない。いつまでも、解けない謎々か終わらない宿題を抱え込まされているような気分だった。

「もうたくさんだ……」

時として晴男も呟くことがある。何がたくさんなのか、自分でも突き詰めがたいものがある。何もかもが、というのが、一番当たっているのかもしれない。たとえば交通事故に遭って死んだとか強盗に刺し殺されたとか、はっきりしている方がまだ救いがあるのではないかと考えることもある。死んでいるかたちでもいいから、正晴の姿を確認したい、白黒つけてしまいたい——。そう思う気持ちの一方で、いや、生きていないとは限らない、再び相まみえる日がやってくるかもしれないのだ、と空望《からのぞ》みに近い望みを抱いてみる。心の中でのその繰り返しが、自分の神経を次第に蝕《むしば》んでいくような気もしていた。

「お父さん、会社から……銀河精鋼から宅配便が」

呼び鈴の音に玄関口にでていった真知子が、小さな包みを抱えて戻ってきた。

「銀河精鋼から？」

退職の手続きが済み、それに関する処理が終了して以来、銀河精鋼から連絡がはいったことはなかった。もう三年近く前に、完全に縁が切れたはずの会社だった。

「今頃何だろう……」

訝《いぶか》る思いで包みを開ける。短い手紙が添えられているのが、まず真っ先に目にはいった。当時の上司、村内康之からだった。

冠省　ご無沙汰しております。その後、正晴さんの行方については、何か判明されましたでしょうか。以来失礼していながら申し上げるのも憚られますが、蔭ながら私も案じております。
このたび弊社は社屋を移転することになりまして、ただいま引っ越しの準備の真っ最中という状態です。その整理の際、ロッカールームの奥のキャビネットの中から、正晴さんの私物と思われるものが見つかりました。行方が知れなくなった時点で何もお力になれずにおきながら、今頃という感じではありますが、とり急ぎお送りさせていただく次第です。

いろいろご心配、ご心痛がおありのこととお察し申し上げますが、どうぞ御身大切にお過ごしくださいませ。

不一

手紙を読んでから、恐る恐るという心境で中を検《あらた》めた。

慶弔用のネクタイ、個人的にレッスンに通っていたコナーズPCスクールというパソコンスクールの教材、ノート、セカンドバッグ……。

晴男はセカンドバッグを開けてみた。ハンカチとティッシュにボールペン、それにすでに解約してしまったが、当時住んでいたマンションのスペアキーがでてきた。それを目にして、真知子が咽喉《のど》を詰まらせたような声を立てた。呻《うめ》きに近い声だった。

セカンドバッグの中のポケットを見る。定期入れのようなカードケースがはいっているのが見えた。それを取りだして開いてみる。

「これは」

「お父さん――」

カードケースの中には、一枚の写真が収められていた。二人の人間が写っている。一人は正晴、もう一人は若い女性だった。

「この人。ねえ、この人じゃないかしら」勢い込んだように真知子が言う。

卵型の顔。いくぶん頰がふっくらとしている。目鼻だちもあまり目立たず、小造りで、どちらかというとおとなしげな顔だちだ。髪は肩ほどの長さで、ゆるくパーマをかけている。見た感じは悪くない。というより、全体的にとりたててどこといった特徴がなく、街を歩けば似たような顔の女はいくらでもいそうな感じのする女だった。

ひとつ気になる点があるとすれば、写真の中の正晴は笑顔を見せているのに、女はカメラを見ておらず、どこか気のない顔でよそに目を向けていることだろうか。

「この女か……」

晴男は、もうひとつ納得いかないような思いを抱えながらも呟いていた。

正晴の失踪の鍵を握っていると思われる謎の女、疑惑の女。むろん彼女の顔など見たことがないというのに、この四年の間に、晴男の頭の中にはいつしか勝手に彼女の像ができ上がってしまっていたところがあった。

こんなに特徴のない女ではなかった。正晴の心をいっぺんに摑んでしまうぐらいに何か強烈なものを持っていて、うつくしいが毒を感じさせる女だった。が、写真の女はありきたりだった。

「カードケースに入れて持ち歩いていたんですもの、きっとこの人よ」真知子が言った。

晴男も反射的に頷く。

写真を持つ手が小さく震えていた。四年も経って、ようやく女の顔を拝むに至った。やはり女は存在した。

平凡な感じのする女の姿かたちに肩透かしを喰わされたような思いを覚えつつも、晴男はやっとひとつ手掛かりを得た気持ちがしていた。

だが、この女はどこの誰なのか。今どこにいるのか——。

正晴を探そうとしているのか、女を探そうとしているのか、一瞬頭の中でわからなくなりかける。

もうたくさんだ……唇から呟きが漏れそうになるのを抑えながら、晴男はしばらく写真の二人を見つめていた。

2

外で昼食をとって会社に戻ってみると、デスクに張りついている沙和子の姿が真っ先に真澄の目に飛び込んできた。珍しい、と思った。彼女はいったん営業にでると、たいがい午後まで通しで表にでている。昼休みだからといって、会社に戻ることは稀だった。

沙和子に目を向けたまま、自分のデスクにつく。何かかりかりとした空気が沙和子のからだから、しきりと発散しているような気配があった。

「何かあったの？」

同じ営業アシスタントの内山瑞穂に、低声《こごえ》で尋ねる。ああ、と瑞穂は、横目で沙和子を見やりながら、小さく頷いた。

「トラブルですよ。君島さんのノートパソコン、B－POLIF55にやられたんです」

「B－POLIF55？」

「昨日の深夜に世界で出まわりはじめたウイルスですって。全社初の被害者」

ふだんからパソコンを駆使している沙和子のこと、ウイルス対策も万全に近いものがあったに違いない。が、隙を突かれるかたちで最新型のコンピュータウイルスに侵入されたということか。

「それって、どんなウイルスなの？」

「さっきシステムから回覧がきましたけど、あっという間に訳のわからないファイルを山ほど作ってしまうウイルスみたいですよ」瑞穂が、書類のコピーを真澄のデスクの上に置いて言った。

「それと、なかにファイル名がアルファベット一字のP、O、L、I、Fなんていうのがあって、その後ろにPOLIF1、POLIF2なんてファイルができたりしていて、どうやらそれがプログラムファイルになっているらしいんですよ。そのプログラムファイルができちゃうと、勝手にデータの書き換えや置き換えをしてしまうんですって。放っておくとPOLIF3、4……と、どんどんさまざまな破壊のプログラムファイルができてしまうって書いてありますよ」

沙和子はあっという間に一万個近い無用のファイルを作られてしまったらしい。それでシステムが完全にビジーの状態になってしまい、パソコンは当然ハングアップ、どのアプリケーションも正常に機能しなくなってしまった。

「無用のものに容量を食われてしまって、アイコンをダブルクリックしても何も開かなくなるんですよ」

「で、どうしたらいいの？　君島さんはどう対処しようとしているの？」

「ワクチンでウイルスを駆除しながら、無用のファイルや悪質なプログラムファイルを探して削除しているところみたいですけど」

真澄はちらっと沙和子に目をやった。真澄の席からだと遠い上に角度が悪いし、沙和子も画面に顔を寄せて作業をしているものだから、表情までは見てとれない。だが、ただごとならざる空気が彼女の周囲に漂っていることは間違いなかった。現実に髪が乱れているかどうかはべつとして、遠目にも髪振り乱して、という感じが窺われる。鬼に憑《つ》かれでもしたみたいに、沙和子はコンピュータと格闘していた。はじめて目にする沙和子のなりふり構わぬ姿だった。

「システムの藤枝《ふじえだ》さんにきてもらえばいいのに」

沙和子のあまりの必死の姿に、真澄の口から自然と呟きが漏れた。

「それがねえ」

「駄目なの？」

瑞穂が頷いた。「藤枝さん、このことを聞きつけて、一度は顔を見せてくれたんですよ。でも君島さん、ぜんぜん触らせないんだもの。これは個人のノートパソコンだからって」

真澄は顔に翳を落として沙和子を見た。ウイルス感染は不測のトラブルといっていい。そんな事態にあっても、まだ自分の領域を侵《おか》させまい、すべて自分でなし遂げようという沙和子の完璧主義は揺るがないのか。感心するというよりも、もはや呆れるしかない思いがした。

「佐竹さんがお昼にでたのと入れ違いに帰ってきてからあれですから、もう小一時間、作業に没頭してますよ。まったく回復できてないみたいだから、この調子だと、あれ、まだまだかかるんだろうなあ」

見ていると、課長の前田が沙和子に歩み寄っていった。ウイルスの一件とは関係のない、業務上の用件のようだった。

デスクから顔を上げた沙和子は、ふだんの彼女からは及びもつかぬような険しく尖った表情を顔にべったりと張りつかせていた。黙って前田の言うことを聞いてはいるが、その顔には「何をこの大変な時に」といわんばかりの不機嫌さが、ありありと滲んでいた。やがて沙和子はあからさまに眉を寄せ、いかにも不承不承といった様子で席から立ち上がった。立ち上がってもまだ、未練のようにちらりと一度パソコンに目をやった。それから前田につき従う恰好で歩いていった。

「はあ……君島さん、今日は厄日《やくび》だ」

「どういうこと？」真澄は瑞穂に言葉の意味を問い返した。

「いやあ、昨日真梨ちゃんからちょっと聞いたんですよ。マリア製菓の担当、君島さんから瀬永《せなが》さんに変わるらしいんですよね」

「えっ」

「たぶんその話で、課長と一緒に部長のところにいったんじゃないかしら」

マリア製菓は沙和子が獲得した顧客のなかでも五本の指にはいる大手のクライアントだ。沙和子の営業成績に、大きく貢献している会社であることは間違いない。自分が開拓、獲得した上に、ここまで着実に取り引きをつないできた大事な顧客を、みすみす誰かに明け渡すというのは、沙和子にとっては当然痛い。

「でも、どうして急に？」

「向こうの担当のおえらいさんが変わったらしいんですよね。その新しい担当者の要望だとか。理由はよく知りませんけど、あちらさんのご要望じゃ、まあ、しょうがないですよね」

詳しい事情はわからないが、恐らくマリア製菓内部での何らかの事情によるものだろう。

自分に落ち度がないとなればなおのこと、沙和子には納得しがたいことに決まっている。

「だけど、それなら君島さんも引き換えに、瀬永さんの顧客を一件はもらえてもいいはずよね」

「それはそうだと思いますけど、さて、どうなることやら」

部長の河合からどういう話なり提案なりがあったのかはわからない。しかし、会議室から戻ってきた時の沙和子は、渋々席を立っていった時よりも、さらに険悪な表情を顔に張りつかせていた。いつもなら、ほんの一瞬しか見せないはずの夕立ち前の曇り空の表情だ。が、今日の沙和子は、厚くて黒い雲の中にはいり込んでしまっていた。光り輝きが消えている。太陽は、完全に隠れてしまった。

デスクに戻ってきてから、沙和子はしばらく黙ってパソコンの画面を睨みつけていた。その目は、確かに画面に向けられている。だが、瞳はただ開かれているだけで画面のものを映してはおらず、意識がまったくべつのところにいってしまっているのが、はたで見ていてもはっきりとわかった。しかも沙和子のからだからは、ピリピリとした空気がこちらの肌に痛いぐらいに放たれていて、周囲も自然と言葉少なにならざるを得ないほどだった。

ひょっとすると真澄の思い込みか見間違いかもしれない。が、沙和子のからだは、ごく小刻みに震えているようにも思えた。震えているというより、痙攣《けいれん》しているという方が当たっているかもしれない。

やがて沙和子はパソコンを専用のバッグに仕舞うと、不意に立ち上がった。血の気の退《ひ》いた冷たい顔色をしていた。そしてつかつかと浅丘真梨子のところに歩み寄り、凍えきった表情をしてひと言ふた言何事か告げたかと思うと、バッグを持ったまま脇目もふらずにフロアをでていってしまった。

沙和子の姿が消えた瞬間、ふっとフロア内の空気が緩んだ感じがあった。誰かが本当に息を漏らしたのかもしれない。が、同時にフロア全体の色も褪せて、味気ない風景になってしまったように真澄には思えた。

沙和子がでていったのを見届けてから、真梨子がやや困惑げな面持ちをして立ち上がった。目で追っていると、前田のデスクに向かい、何やら報告している。真梨子の報告を受けた前田の顔が心持ち歪んだ。前田に軽く会釈《えしゃく》をすると、真梨子はタイムレコーダーのところへいってタイムカードを押し、再び自分の席に戻っていった。

「何があったの?」

三時のお茶の時刻まで待って、真澄は給湯室で真梨子に尋ねた。

「帰っちゃったんですよ、君島さん。早退です。タイムカードも押さずに、すたすた帰っていっちゃった」溜息混じりといった調子で真梨子が言う。「課長には私から報告しておいてくれ、って言い残して」

たまに言いつけられた仕事がそれでは真梨子もやりきれまいが、真澄にしてみれば、さもありなん、という思いだった。

今日の沙和子は、完全に度を失っていた。自分自身、とても仕事が続けられる状況ではないと判断したのだろう。判断したというよりも、もはやそこに身を置いていられない状態だったのかもしれない。

「あんな君島さん、はじめて見たわよね」

真澄の言葉に、真梨子も沈痛な面持ちをして首を縦に振りおろした。

「すんごい怖い顔してましたもの。近くで見ていて、鬼気迫るって感じでしたよ。下瞼なんかもひくひくしていて、キレる寸前って感じ。私、そばにいて怖かったです」

「彼女、震えてなかった?」

「震えてましたよ」声を落として真梨子が言う。「手なんか完全にぶるぶるきてました」

不測の事態、それも自分にとって大きくマイナスに働くアクシデントがダブルできた。そのことに完璧を求める沙和子の神経は、おそらく堪えられなかったのだろう。そう推測する一方で、小首を傾げるような思いが真澄の中に残ってもいた。業務上のことをすべて自分のパソコンで管理しているだけに、パソコンが正常に機能しなくなったことは、むろん大事《おおごと》には違いない。とはいえ、沙和子の動顚《どうてん》ぶりはただごとではなかった。ふつうあそこまで取り乱すものだろうか。

「まるで別人でしたよね」湯呑みにお茶を注ぎながら真梨子が言う。「顔が変わってた。……

私、実を言うと、もともと君島さんて何か怖くて。いえ、とてもすてきなかただというのはもちろんなんですけど」

「え？　怖いって、どういうところが？」

「うまく言えません。でも、占い師が占いに使う水晶玉みたいな感じがして何だか怖い。――すみません、私、訳わからないこと言っていますね。忘れてください」

占いに使う水晶玉――、真梨子の比喩は的確ではないかもしれない。だが、言いたいことはわかる気がした。完璧という言葉通りに瑕疵《かし》のないうつくしい球形に磨き上げられた宝玉。一見、どこにも文句のつけようがない。だが、ただうつくしいだけの宝玉ではない。水晶玉は、覗き込む人が覗き込めば、人の欲望も見えれば悪意も見え、汚れた過去も見えれば惨憺《さんたん》たる未来の絵だって、そこに浮かび上がってくることがある。

ピリピリとした空気を漂わせながらフロアをあとにした沙和子の姿を思い浮かべながら、真澄は、沙和子という水晶玉の中には、どんなものが浮かび上がって見えるのだろうかと考えていた。

3

ドアホンが鳴った。

時計を見る。

午後八時四十一分。

宅配便の最終の便は七時半前後。公共料金の支払いも、みんな口座振替にしてあるから、集金人がやってくるはずもない。

今時分誰だろう、と訝る思いで、沙和子はインターホンをとった。

「あ、僕……仁村です」

え、と口の中で無言の声を上げるように口を開いたきり、しばし沙和子は目をぱちぱちとさせていた。要介は沙和子の住所は承知している。けれども、ここだと教えたことも連れてきたこともないし、もちろん彼がこれまで家を訪ねてきたこともない。

「あ、ちょっと待って」

何か不都合なものはないかと、沙和子は部屋の中を見まわした。最も不都合なもの……それは要介以外の男の匂いを感じさせるものだ。つまりは英二の匂い。

が、英二も始終ここを訪ねてきている訳ではない。私物というべきものは、何も置いていないはずだった。家にはまずやってこない、そういうつき合い方ができる男たちだから、沙和子は英二と要介という二人の男を選んだといってもよかった。沙和子にとっての男は、決して常備品ではなかったし、常備品である必要もなかった。

気持ちを落ち着けるようにひとつ息をしてから、玄関へと向かった。

「びっくりしたわ。どうしたの？」

ドアをあけて沙和子は言った。そう言った沙和子の顔には、いつもと変わらぬ穏やかな笑みが浮かべられていた。瞳にも、きらきらとした光が躍っていた。

「たまたまこっちへくるついでがあったんだ。このあたりだな、と思ったら、ついつい沙和子のマンションを探してしまった」

「とにかく上がって」

スリッパをだす。いつもは英二がはいているスリッパだ。反射的に顔色が濁りかける。

「いいマンションだね」部屋を見まわして要介が言う。

「ああ、まだ新しいから。だけどあなた、訪ねてきて、もしも私がいなかったら、どうするつもりだったの？」

「その時はその時だと思った。すごすごと帰るのみだ、ってね」

内心、沙和子は、だったらいなければよかった、いない振りをしてしまえばよかった、と考えていた。沙和子の中に、この部屋に要介がやってくるという想定は、はなからない。

「もしかして迷惑だった？」

どことなく固い空気を感じたのか、要介が沙和子を気遣うように、彼女の瞳を奥まで覗き込んで言った。

「そんなことは……」沙和子は首を横に振った。「ただ、ウイルス騒動や何かで疲れ果てていたものだから」

「ああ、そう言っていたね。パソコンの方はもう大丈夫なの」

「まだ完全には復旧していないのよ。調子が悪いわ。あれこれ使い勝手の悪い部分がでてきてしまって参ってしまう。今、駄目を潰すみたいに、あちこちチェックをして完全に元の状態に戻そうとトライしているところなんだけど」

「そうか。——どれ、僕が見てやるよ。沙和子は知っているかどうか、これでも僕は、コンピュータには結構詳しいんだ」

「いいのよ。もうだいたいのことは済んでいるから。それより何か飲む？」

「コンピュータはあっちの部屋？」

沙和子の言葉をなかば無視して、要介が奥の部屋へと歩きかける。

「いいの。私はいいって言っているの！」

口にしてしまってからはっとなる。耳に響いた自分の声は、思っていた以上に強く鋭いものになっていた。いくぶん驚いたような面持ちで、無言で要介が沙和子の顔を見る。

「ごめんなさい。私、何だか疲れていて」

「こっちこそ、突然訪ねてきて申し訳なかった」

「ううん、そういうことじゃなく。人にいじられるのが嫌いなのよ、自分の仕事に関係するものは。だから……」

「いや、僕が悪かったんだ」

「坐って」沙和子はとびきりの笑顔を拵《こしら》えて言った。「今、何か飲み物を作るから。簡単なロングドリンクでいいかしら？」

冷蔵庫を覗く。カマンベールチーズにスモークサーモン……つまみになりそうなものも、どうにか少しはありそうだった。キッチンに立って、ジンをベースにトム・コリンズを作る。作りながらも沙和子は、自分の中で一度ささくれだってしまった神経が、まだ治まらずにいるのを感じていた。棘《とげ》のできた神経が、内側からちくちく肌を刺す。

どうしていきなりくるのよ？　どうして私があなたのために私の家で飲み物を作ったり、おつまみの心配をしたりしなくちゃいけないのよ？　なんだって今日のこの時間を、あなたのために潰さなくちゃいけないのよ？——

時計にちらりと目をやった。あと二時間もしたらコンピュータの件で、ＪＡＪＡから連絡がはいる約束になっていた。ＪＡＪＡというのは、いわゆるハンドルネームだ。コンピュータの天才。ＪＡＪＡの頭と助けが得られれば、ウイルスの一件は、すべてカタがつく。厄介ごとは一切今晩で終わる。そのはずだった。しかし、要介がここにいてはそれもできない。

いったいこの男は今晩何時まで居すわるつもりだろうか、と沙和子は思った。この男は何時に帰ってくれるのだ、と。

「急だったから、ろくなものがないんだけど」

簡単なつまみとトム・コリンズのグラスをテーブルに運ぶ。

「本当にいきなりやってきて申し訳なかった」要介が言った。「でも、ぼくは、こうして沙和子の部屋を訪ねてくることができて嬉しいよ。沙和子にもてなしてもらってとても嬉しい。何だか一歩、君との距離がまた縮まった感じがする」

要介の言葉に、沙和子は奥行きに満ちた頬笑みをもって応えた。しかし、心の中はまったく違っていた。要介に対する憎しみに近いあれこれの思いが言葉となって、もつれ合うようにして蠢《うごめ》いている。

あなた、これからもここへくるつもり？　もしかして今晩みたいに、時には突然やってきたりするつもり？　そんなこと、私とあなたの間のルールブックにないことよ。あなたは今、ルール違反を犯しているのよ。それがわかっている？　役柄が違うのよ。どうしてコマが自分勝手に動きだすのよ。あなたまさか、ここのベッドで私を抱くつもりじゃないでしょうね。皺《しわ》になって汚れたシーツを、私が翌朝直すわけ？　洗濯するわけ？　どうして私がそんなことを——。

「それじゃ、乾杯」

要介の言葉に、顔に浮かべた頰笑みを崩さぬまま、沙和子は軽くグラスを合わせた。合わせながらもまた心で呟く。

私は今日することがあるのよ。今晩中に終わらせなきゃならないことがあるのよ。お酒なんか飲んではいられないの。なのにあなたは、何に乾杯しているの？

電話が鳴った。

反射的に沙和子の顔色が澱んだ。この時刻だとJAJAではない。彼はまだ、家には帰っていないはずだ。本当だったらとらずに放っておくところだった。だが、部屋には要介がいる。かかってきた電話をとらないというのでは妙に思われるだろうし、留守電は相手の声が聞けるように設定してある。とらなければ要介に、相手の声とメッセージを聞かれてしまう。

「ごめんなさい、ちょっと電話をとらせてね」

断ってから電話をとった。もしもしと、受話器から英二の声が聞こえてくる。

（何て日なの）

天を仰ぐような思いになって、沙和子はもう少しで本当に息をついてしまうところだった。

「どうしたの？　もしかして今、まだ仕事中じゃないの？」

子機を手に、要介の耳を避けるように奥の部屋へ向かって歩きながら沙和子は言った。

「そうなんだけど、早めに連絡しておきたいことができてね」

「何かしら？」

奥の部屋にはいりながら、後ろ手でドアを閉める。

「今度の日曜の休みのことなんだけど」

「今度のって、次に日曜に休みがとれるのは、十日以上も先のことでしょ？」

「うん。でも、早めに言っておかないと、沙和子も心の準備があるかな、と思って」

「心の準備？」

「うちにこないか」

「うち？　うちって？」

「品川の実家」

沙和子は絶句した。それは両親に会わせる、会ってくれ、という意味か。

「あんまり堅苦しく考えないで、気軽にきてくれたらいいさ」

「気軽にって言われても。でも、どうして急に？」

「意に染まない見合いを勧められていると言ったら、何となくわかってくれる？」

頭の中で、乱れたプログラムが混線しながらぐるぐるまわっているような感じがした。

「うちの両親とただ会う分には、べつに構わないだろ？　君のこと、一応紹介しておきたいんだよ。だから本当に気楽にさ」

「待って。急すぎるわ。ちょっと考えさせてよ」

突然のことに、余裕なく次々と言葉を繰りだす。受話器の向こうで、英二が笑みを口に含んだのが気配でわかった。

「沙和子でも、慌てたり緊張したりすることがあるんだ」

「当たり前だわ」

「だからこっちも早めに連絡した。考えておいて。といっても、僕は何としてもきてもらうつもりだけど。――じゃあ仕事に戻る。いい返事を頼むよ。期待している。明日にでもまた電話するから」

電話が切れた。子機をオフにしてから、大きく頭を振る。いっぺんに澱んでしまった顔色と顔つきを意識的に元の色に戻してからリビングに戻った。

「彼氏から？」

沙和子には目を向けず、グラスを手にしたまま、後ろ姿で要介が問う。

「いやあね。あなた、何を言っているの？」

「沙和子」いつもより一段低く、内に静けさを含んだ声で要介が言った。「実は僕は離婚を考えている。誤解しないでくれ。君が原因ではないよ。もともと僕ら夫婦には、いろいろと問題があったんだ。だから僕は、今、真剣に離婚を考えているところなんだ」

突然の彼の言葉に、沙和子の額に翳が落ちる。

「ねえ、あなた、今日は本当にどうかしている。いきなり何を言いだすの？」

要介が振り返った。深い眼差しをして沙和子を見た。真剣な顔をしていた。

「君には今、べつに独身の恋人がいるかもしれない。それは僕らの今までのつき合いのあり方を考えれば仕方がないことだ。僕らは立場が違った。でも、じきに僕も同じ立場になる。それは頭に入れておいてほしい」

沙和子の頭の中でプログラムがさらに狂い、混乱を深めながらいっそうめまぐるしく回転しはじめる。苛立ちに、眩暈《めまい》がするような心地だった。

沙和子は黙ったまま、ずるりとソファに腰をおろした。口は開かなかった。が、心の中で、誰に向かって言うともなく毒づいていた。

冗談じゃない、冗談じゃない、あれもこれも……どいつもこいつも……何が親に紹介したいよ、何が離婚よ。そんなこと、誰が頼んだっていうの。まったく、冗談じゃない。

「沙和子——」

「お願い」

声が棘々《とげとげ》しくならないようにと必死に感情を抑えながら、沙和子は要介の言葉を遮《さえぎ》るように言った。

「頼むから今日はもうそれ以上何も言わないで。それだけ飲んだら、何も言わずに帰って。その話は、また今度、べつの機会に外でしましょう」

本当ならば、いい加減にしてよ、いきなり人のうちにやってきて、あなたは自分勝手に何を言っているの、と自分の心にあるものを、言葉にして要介に向かって投げつけたいところだった。その衝動を懸命に抑えているものだから、指先に小さな震えが走りはじめる。止めようと意識すればするほど、震えはさざ波のように全身にひろがっていく。ひくひくと、唇までもがわななきかけていた。それを悟られまいとするように、不意に沙和子は立ち上がり、長い髪を手で掻き上げた。

大嫌いだった。沙和子の意思を無視して勝手に動きだすコマは、大嫌いだった。

「ごめんね。今日は私も、本当に疲れているの」

言いながらも、心はべつの言葉を叫んでいた。

どうして私が謝らなくてはならないのよ？　滅茶苦茶にしようとしているのはあなたでしょうよ。あなたがたでしょうよ。

どうして勝手にあれこれ決めるの？　勝手にあれこれ行動するの？　どうしてみんなこう

なの？　冗談じゃないっていうのよ。たいがいにして。

「悪かった。今日はこれを飲んだら帰るよ。でも沙和子、今の話は嘘じゃない。本当のことなんだ。そのことだけは忘れないでくれ」

沙和子は静かに要介に目を向けた。感情は瞳の奥底に仕舞われて、表にでてはいなかった。が、やはり瞳の色は、いつもに比べて冷えていた。

これまで必要としていたものが不必要になることがある。不必要になったものは鬱陶しいばかりのものに成り下がる。

前にもこんな感情を抱いたことがあったのを、久し振りに沙和子は思い出していた。

4

マリア製菓の元の担当者の名前は大石光則《おおいしみつのり》。彼は今度の異動で、地方の工場に配属されることになったらしい。いうまでもなく、事実上の左遷《させん》だ。

「いったいどうして？」

由貴が真澄に問う。

「探ってみたんだけど、よその会社のことだから、よくわからないのよ」真澄は答えた。

「でも、うちの会社に仕事を発注しすぎ、お金を使いすぎ、ということはあったみたいね」

「はあ、癒着《ゆちゃく》か」

「まあそういうことになるのかな」

　トライン・コンサルタンツとの癒着、それは担当者である君島沙和子との癒着にほかならない。社内では、沙和子と大石が特殊な関係にあったのではないかという噂も囁かれていた。

「特殊な関係……色仕掛けってことか」由貴が呟く。

「相手の男の人のことを知らないから何とも言えないけど、私には沙和子さんが色仕掛けで仕事をとるなんて、そんなことをするとは思えないんだけどなあ。沙和子さん、自分に言い寄ってくるうちの男性社員なんかには目もくれないし、きれいな人ではあっても、色気でどうこうっていうタイプではない気がして」

「まあそれは、社内の男とつき合っても何のメリットもないからじゃないかって気はするけど。で、当の沙和子さんのご機嫌は？」

「当然、芳《かんば》しからず、ってとこね」

　パソコンがウイルス感染した日、本当にあの日が沙和子にとっての厄日だったかもしれない。以来、沙和子の顔に苛立ちの色が窺える日が続いている。パソコンは復旧したようだが、なぜあれほどまで頑《かたく》なに自分のパソコンを触らせないのか、それ以前に、どうして会社のパソコンを使わずに、個人のパソコンで一切を管理しようとするのか……そういったことを問題にする声も聞こえはじめていた。仕事なのだ、業務なのだ。そこに個人の嗜好《しこう》をそこまで持ち込むのはいかがなものか、ということだ。

　確かに、会社のパソコンであれば一括管理がなされているし、もしもの場合にも対処、復旧がすみやかにおこなわれる。バックアップ体制も万全だから、大事な顧客のデータが全部消滅してしまうなどという事態にも、もちろん陥ることはない。

「課長からも、今後は会社のパソコンを使うようにっていう指示があったみたいなんだけどね」

「沙和子さんは使わない、と」

　真澄は頷いた。「相変わらずそんなことなんか無視して、自分のパソコンを使ってる。お金だってかかるのに、送受信にもエアエッジを使ってね」

　今のところは課長も、なかば致し方なしに黙認している。だが、次に問題が起きた時には、今度こそ、そこをきつく指導されるだろう。

「どうして自分のパソコンに、あんなにこだわるのかしらねえ」

「それは……たぶんパソコンが、沙和子さんにとっては秘密の箱だからなんじゃないのかな」

「秘密の箱」

　真澄はコンピュータというものが好きではない。会社では仕事上仕方なしに使ってはいるが、決まりきったオペレーションをしているだけで、機械自体はいうに及ばず、いつも自分がしている以外のことはまるでわからない。苦手なのだ。だから家にもパソコンはない。メールは携帯電話に頼っているが、頻繁にメールをやりとりする相手がいるでなし、なければないで不自由しない種類の人間かもしれない。ある意味では、現代社会からも置いてけぼりにされている人間なのだと思う。だから色褪せた毎日を送ってもいる。

「真澄ちゃんさ、前に言っていたじゃない？　ほかの営業マンは苦労しているし、それでも成績が上げられなくて、辞めざるを得なくなった人も何人かいたって。それにひきかえ沙和子さんは、いきいきとしながら営業して、着実に成績上げているって」

うん、と真澄は頷いた。

「その秘密が沙和子さんのパソコンの中にあるのかもしれないよ」

苦手としている人間にはただの箱、場合によっては厄介で邪魔っけな箱でも、駆使している人間にとっては神のような威力を発揮するのがコンピュータというものなのかもしれない。そういうことからするなら、秘密の箱というよりは魔法の箱だ。

「そういえば沙和子さん、うちの会社にくる前、BRMシステムズにいたんだものね」

BRMシステムズはコンピュータのシステムを扱う会社だ。そこで営業をしていたのだから、当然沙和子はシステムにも詳しいだろう。人一倍、パソコンを使いこなす力を持っているに違いない。それは真澄の想像を、はるかに超えたものなのかもしれなかった。そう考えると、ウイルス感染した際の沙和子のただならぬ動顚ぶりにも納得がいく。

「だけど、営業成績を上げる秘密って、いったいどういうことかしら」

「私だってコンピュータは苦手だもの、よくわからないわよ。でも、世の中にはもの凄く詳しい人もいるからね。——ねえ、沙和子さんて、ずっとBRMシステムズに勤めていたの？」

うん、といったん縦に振りおろしかけた顔を、真澄は止めた。勝手にそうだと思っていた。だが、本当のところは真澄も知らない。

「とにかくBRMシステムズを辞めたのが九七年で、一年後の九八年にうちの会社に入社しているのよね」

「一年ブランクがある訳だ。その間、彼女は何をしていたのかしら」

「さあ」

「そもそも、どうして沙和子さんはBRMシステムズを辞めたの？　トライン・コンサルタンツより、BRMシステムズの方が大きい会社だよね？　お給料だって、何だかBRMシステムズの方がよさそうだけど」

言われてみれば、真澄も沙和子に関して、まだ知らないことだらけだった。

「うーん、沙和子さんて、何だかんだもの凄く癖がある。謎がある。そこが面白い」

テーブルの上に頰杖をつき、少し上体を乗りだすようにして由貴が言った。

このところ、由貴は何となく浮かない顔をしていることが多かった。が、彼女も沙和子には並み並みならぬ興味を抱いているらしく、近頃の彼女にしては珍しく、瞳に生きた輝きが感じられた。関心があることに意識が向けられている時の由貴は、少女時代を彷彿《ほうふつ》させるような、いたずらっこみたいな顔になる。今日の由貴は、そういう子供のような顔をしていた。

できれば真澄も沙和子のことを、根っこの部分から調べ上げてみたいと思う。彼女には、そうしてみるだけの魅力と価値があるように思う。だが、真澄にしても、まがりなりにも毎日会社に通って仕事をしている。締め日間近になれば残業もある。週末は疲れてしまって、できるだけ長く寝ていたいと思う。掃除や洗濯だってしない訳にはいかない。なかなか沙和子の過去のことまで調べているだけの時間的、体力的余裕がないし、もちろん誰かに頼んで調べてもらうような金銭的余裕もない。また、仮にお金があったとしても、真澄もそこまでする気はなかった。

「真澄ちゃんは会社があるし……だったら私が彼女のこと、とことん調べてみようかなあ」

由貴の言葉に、真澄は驚いて彼女の顔を見た。由貴は依然としていたずらっこのような顔をして、瞳を輝かせながら楽しげにしている。

「だけど、由貴ちゃんだってバイトがあるじゃない。ドラッグストアのバイト」

「あ。あれ、今週末でやめることにしたんだ」

「え」

「だって、みんなくだらない噂話ばっかりして……ほんと、やってられない。あんなところで人間壊れたら馬鹿見ちゃうよ」

「だけど生活の方はどうするつもりよ」

「一番最初の会社を辞めた時の貯金がまだ少し残ってる。今回はそれを充《あ》てる。無駄遣いさえしなければ、三、四ヵ月は何とかなるよ」

さも何ということもなさそうに由貴は言ったが、やはり、またやってしまった、といううしろめたさに似た思いがあるのだろう。それを口にした時、由貴はすいと真澄から目を逸《そ》らした。

(やっぱりビョーキだ)

内心、またか、という思いで真澄は由貴の顔を見た。

由貴は真澄に対しては、しっかりとした二十六歳の大人の人間の顔を見せている。それゆえ真澄は、ついついそれが本当の由貴、現実の由貴だと思ってしまう。が、表での由貴はどうも違うらしい。人間関係というものが苦手なのだ。神経質になるあまり、相手に悪意ばかりを感じとってしまう。それが高じると、彼女はだんだん被害妄想的になっていく。たとえば誰かがちょっと微妙な笑みを見せたことでも、自分を嘲笑《あざわら》っている、何か自分の失敗を知ってのことだ、それを話の種に陰で自分のことを馬鹿にして、もっと嘲笑っている……と、頭の中でどんどん悪い方に発展させてしまう。先方にやめるときちんと告げただけ、今回はマシかもしれなかった。何社目だったかの時は、ある朝ふつりと会社にいかなくなり、上司が連絡をとってきても、電話を切って話もしなかったと聞いた。以前つき合っていた彼氏と別れたのも、相手を疑って疑って、相手と自分をどうにもならないところにまで追い込んでしまったからのようだった。

日記や手帳を盗み見られている、電話を盗聴されている……ひどくなると、本当にそういうことまで考えはじめる、気が狂いそうになる、と由貴はいつか真澄に言っていた。

由貴の場合、被害妄想的な苦しみから逃れる方法はただひとつ、その人間関係を放擲《ほうてき》し、完全にそこから離れてしまうことしかない。だから勤めは常に長続きしない。いくら勤めを変えてみても、最後はそこにはまってしまう。それゆえ放擲を繰り返すしかない。ほとんど結果の見えた不毛の営みだった。

「人がどんなふうにして人のこと探るものか、私、何となくわかるような気がするんだ。どっちかっていうと私はこれまで、探られる一方だったけど、たまには探る方もやってみたい感じもするし」由貴が言った。

返すに適当な言葉が見つけられず、真澄は即座に返事ができなかった。

見た目はまったくまともなのに、由貴の内側は蝕まれている。由貴本人もわかっているのだ。だが、自分でもどうしようもないから、結局現実を置き去りにして、自分の論理の通じる世界に逃げてくるよりしょうがない。でないと本当に、自分が壊れてしまいそうになるのだろう。

しかし、それは真澄とて同じことだった。真澄は、つまらないと思いつつも、何とか会社勤めを続け、自分を誤魔化しながらも懸命に自らを一般ラインにつなぎとめている。だが、内には由貴同様、危ういものを抱えている。本当の自分に自信が持てない。それだけに人から評価を下されるのが恐ろしい。本当の自分は隠しておきたい。そうすれば、仮に何を言われたとしても、本当の自分はべつにあるのだからと自分自身に言い訳をして、根っこから崩れてしまうのを防ぐことができる。

似合わぬ赤い眼鏡がその象徴のようなものだった。眼鏡はいわば真澄の仮面だ。仮面をつけた自分なのだから、人から何を言われても痛んだりへこんだりする必要もない――、これもまた、自分の世界でだけ通じる論理だ。自信はなくてもプライドはあるのだ。それが壊れてしまった時、自分自身も壊れてしまう。

由貴は自分が身を置いていた場がつまらないものだったとして逃げだすことでプライドを守る。真澄は仮面をつけることでプライドを守る。心の底にあるのは、本当なら自分は、もっと認められていいはずの存在だという思い。自分をとり巻く社会や現実の方がどうかしているのだという思い……真澄も由貴も根の部分では一緒だった。

だから真澄は、由貴に対しても何も言えない。

言葉を口にする代わりに、真澄の唇から吐息が漏れた。

由貴に対して漏らした吐息ではなかった。真澄は自分自身に対して、倦《う》んだ吐息を漏らしていた。

5

疲れた……ソファに身を投げだし、沙和子は深い溜息をついた。

日頃は人のコンピュータを喰いものにしているみたいなＲＹＵさんがねえ、とＪＡＪＡからは半分笑われた。しかし沙和子にとっては笑い事ではなかった。

ＲＹＵというのはＪＡＪＡと同じ、沙和子のハンドルネームだ。彼とは、たったいっぺん会ったきりで、以降はコンピュータを通してだけのつき合いをしている。

ＢＲＭシステムズに勤めていた時のことだ。沙和子は大手パソコンスクールの上級コースに一時期籍を置いていた。もっと自在にパソコンを使えるようになりたいという気持ちもあったが、それよりは、自分には考えもつかないようなコンピュータの知識とテクニックを持った人間のルートを、探り当てるのが目的だった。いわば金脈掘りのためにスクールに通い、時間と金を投資した。半年通って徹底的に情報収集に努め、目論見《もくろみ》見通りに天才というべき人間にたどり着いた。

それがＪＡＪＡだった。

ＪＡＪＡは気づいていない。だが、沙和子は彼の素性を知っている。そのために、強引に一度接触し、プロの調査員に彼を尾《つ》けさせた。

野呂浩太《のろこうた》、二十歳。都立高校を中退後、定職に就くこともなく、練馬のアパートで一人暮らしをしている。中学、高校時代は典型的ないじめられっこ。野呂浩太という名前とぐずぐずと煮え切らない性格から、みんなに「のび太」や「ノロ」と呼ばれていた。からだもいまだに小さくて、見たところ、彼はまったく目立った部分がない。誰からも、まず振り返られることのない種類の人間だ。ただし、コンピュータにだけは飛び抜けて精通している。ＪＡＪＡの知識と技術は、まさに天才的だった。

沙和子は彼を取り込んだ。成功報酬は支払っている。沙和子は彼のクライアントの一人といっていい。ＪＡＪＡは今、そうした裏仕事で充分食べていくだけの金を稼いでいた。食べていくだけどころか、恐らく彼はすでに相当貯め込んでいるだろう。マンションだってベンツだって、今の彼には買えるかもしれない。が、生活はまったく派手ではなく、外見的にも、地味でひ弱ないじめられっこのなれの果てを演じ続けている。しかし彼の本性は、知的財産の強奪屋であり、破壊屋だ。コンプレックスは人一倍。だからこそ、彼はそんな稼業をしている。金のためではない。ＪＡＪＡは、いわば愉快犯だった。

ＪＡＪＡのお蔭で沙和子のノートパソコンは復旧し、これまで通りの作業ができるようになった。パソコン内の情報が表に流出してしまうことも未然に防げた。

とはいえ、やはり問題は残った。上司から、会社のパソコンを使うようにと命じられた。前から幾度か言われていたことではあった。が、今回はその要請が執拗だ。だが、ごめんだった。一括管理されているからこそ、沙和子はそれを使いたくない。使う訳にはいかない。

（おまけにマリア製菓……）

沙和子はもうひとつ疲れた溜息をついた。

大石光則のパソコンから個人情報も含めた情報一切を引きだすことで、沙和子は仕事を自分に有利に進めてきた。彼の生活の裏事情まで、沙和子は詳細に心得ている。何もかもをコンピュータに入れて管理したがる人間こそが、沙和子の狙い目だった。

加えて沙和子は、製菓業界の情報も努めて収集した。相手のほしい情報を与える一方で、相手の弱い部分をしっかり握っていることを小出しに匂わす。いまや営業は、夜討ち朝駆けの時代ではない。情報合戦——、いかに情報を握っているかが勝負の決め手だ。

その大石が左遷され、トライン・コンサルタンツの担当も、沙和子から瀬永に交代になった。

（いったい何のためにここまで情報を集めてきたのよ。この先半年の布石もちゃんと打ってきたっていうのに、これじゃ何もかもが無駄じゃないの）

トライン・コンサルタンツに移ってからこの三年、沙和子は自分の目論見通りに事を運んできた。だが、上手《じょうず》の手から水が漏れる……ウイルスに入り込まれたこと、そしてマリア製菓とのつながりに問題点が指摘されたこと、このふたつのことが、今後に大きく響くような気がしてならなかった。こういうことが重なると、ひょんなことから秘密が露呈しかねない。誰かが何かを疑いださないとも限らない。ふたつの出来事が、これまでの好ましい流れを変えていくような、いやな予感が沙和子にあった。また経験則からいって、沙和子の予感はよく当たる。沙和子は決して勘の鈍い方ではなかった。ある種、本能的な嗅覚があるといってもいいかもしれない。それだけに、いやなものを感じた時は心が晴れない。

(実際、ここのところ本当にいやなこと続きだわ)

二人の男とも、これまではうまくつき合ってきた。その関係が、ここにきて一挙に双方ややこしいものになりかけている。英二と要介の二人がそれぞれに、表向きの沙和子のありようにたぶらかされてくれるのはいい。望むところだ。今の女は、自分で男を選び、自分が相手の恋人や愛人になるのではなく、相手を自分の恋人なり愛人なりにするぐらいでなければ輝けない。男の従属物である時代は終わったのだ。そうあったはずの関係が、いつしかありきたりの男女の関係のように落ち着いてしまって、男に結婚だとか生活だとかを安易に望まれたり求められたりするのは、沙和子は絶対に願い下げだった。

(私はそれが望みでつき合っている訳じゃない。そんなことは、私のシナリオには全然ない)

半分言葉を叩きつけるように胸の内で呟き、沙和子はソファから立ち上がった。少しもつれかけた髪をほぐすように掻き上げながら、奥の部屋に向かう。

デスクの抽斗《ひきだし》を開け、沙和子はノートを取りだした。ひとつひとつの大きさと形がきちんと揃った自分の文字で、細かに綴られているノートを眺める。眺め終わってから、その内容を反芻《はんすう》するように、改めて心で思う。

〝君島沙和子〟は、現代社会において、女性が理想としている生き方を、具現、実践している存在でなければならない。

現代女性が理想としている存在とはどのようなものか。

社会という表舞台に立ち、自己の存在価値を明らかに周囲に認めさせることのできる女性。

一方で、充実した私生活を獲得している女性。

また、外見的にも美的である女性。

本人および、公私両面での充実。三者すべてが満点でなければ意味がない。

したがって、現代女性の理想を具現している〝君島沙和子〟は、この三点において、常に満点でなければならない。

どこから見ても人が瑕疵を指摘することができず、羨まざるを得ないような存在であり続けなければ、意味もなければ価値もない。

ぼんやり過ごしていたら、望むものなど何も手にはいらない。有名大学を出ていないというだけで、不当な評価を受けることもある。垢抜けていないというだけで、排除されることもある。それが今の世の中だ。惨めなのはごめんだった。この世で生きているからには、輝いていなければ意味がない。

過去、そう考えたから、沙和子は具体的に自分はどうあることを望むのか、何をしたらいいのか、ということを考えた。その理想の実現のため策も練った。投資もした。自分が思い描く生活を手に入れるための努力も、人一倍してきたつもりだ。ヴィジョンは絵に描いたように明確だ。一分《いちぶ》の狂いもなく、そのヴィジョン通りに〝君島沙和子〟を演じることが、沙和子の無上の喜びだった。

今の社会、いったいどれだけの人間が、自分の思う通り、理想通りに生きることができているだろうか。恐らくそんな人間などほとんどいない。しかし、私はそれをやっている——、それが沙和子の拠《よ》りどころであり誇りだった。

(ところが何よ)

沙和子は再びノートに目を落としながら心の中で毒づいた。

(最近の私は失態続き、ちっともシナリオ通りに演じられていないじゃないの)

会社では、余裕ある表情と態度を保たなければならない。

なぜなら、がむしゃらに仕事をしてトップを獲得するということは、いまや少しも美的ではないからだ。外側に汗は見せずにトップを獲らねば、理想と齟齬《そご》が生じる。なのに最近の沙和子には余裕がない。懸命さが表にでてしまっている。

今月度の売り上げナンバーワンという目標も、マリア製菓というクライアントを失ったことが大きく響いて、いまもって未消化の状態にある。残る日にちを眺めても、達成はもはや絶望的といっていいだろう。

周囲に充分に余裕を見せながら抜群の営業成績を収めるからこそ、人はなおのこと驚嘆する。君島沙和子という人間の価値も上がる。それが近頃ちっともできていない。

私生活では、あくまでも自分が主体。男は、自分の私生活を充実させるための存在程度にとどめておかねばならない。男に振りまわされているような女は自ら輝きを放つことなどできないからだ。

が、私生活でもこのところ沙和子は、要介や英二の勝手な行動に翻弄されはじめていて、二人の男の間で自分にとって心地よいバランスを保つことができずにいる。彼らの思いがけない出方に慌てさせられ、右に左に振られている。

公私両面での余裕のなさは、自然と表情にでる。心の苛立ちは険のある顔つきを作り、うつくしさを損なう。美的であるという項目まで、沙和子はクリアし損なっていた。

沙和子は尖った表情をして、ノートに細かく記された項目に、それぞれ得点を書き込んでいった。それを電卓で集計する。

五十六点。

（最低——）

総得点を見た瞬間、頭の中でパチッと神経の糸が跳ねるような音がした。刹那《せつな》、目の中で光がフラッシュする。七十五点を下回ったら、それはもう沙和子にとって点数ではない。たとえ七十四点であろうとも、零点であるのと同じだった。

全身の皮膚の内側がひりつきはじめていた。とりわけ足の裏がちりちりと焼け焦げてくるような焦燥感を発していて不快だった。手の指先も、だんだんにちりちりとしはじめる。髪の毛が逆立つような感じがした。こめかみから側頭葉にかけてのあたりも、ちくちくとしたいやな痛みを発しだしている。

眩暈《めまい》がした。本当に、気分が悪くなりそうだった。

〝君島沙和子〟は、見た目も中身も何もかも、人が理想と思うような女でなくてはならない。そういう女だから価値がある。そんな女を演じられる人間だからこそ、自分自身にも価値がある。反対に、それができないような人間ならば、自分という人間には価値がないということになる。生きていても仕方がない。人間の屑《くず》——。

不意に咽喉が詰まりかけたようになって、沙和子はしゃっくりでもするみたいに、反射的に短く息を吸い込んでいた。固い空気の塊でも飲み込んだみたいに、咽喉の奥や胸がきゅんと軋《きし》んだ。落ち着こうと試みる。が、再び咽喉が勝手にひくっと短く息を吸い込んでいた。

沙和子は、ひきつけの発作でも起こしかけたかのように両の拳を握り締めていた。目の奥が痛み、目玉が収縮していくようないやな感じがあった。頭が痛い。

徐々に頭から血の気が退いていくのを感じながら、なおも沙和子は考え続けていた。

(私は〝君島沙和子〟を演じきれないの？　シナリオを遂行できないの？　そんなことが許されるの？)

電話が鳴った。

けれども沙和子は歪んだ苦しげな表情でちらりと電話を一瞥《いちべつ》しただけで、受話器をとろうとはしなかった。首を小さく横に振り、心で小さく呟いていた。

(電話がかかる……私の今日のシナリオに、そんな一項は存在しない)

第三章

1

君島沙和子を探るようになってから、十日余りが過ぎようとしていた。

吉村由貴は、ここ十日の自分自身の毎日に、久し振りに身も心もわくわくするような高揚感を覚えていた。

同じコーポラスに住む佐竹真澄から君島沙和子のことを聞いた時から、由貴は彼女にひとかたならぬ興味を抱いていた。興味というよりも、羨望といった方が正しいかもしれない。真澄の話を聞く限りにおいては、この息苦しくも不自由なはずの世の中を、自在に泳ぎまわっているらしい君島沙和子という女が、由貴は羨ましくてならなかった。

が、羨む気持ちの一方で、そんな人間がいてたまるものか、と反発する気持ちも心にあった。

由貴は、自分が人より劣っているとは思っていない。学生時代だって、学習能力、成績ともに、周囲に優りこそすれ劣っていなかったという自負がある。容姿にしても、優れてよいということはないにしても、人に不快感を与えない程度のものには恵まれていると思っている。ひいき目に見れば十人並みよりはちょっと上、これといって際立った特徴はないかもしれないが、由貴の外見に人から嫌われる要素は何もないはずだった。

だが、社会にでてみると、なぜか自分自身、すなわち吉村由貴というコマがまったく通用しない。学校の頃とは違って、まわりの誰も彼もがどういう訳だか意地が悪い。ちょっとしたことで揚げ足をとろうとするし、小さな失敗やアラを丹念に見つけだしては、由貴を嘲笑したり見下したりする。社会は評価が曖昧だし、評価の基準が相手の印象、感覚に委ねられがちだ。曖昧だから、逆に恐らく誰もが自分に自信を持ちたいのだ。それゆえ自分を高めようと、自分優位の比較対照の相手となるべき弱い人間を探している。

目には見えないが、江戸時代の身分制度みたいなものかもしれなかった。自分よりも下級の者がいるということで、優越感が満たされる。今現在自分が置かれている苦しい環境や状況に、耐えていけるだけの力を得ることができる。低劣きわまりない精神構造だ。人間というのはつくづくくだらない、と由貴は思う。また、自分がその優越感の材料にされてしまうということが情けなくもあった。

たぶん、気が弱そうに見えるのだ。事実、けんかはもともと得意でない。相手が攻めてくると、どうしてだか弱気になって腰砕けになる。歯向かった時、後でどんな目に遭わされるか想像すると急に恐ろしくなって、からだも心も縮こまってしまうのだ。その性格は小さい時から変わらない。相手はそういう匂いを敏感に嗅ぎとって、由貴を標的にしてくるのに違いなかった。

何よ、バッグと合わない明るい茶色の靴なんかはいちゃって、趣味悪い。へえ、このあいだはつまらない計算を間違えたくせに、今日はずいぶんお利口な口をきくのね。知ってるわよ、あなた、つまらない詩みたいなのをノートにぐだぐだ書き綴っているでしょう。笑っちゃうわ。作詞家か何かにでもなろうっていうつもり……人はあからさまには口にしない。だが、由貴の耳には相手の心の声がはっきりと聞こえてくる。いくら考えすぎ、あるいは妄想だと言われても、由貴はそれが事実であり真実であると確信している。自分に確信がある以上、誰が何を言おうと、どうしようもないことだった。

由貴は経験的に知っている。こっちのアラや弱みを見つけるためならば、人はどんなことだってするものだ。だから由貴は、だんだん人間が嫌いになる。会社や勤めにいきたくなくなる。そこに人間さえいなかったらきちんと会社に通えるのに、と口惜しく思わずにはいられない。できることなら、ロボットと一緒に仕事がしたい。

真澄と親しくなれたのは、彼女も似たような人間、いわば同類だとわかったからだ。由貴が対人恐怖症の被害妄想なら、真澄はたぶんセルフ・イメージ障害だ。自分が認識している自己のイメージと他者が抱いているイメージとの間に乖離《かいり》があるような気がして、真澄は自分に自信が持てずにいる。生の自分をさらせない。だからわざわざ彼女の顔だちには似合わない、奇をてらったような眼鏡をかけて、イメージを固定化してしまうことで乖離への不安と恐怖を押し隠している。そうすることで、彼女は何とか毎日会社に通っている。

由貴の目からすれば、もちろん真澄も少しも人より劣った人間ではない。なのに社会で自分の確たる居場所を見つけられず、どこかおどおどしながら生きている。由貴と同じく鬱屈している。そんな人間だとわかったから、彼女ならば些細《ささい》なことで自分を見下したりはしないと安心できた。なぜなら、人から見下されることは、真澄自身が人との関係において、一番恐れていることだからだ。人というのは、他者から価値のない人間と決めつけられてしまったら、明日から生きていくだけの活力を、案外たやすく失ってしまう生き物なのだ。

結局は、弱い者同士の傷の舐め合い――、由貴も真澄も互いにわかっている。それでもほかに居心地のいい場所が見つけられずに、肩を寄せ合って安らいでいる。そこに触れてしまうのが恐ろしいから、二人とも気づいていない振りをして過ごしている。

しかし、今は自分のことなどどうでもよかった。問題は君島沙和子だ。沙和子を探るようになってから、もちろん由貴も沙和子本人の姿を拝んだ。対象を知らなければ調査もできない。

真澄が言っていた通り、君島沙和子はきれいな女だった。均衡のとれたうつくしい肉体に、まとまりのいい整った顔を持っている。栗色に染められた長い髪は艶やかだし、肌もきめ細かで、いかにも化粧の乗りがよさそうだった。

ひと目見ただけで、彼女が服装にも相当細かく気を使っていることが察せられた。上から下まで違和感なくコーディネイトされているし、何より自分に似合うものを自然に着こなしている。センスがいい。

加えて沙和子は見る人に、柔らかで女らしい印象を与える。一見しただけでは、人は彼女がバリバリのセールスウーマンだとは思うまい。確かに、人から好感を持たれこそすれ嫌われることのないタイプの女だろう。彼女には厭味やあくがない。

(だけど虚飾。みんな虚飾)

由貴は地下鉄に揺られながら、胸の内で呟いた。

由貴は今日、沙和子のBRMシステムズ時代の写真を入手した。コンピュータ関連企業の近年の発展と今後というテーマのルポを書いているという名目で、BRMシステムズの広報部に接触し、沙和子が在職していた当時の社内報やセールスチームの取材をしたのだ。

自分でも不思議だった。贋《にせ》の名刺を作ってべつの名前を名乗り、ふだんとはがらりと服装を変えただけで、由貴は信じられないぐらいに大胆になっていた。仮に素性がバレたとしても、これはペンネームだからと言えばいいという開き直りも生まれ、我ながら見事なまでに堂々としていたと思う。

他人を装った方が、案外楽に生きられる——、由貴には楽しい発見だった。

ＢＲＭシステムズで沙和子の写真を目にした時、由貴は内心、あっと驚かない訳にはいかなかった。持ちだすことはできなかったから、他の資料と取り混ぜて、カラーコピーをとらせてもらって帰ってきた。そのコピーは、大事にバッグのノートの間に挟み込んである。一刻も早く、それを真澄に見せたかった。彼女もさぞかし驚くに違いない。

この十日で、由貴も沙和子に関しては、いろいろと思いがけない事実を摑んでいた。いや、もともとそんな理想的な女など存在するはずがないと半信半疑でいたのだから、想像していた通りの事実、というべきなのかもしれない。が、なかでも今日手に入れた写真は出色といえたし、最も由貴の気持ちを沸き立たせるものだった。

帰途につき、こうして地下鉄に乗っていても、何だか落ち着かなくて、早く東中野に着かないものかと気が急《せ》くような思いがしていた。

時計を見た。七時二十三分。真澄はすでに帰宅しているだろうか。真澄の顔を見たら、由貴は一番にこう言いたかった。

「真澄ちゃん、あの人もともとあんなだった訳じゃないんだ。生まれつききれいで感じがよかった訳じゃなかったんだよ」

写真を見た真澄がどんな顔をするだろうかと想像しただけで、勝手に顔に笑みが滲んだ。

「あの人ね、沙和子さんはね、整形している。顔を作り替えているんだよ」

現に今、真澄に向かって告げているかのように、由貴は胸の内で語りかけていた。

2

ＢＲＭシステムズにいた頃の沙和子は、今の沙和子とは、違った顔を持っていた。といっても、もともと沙和子は、べつに顔の造りに問題があった訳ではない。ただ、際立った特徴のない、おとなしげな顔だちだったといえる。今の沙和子は周囲に誰がいようと圧倒的な存在感を誇っているが、当時は大勢の女たちのなかに身を置いていたら、たぶんあまり目立たない存在だったのではないだろうか。いってみれば、真澄や由貴と大差ない。

具体的にいうなら、沙和子は卵型の輪郭《りんかく》に、いくぶんふっくらとした柔らかそうな頰を持っていた。目つきは今と比べていくぶん暗いかもしれない。鼻や口は引き締まっている感じで、与える印象は、控えめでやや内弁慶という感じだろうか。全体に、今よりも部分部分に神経質そうな匂いがある反面、頰や顎のあたりには緩みや甘さの感じられる顔といっていいかもしれない。

顔の細かな部分の造りを比べてみても、今現在の沙和子とは、ずいぶん違っていることがわかる。沙和子がかなり細部にわたって、顔に直しを入れていることは間違いなかった。そうはいっても本人には違いないのだから、突き合わせるように比較すれば、共通する匂いもないではない。まったくの別人、とまではいうことはできないかもしれない。それでも、過去の沙和子を知る人間が、今の沙和子と街でばったりすれ違っても、恐らく彼女だとは気がつくまい。両者にそれぐらいの違いと開きはある。

何といっても一番異なるのは、顔全体が与える印象だろう。かつての沙和子には、今現在の沙和子にある華やかさと色香がない。輝きもない。それが両者をまったく違った人間のように見せている。人間、顔を直せばここまで印象が変わるものかと、やはり驚かずにはいられない。

「目、鼻、頰……たぶん歯も直しているわね」

検証、検分するように、顔を寄せて写真を眺めながら由貴が言った。指が写真の沙和子の顔の上をたどっている。

「顎のラインなんかもやっぱり違ってる。昔よりも今の方が全然シャープよ。理知的な感じがする。頰も女らしいラインを残しながらも、前よりすっきりしてる。相当お金がかかっているわよ、これ」

「驚いたわ……」

改めて写真を眺め、真澄は嘆息に近い息を漏らした。それから不意に思いついたように、ラックの雑誌を引っかきまわしはじめた。

「ちょっと、真澄ちゃん。何してるの？」

「通販のカタログ」かきまわしながら、真澄は答えた。

「何で通販？」

「最近は、通販のカタログに整形美容の冊子もはいってきたりするのよ。それに確か値段が書いてあったような」

由貴が笑った。「値段じゃなくて施術料とか費用とかいうんじゃないの」

「そうか、施術料、手術料ね……あった！」

真澄が、ラックから見つけだしたカタログを開いた。中から美容整形の冊子だけを引き抜いて料金表を探した。二人して額を寄せ合うようにして、冊子の料金表を覗き込む。

頬の脂肪吸引	二十八万円
二重術（瞼《まぶた》）	十　万円
隆鼻術	二十三万円
小鼻の縮小	二十八万円
顎の形成	二十三万円
顔痩せ骨切り術	七十　万円
顔痩せ顎先	七十　万円

目頭切開　　二十二万円
歯科
　漂白　　一本　七万円
　セラミッククラウン　一本　十五万円
　レーザー　一本　十一万円
　………

「手術料って、基本的なものでも結構高いのね。これじゃいくつかやっただけで、軽く二百万ぐらいはかかっちゃう」

ひと通り料金表を眺めて、真澄は言った。言ってから、疲れたように冊子から顔を離した。

なかには〝二十三万円から〟というような曖昧な書かれ方をしているものもある。また、一応はいくらと金額が記載されているものにしても、本当のところは、きっちりと固定された料金とはいえないのではないか。病院にいって実際に相談すれば、こういう高度な手術の仕方があるとか何とか、営業的な説明、説得をされて、結果的には、もっと高額な料金がかかってしまうもののような気がする。エステにしても、いけば予定通りの金額では済まなくなるのと同じことだ。

「歯だって、まさか一本だけ漂白したり直したりする訳にはいかないしねえ」

「そうよね。となると、顔だけで下手すりゃ二、三百万か……」

「顔だけって？」

「だって沙和子さん、からだも直しているかもしれないじゃない」

当然といった口調で由貴が言う。

その言葉に、改めて冊子に顔を近づける。からだの整形の料金も、べつのページに載っていた。

豊胸術、お腹の脂肪吸引、太股の脂肪吸引……それぞれにつき、六十万から八十万の費用が記されていた。

乳首の形成手術は二十五万、シミ、イボをとるのはひとつにつき三千円……自分を何から何まで作り替えようとしたら、楽に五百万を超える費用がかかる計算になる。

冊子には、ほとんどの手術に入院は不要のように書かれている。が、これもどうも怪しかった。たとえ二、三日でも、包帯やガーゼを貼りつけた顔で電車やタクシーに乗って通院するというのは現実的でない。だいたいこの種の手術を受ける人間は、他人に知られず秘密裏にことを済ませたいと考えるはずだ。いくら三日ばかりで腫れがひくと言われても、その間人に顔をさらしたいとは思うまい。仮に医師が入院は不要と言ったとしても、できることなら入院していたいと考えるのがふつうだろう。医院も、当然その施設を備えているに相違ない。

手術料に入院費や薬代を加えたら、いったいどういうことになるのだろう。この上肌を美しくするため、ムダ毛を抜くため……と、エステにまで通いだしたら、いくらあってもお金が足りない。

「沙和子さん、いったいどれぐらい直したんだろう」思わず真澄は言っていた。

「相当直しているわよ。これだけ今と感じが違っているんだもん。彼女の場合、鼻が気に入らないから鼻だけ直す、そういうやり方じゃない。全体のバランスで直してる。そこまでやったからこそ、昔とこれだけ印象が違っちゃってるのよね」

もともとの沙和子の容姿に、三百万、四百万かけて直すべき問題点はまったく見当たらない。小造りでこけしのようなおとなしげな顔だちかもしれないが、それはそれで悪くない。みっともないということは少しもなかった。沙和子自身、自分のどこかの部分を直したいと思っていた訳ではないだろう。彼女は、いわば現代女性の誰もが理想とするような女の顔だちに、自分の顔を作り替えたいと考えたのに違いない。だからここもあそこもということになり、顔全体に直しが及んだ。

「見て。生まれ変わりの医学、幸せを摑むための医学、だって」冊子のキャッチを見ながら由貴が言った。

『美容整形は、生まれ変わりの医学です。幸せを摑むための医学です。
一度きりの人生です。よりあなたらしいあなたに美しく生まれ変わり、
望んだ幸せを摑みましょう！』

美容整形クリニック自体が、生まれ変わりと幸せの獲得を謳《うた》い文句にして、客の心をそそろうとしている。

生まれ変わること、幸せになること——、沙和子が望んだこととはそれだったのか。

「生まれ変わりか……。だとしたら由貴ちゃんの言う通り、沙和子さん、からだも直しているかもしれないわね。言われてみればあの人、本当にきれいな脚をしているもの」

他人のことだから真澄も簡単に言える。だが、切開したり脂肪をとったり骨を削ったりシリコンを入れたり……自分をもののように切り刻んで異物を加えて改造するのだ。とても生半可な決心で踏み切れるものでない。少なくとも真澄は駄目だ。怖くて先に気持ちが臆してしまう。

「小陰唇の整形もあるよ。医者によっては、処女膜再生なんてこともやってるのかもね。さ

すがにここには載っていないけどさ」

何だか咽喉が渇いてきた。真澄は立ち上がるとキッチンにいき、湯を沸かしはじめた。ペーパーフィルターに挽いたコーヒーの粉をセットする。湯が沸くのを待って、ぼうっとレンジの前に立っていても、脳裏に勝手に今の沙和子の顔がちらついていた。

「しかし、これぞまさに君島沙和子って感じだよねえ」

ローテーブルに頬杖をついて、感慨深げに由貴が言った。キッチンから振り返り、黙って由貴を見る。

「完璧主義者。あくまでも自分の理想を具現しないと気が済まない。そのためにはお金もかければ痛い思いもして、自分自身さえ作り替える。さすがに沙和子さん、徹底してる」

「だけど、由貴ちゃん、見た？　骨切り術だってよ」真澄は顔を顰《しか》めた。「想像しただけでもぞっとするじゃない」

由貴が再び冊子を手にとって、骨切り術の項目の説明書きを、声にだして読み上げる。

『頬骨やえら骨が張っている人は、口の内側から切除して、頬や顎の骨を切って顔を小さくします。長すぎる顎を短くすることもできます。鼻骨が大きい人は、鼻骨を切ってかわいらしくします』

「かわいらしくって、ちょっと……」真澄は言った。

骨を切るのだ。むろん麻酔をかけているから痛みはないのだろうが、聞いただけで身が竦《すく》む。その時痛みはないにせよ、術後は多少の痛みや違和感があるだろうし、そういう時の気分はどういうものなのだろうか。恐ろしさが先に立って、真澄には見当もつかなかったし、想像したくもない気持ちだった。

「怖いだとか何だとか、きっとそういう感覚は、沙和子さんにはないんだと思うな」由貴が言う。「あの人、目的のためなら痛みも何も感じないような気がする」

再び真澄の脳裏に、匂い立つような笑みを浮かべた沙和子の顔が甦る。見事な出来というよりほかなかった。会社の人間にしても、彼女がそこまで顔を直しているとは、誰一人思ってもいなければ気づいてもいないだろう。真澄とて、今日の今日まで、つゆほどさえ疑ってもみなかった。沙和子は生まれながらにしてうつくしいのだ、恵まれているのだ、と思っていた。これほどの出来ということは、よほど腕のいい著名な医者が手術をしたのかもしれない。だとすれば、通販カタログに挟まれていた冊子に記載されていた費用よりも、はるかに金もかかったことだろう。

「九七年にBRMシステムズを辞めて、一年後の九八年にうちの会社にはいった……」カップをトレイの上に置きながら真澄は呟いた。「空白の一年、それは自分を改造する一年だったのね」

改造……自分で口にしながら、真澄は寒々とした思いになっていた。

「私さ、ＢＲＭシステムズ時代の沙和子さんについても、いろいろ調べてみたんだ」

由貴はバッグからノートを取りだして、テーブルの上に開いた。

沙和子は高校卒業後、すぐにＢＲＭシステムズに入社した訳ではなかった。在職は四年。その前何をしていたかまでは、まだ由貴も摑んでいない。

ＢＲＭシステムズで営業職をしていた頃の沙和子は、はじめから成績優秀なセールスだった訳ではない。ただ、大変な頑張り屋であり、負けず嫌いであったことは事実のようだ。だから当初から成績は悪くなかったし、学習意欲も旺盛だった。会社の研修や自己学習でコンピュータのことを学ぶ以外にも自分でお金をだして、民間のパソコンスクールにも通っていたようだ。

社内では、特別人づき合いや人当たりがいい方ではなく、現在のように仮にうわべだけであるにせよ、愛想がよくてにこやかということもなかった。どちらかといえば、がむしゃらに仕事を頑張るタイプの営業ウーマンで、時にはかりかりとなって、はた目には多少エキセントリックと映る部分もあったようだ。そうした懸命な努力が実ったのか、ある時期から沙和子は営業成績が常に上位となり、態度や表情にも、だんだんと余裕が窺えるようになってきた。

ところが、会社の期待も大きくなったその時期に、沙和子はBRMシステムズを自分の方から辞めている。仕事の上でも人間関係の上でも、とりたてて何かしらのトラブルがあったという訳ではないにもかかわらずだ。

「せっかくのいい時期に。どうしてだろう」

真澄はカップに注いだコーヒーと、袋詰めで売られているあんドーナツをトレイにのせ、奥の部屋に戻りながら言った。ひと袋二百円するかどうかという小粒の安いあんドーナツで、本来人にだせるようなものではない。が、もはや由貴には見栄《みえ》も張らない。そのかわり特別なもてなしもしない。互いにそういう間柄になっていた。

「お金も貯まったことだし、ここで自分を作り替えて、もっと自分を理想に近づけようとでも思ったのかしら」

「それが一番でしょうね。沙和子さんて、ふつうのことでは満足しない人なんだね、きっと。あの人は、バリバリの営業ウーマンじゃなくてバリバリの完璧主義者。怖いぐらいの理想主義者だよ」

「じゃなかったらふつう、何百万円もお金をかけて、自分を作り替えたりまではしないわよね。だけど、そこまで自分に手を入れるってことに、罪悪感だとか不安だとかは覚えないのかしら。だいたい整形手術なんて、本当に自分の理想通りにいくかどうか、終わってみないとわからないのよ。ふたならぬ包帯をあけてみたら大失敗ということだって、絶対にないとはいえない訳だし。失敗ではなかったとしても、思っていたのと違っていたとか、イメージの食い違いって、どうしたってあると思うのよね。美容院にいったってそうじゃない。さんざん美容師に言ったはずなのに、どうしてこういう髪形になったのって、がっかりすることが多いわ。ましてや顔をいじるなんて、やっぱり怖いわよ。不安よ」

「まあねえ……でも、沙和子さんには、べつに罪悪感も不安もないんじゃない」コーヒーカップに一度唇をつけてから、ごくあっさりとした口調で由貴が言った。「もし気に入る出来でなかったら、また作り直せばいい、きっと彼女はそれぐらいの気持ちなのよ」

「それはそれで凄いわね。ううん、凄すぎる」

先生、これは私の希望とは違います。小鼻をあと二ミリずつ縮めて、鼻柱は三ミリ高くしてください――、もしそんな会話が医師との間で交わされているとするならば、もはや自己の肉体は肉体でない。物だ。

今の沙和子は、いってみればサイボーグだった。そんな彼女に対して、ふとおぞましさを覚えかける。が、そんな思いも、膨らむ以前に真澄の中で、たちまち小さくしぼんで消えていってしまった。しわしわとしぼんで消えていってしまったのは、やはり今の沙和子が完璧に等しいから、としかいいようがない。真澄のまわりの誰よりも、君島沙和子は輝いている。そのことだけは間違いがない。

美容整形というものが、商売として成り立っているからには、需要があり、客がいるのだとは思っていた。就職試験や見合いの前に顔を直したり夏に水着を着るために臍《へそ》の形を直したり……そんな人間が結構いるという話も耳にはしていた。確かに友人のなかにも瞼を二重に直した人間はいるし、テレビを見れば、デビュー当時とはどこか違った顔をしてでている芸能人も少なくない。とはいえ、現実にそこまで自分に手を入れた人間を身近にしたのは、真澄も沙和子がはじめてだった。

だんだんに、人は自分自身まで物として扱うようになっている。自分をコンピュータゲームのキャラクターのように考えるようになっている。

何かが狂っている——、そう思う一方で、その裏側には理想通りの自分であったらどんなにいいか、と思う気持ちがべったりと張りついてもいる。

人から羨まれるようなきれいな姿かたちをしていて、着るものから何から自分の好きにコーディネイトすることができて、それがまた絵に描いたように似合って……外では望み通りの仕事に就き、会社でも頭に描いた通りの評価を得ていて……もしもそうであったら、きっと毎日は、楽しくて楽しくて仕方あるまい。それが今の君島沙和子の毎日であり、人生だ。

真澄の目に、自分の部屋の様子が映った。窓辺に下がっているカーテンは、ブルーの地に小花模様があしらってある。べつに花模様が好きな訳ではなかった。セールで売られていたなかでは一番マシだったからそれを買った。一方ベッドカバーはピンクの地に、訳がわからぬ抽象模様が描かれている。いつどこでいくらで買ったのかももう覚えていない。こうして改めて眺めてみるならば、カーテンとカバーは色から生地から模様から、完全にちぐはぐでうるさいばかりだった。テーブルの上のコーヒーカップにしても、店で安くてかわいいのが売られているのを見かけるたび、ついつい買ってきてしまったりするものだから、どれもまともな品ではないし、揃ってもいない。由貴にはいつもネコの柄のついたものを使ってもらっているが、買った本人ながら、どうしてネコかと首を傾げたくなる。時計ももらいものなら、カレンダーも会社から調達してきた取り引き先からのもらいもの……せせこましくてごちゃごちゃした部屋の中は、あれもこれもみんなばらばらなせいで、余計に混雑して鬱陶しげに見える。安っぽく映る。

何もかもが、ひどくみすぼらしく思われた。テーブルの上の二百円するかしないかのあんドーナツも、そう思って見ると厭《いと》わしい。

思わず真澄の唇から溜息が漏れた。

「やだ、何なの、真澄ちゃん。溜息なんかついちゃって」

「だってこの部屋、この自分……。残念ながら私は沙和子さんみたいに全身美容整形する勇気もお金もないけどさ、そういうふうに自分や生活が作り替えられたらどんなに幸せかなあ、なんて、やっぱり思っちゃったりもして」

「真澄ちゃん」由貴が真剣な面持ちをして真澄の顔を見て言った。「沙和子さんだって、こういう時代を通りすぎてきたんだよ」

「え。あの人は、特別よ」

「それは今の沙和子さんを見ているからだよ。――ねえ、私たちと沙和子さん、六つ、七つ歳が違うんだよ。私たちにはまだ六、七年ある。沙和子さんの歳になった時、私たちにもそういう生活ができていないとも限らないじゃない」

真澄はコーヒーを飲むのも忘れて由貴の顔を見た。由貴はこれまで真澄が見たうちで、一番いきいきとした顔をしているような気がした。そもそも十日ほどで、よくもここまで調べたものだと感心する。これまでの彼女が真澄に対して口にしてきたことといえば、勤め先の愚痴がほとんどで、口調はさばさばとして元気そうでも、いつだって目の色も顔の色もくすんでいた。本当には元気がなかった。

「由貴ちゃん、何だかいい顔してる」

「私さ、身分を詐称して沙和子さんのこと調べたりもしたの。そうしたら」

不意に由貴が、実に楽しそうに笑いだした。目を瞠《みは》る思いで、思わず真澄は由貴の顔を凝視した。

「何だか私、別人格になっちゃってさ、すごく愉快だった。おどおどしているいつもの自分が嘘みたいでね。沙和子さんのやっていることって、この延長線上のことなんじゃないかって思っちゃった。真澄ちゃん、あの人探るの、本当に楽しいよ。何だか目が覚める思い。こういうの、目からウロコっていうのかな」

何だか由貴が羨ましかった。このままでは、由貴に置いていかれそうな気がした。ひとりこの雑然とした部屋に、カップやトレイと同じく、とるに足らないもののひとつとしてとり残されそうな気がした。

しばしの沈黙の後、真澄は由貴に告げていた。

「由貴ちゃん、お休みの日には、私も由貴ちゃんと沙和子さんのことを調べる。一緒にやる」

3

入社当初、沙和子は杉並区井草のコーポ、「ハイツ樹里」に住んでいた。

週末の土曜日、真澄は由貴と連れ立って、いわばトライン・コンサルタンツ時代の沙和子の振りだし地点である井草に足を向けてみた。

飯岡《いいおか》という「ハイツ樹里」の大家の一家は、コーポのすぐ隣に住んでいた。

「ああ、君島さんね」

飯岡家の主婦であり実質的な大家である飯岡恵津子《えつこ》は、すぐに沙和子のことを思い出して言った。

「二、三年前に住んでいたかたでしょ」

「あの、君島さん、当時どんな暮らしぶりでしたでしょうか」

「どんな暮らしぶりって……あなたたち、君島さんとはどういうご関係のかた？」

黒目に警戒の色を宿した恵津子に向かって、由貴はとびきりの笑顔を投げかけてみせた。

「この人のお兄さんが、彼女と結婚したがっているんです」由貴は目と顎で真澄を指し示した。「君島さん、そりゃあきれいな人ですし、いいかたのようではあるんですけど、実は彼女、君島さんに何か違和感みたいなものを感じていて……。ひょっとしたらこれから家族になる人ですから、一応自分たちで調べてみようか、なんてことになって、それでこちらへもやってきたんです」

かたわらで聞いていて、真澄は動悸がしていた。由貴にこんな作り話の才能と度胸があるとは、まったく想像していなかった。

「はあ、お兄さんが」恵津子は真澄をちらりと見てから、少し考えるような面持ちをして視線を下に落とした。「そうねえ……私もはっきりしたことは言えないけど、ちょっと変わったところはあったかもしれない。いえ、基本的にいいかただって前提で言ってるんだけどね」

「あの、家族になるかもしれないんで、ここは本当のことを教えていただけると有り難いんですけど。お願いします」

由貴の言葉に、恵津子の顔に苦笑に近い笑みが滲んだ。

「神経質なのかな。何て言ったらいいのかしら、私たちおばさん世代にはちょっとわからない世代の人って感じかしら。あら、そうしたら、あなたたちもそうなっちゃうか」

沙和子は、トライン・コンサルタンツに入社する三ヵ月ほど前から「ハイツ樹里」で暮らしはじめた。したがって、住んでいたのは一年と少しの間だ。わずか一年強の期間にすぎないが、その間、用事があって恵津子が部屋を訪ねてみると、中の様子ががらりと変わっていることが二度ほどあったという。

「模様替えってことですか？」真澄が尋ねた。

恵津子は心持ち首を傾げた。「模様替えといえばいえないこともないのかもしれないけど、ちょっとその範囲と規模を超えてる感じなのよね。まだ新しいのに、テーブルだって椅子だって、あの人みんなリサイクル屋さんに売っ払っちゃうの。資源ゴミの日に洋服が縛ってだしてあったけど、あれ、売れなかったのかしら。見たところぜんぜん傷んでないし、ほんと、勿体《もったい》ないと思ったわ。どういうのかしらね、全とっ替え、そんなことをするところがあった気がしたわ」

真澄と由貴は、もう少しで顔を見合わせて頷くところだった。紛れもない、君島沙和子の匂いだ。何かが気に入らなくなる。すると彼女はすべてをリセットせずにはいられない。

「それと、ゴミ」

「あ、誤解しないでね。べつに覗き見しようとした訳じゃないのよ。ただ、私は管理している立場でしょ。コーポの人たちの捨て方が悪いと、区役所の収集の人が持っていってくれないし、結局うちが文句を言われるから」

「はあ。それでゴミが何か？」

「ああ。君島さんね、書き損じのノートとか、よく捨てていたわね。それがほとんど使ってなかったりしてね。私なんか貧乏性だから、ほんとにこの人は勿体ないことするなあ、なんて思ったりして」

手帳の一件と重なってくる。それもまた完璧主義者、君島沙和子だ。

「ゴミ、ですか？」

「でね、時々中に変なこと書いてあったりするのがあって」

「変なことといいますと」

「ねえ、絶対に私が言ったとか喋らないでよ。ひょっとして君島さんがあなたのご家族になった後、誹謗《ひぼう》中傷だ、プライバシーの侵害だとか、私のところに言ってこない？」

「絶対にご迷惑はおかけしません。お約束します」

「ならいいけど」

恵津子によれば、使いかけのノートに混じって、一度得点表のようなノートと自分の行動計画を記したようなノートが捨てられていたことがあったのだという。

「それが面白いの」恵津子はいくぶん声を潜めて言った。「自分の振る舞いだとか行動だとかについて、あの人、事細かに決まりを作っているのね。いっぱい項目があってさ、それで一日一日得点をつけているの。総得点もつけてたわ。八十二点とか九十一点とか。ずいぶん変わった人だなあ、と思ったっけ」


ここでも手帳の一件が思い出された。

数字ですよ。記号もちょっと混じっていたかしら。何かのスコアかも……あの時、浅丘真梨子は真澄にそう言った。

「で、行動計画ノートというのは？」

「いや、それは私が勝手に今つけた名前。あれは行動計画っていうのかしらねえ、私もよくわからないんだけど……。ひょっとしたらあれ、台本っていうのが正しいのかしら」

「台本——。台本って、お芝居か何かやる時の台本ですか？」

「そう。ここでこう行動してこういう発言をするとか、本当に台本みたいにそりゃあ細かく書いてあるのよ。おかしいのは、その主人公がご自分みたいなのよね。つまり、君島さんご本人。あの人、一日あの通りに演じて過ごそうとしていたのかしら。まさかね」

そう言って恵津子はあははと声を立てて笑ったが、真澄も由貴も笑えなかった。

シナリオだ……真澄は心の中で呟いていた。

沙和子は自分のシナリオを持っている。そのシナリオ通りに君島沙和子を演じようとしている。完璧に演じきれたら百点。どこか演じきれない部分があれば、それが減点対象となる。沙和子にとっての〝君島沙和子〟は、恐らく自分自身というよりも、自分が作り上げたキャラクターであり、役者なのだ。

「で、君島さんはどうしてお引っ越しを？」真澄は恵津子に尋ねてみた。

さあ、と恵津子は曇った面持ちをして首を傾げた。「理由は特におっしゃってなかったような。こっちもべつに聞かなかったし詮索もしなかったから」

「ハイツ樹里」は、1DKのコーポだ。洋間は六畳、DKは四畳半程度のものだろう。したがって、実質的な1Kといってよく、真澄や由貴が今住んでいる「コーポ・リラ」と変わらない。むろん具体的に何か気に食わないことがあって引っ越したという可能性は捨てきれない。何せ沙和子は、ひとつ気に入らなくなると、我慢がきかない性分だ。が、真澄は、沙和子がここからステップアップしていったような気がしていた。恐らく次の門前仲町の彼女の住まいは、ここより広くて造りも立派だろう。そして今の森下の住まいは、さらにクラスがワンランク上のマンションであるに違いない。

彼女の理想は一定ではない。ひとつシナリオを思った通りにこなしたら、次はもう一段難易度が高いシナリオを書き、それをクリアすることを自らに課す。彼女は、決して満足するということがない。

暦は、すでに十一月にはいっていた。秋が深くなった町を、真澄と由貴は肩を並べて駅に向かって歩きはじめた。本当は、もう初冬と呼んでもいい季節なのかもしれない。街路樹はまだ葉をつけているが、赤茶色にその色を変えはじめていて、今にもはらはらと散りだしそうな乾ききった様子をしていた。

「シナリオライターだったんだ」歩きながら、真澄がぽつりと呟いた。

それを受けて、頷き加減に由貴が言う。「シナリオライター兼プロデューサー兼役者だよね、沙和子さんは」

「あの人、一人で全部こなしてるのね。自分をシナリオを演じきれるだけの役者にするために、整形して姿かたちまで変えちゃって。べつに本物の女優でも何でもないっていうのによ。おまけに演じきれたかきれないか自分できっちり採点して、得点によって評価まで下している。数字が書いてあるノートは、何かに関するスコアブックじゃない。彼女自身に関するスコアブックなのね。恐れ入ったわ」

沙和子がマメにメモをとるのは、自分が望んだ営業成績を上げるためもあるだろう。その一方で、恐らく彼女は自分自身も含めたあらゆることに、細かに点数をつけている。また、大きなシナリオばかりでなく、彼女は一日一日のシナリオも持っている。自分のシナリオ通りに運んでいるか、彼女は事細かにチェックも入れているのだろう。だから手帳は何冊もいるし、後で突き合わせるためにも、ものごとをきちんと記憶しておこうと心がけてもいる。

想像するだけで、神経が疲れそうな日常だ。が、彼女はそんな日常を必要としている。それは恐らく、シナリオ通りになし遂げた時の喜びが大きいからに違いない。彼女の生きる目的はそこにあるといっていいのかもしれない。

「電話……あれもそうなんだわ」自分に向かって呟くように真澄は言った。「君島さんのところに電話をかけても、滅多にとることがないっていうあれ」

「なるほどね。電話は、いわば顔の見えない相手の突然の訪問。沙和子さんにとっては、不測の事態の部類にはいる訳ね。沙和子さんにとってというよりも、沙和子さんのシナリオにとってというのが、きっと正しい言い方なんだろうけど」

「相手を確かめた時点で、一回シナリオを立て直して自分の方から電話してくる」言いながら、真澄は疲れたように首を横に振った。「半端でない努力だわ。真似できない。何もかも、あの人には感心するより呆れてしまう」

「だけどお金」由貴が言った。「沙和子さん、東京で一人暮らししているんだよね。整形、全とっ替え、引っ越し……ものすごい消費生活。いかにお勤めしてるっていったって、そんなに貯金できるものかなあ」

真澄も今年で七年、会社勤めをしている。だが、毎月の払いや買い物、それにつき合いで、給料からまともに貯金ができたためしがない。少額だが毎月の積み立てとボーナスでかろうじて預金通帳に残高はあるが、それとて二百万には届かない。七年勤めてこれだ。先のことを考えると、心もとない限りの預金高だった。この有り様では、仮に沙和子に倣《なら》って自分を完全に作り替えようとしても、資金が続かず中途半端な改造で終わってしまう。

「今、沙和子さんは営業成績抜群だからお給料もいいだろうけど、過去、それだけお金を使っていて、どうして日々の生活が成り立ってたんだろう。不思議みたい。その前に、まずどうしてそれだけのお金があったかが疑問だよね」

「おうちがお金持ち、仕送りがたんまりある……」自分で言いながら、真澄は首を横に振った。「まさかね。娘が全身整形するっていうのに、親ならそれを諫《いさ》めこそすれ、お金をだしてくれるはずなんかないわよね」

「だいたい沙和子さんの親は、自分の娘があれほど姿を変えてしまったことを知っているのかしら」

「………」

もしも親に許しを得るどころか告げることもなく、黙ってあれだけ顔かたちを変えてしまったとしたら、少なくとも真澄の親なら仰天する。驚きのあまり寝込んでしまうかもしれない。その後も、しばらくは娘の短慮と勝手を嘆き、真澄のことを詰《なじ》るだろう。だが、それがふつうの親のあり方ではないか。ならば沙和子のところの親子関係はどうなっているのだろうか。彼女の郷里の両親は、沙和子がここまで顔を変えたことを知っているのだろうか。顔を変えた後の沙和子と会ったことがあるのだろうか。

だんだんに沙和子の本当の顔が見えてきはじめている。そのことは間違いなかった。一方で、新たに不明な部分も生じてくる。沙和子が抱えている謎は、まだまだ底を突きそうにない。

芯に冬の気配を含みはじめた冷たい風に吹かれて歩くうち、せっかくの休みを潰して自分は何をしているのかという思いが、真澄の胸の底で首をもたげかけた。しかし真澄は心の中で小さく首を振り、その思いを自らの手で抹殺した。どうしてだかわからない。けれども、ここでやめることはできない、やめてはいけない――、そんな気持ちがしていた。

「リセット」

かたわらの由貴が不意に呟いた。真澄は黙って顔を由貴に向けた。

「沙和子さんの全とっ替えみたいな模様替えや引っ越しは、リセットなのかもしれないね」

それは真澄も、先刻心で思ったことだった。

沙和子は、与えられた範囲の中で何とか理想通りにやろうと努力するタイプの人間ではない。いや、もちろんその努力はするのだが、決して気は長くない。だからノートを捨てる。持ち物を捨てる。模様替えをする。引っ越しをする。会社も移る。自分さえ作り替える。

やはり沙和子はコンピュータ世代の人間であり、デジタル人間なのだ。いやならリセットして、いったんチャラにすればいい。もういっぺんはじめからやり直したらいい――。

自分に課する理想が、現実離れしているといっていいほどに、高すぎる部分もあるのかもしれない。

「本当は沙和子さん、もの凄くキレやすい人なのかもしれないわね」

気の長い完璧主義者なら、ノートだって次はきちんと使おうと心がけるだろう。借りた部屋にも前より少しは長く住もうと考えるだろう。それが沙和子にはない。彼女は存外簡単に、あれこれリセットしてしまっている。

今のところはわからないし何ともいえない。しかし真澄は、沙和子が今現在の沙和子に至るまでに、ほかにも何かをこともなげに、リセットしてきているような気がしていた。それも、ふつうなら人が簡単にリセットしないような大事なものを。

十一月の冷たい風が、真澄の頰に当たっていた。が、心はべつのことに囚われていて、真澄はその冷たさを感じていなかった。

4

窓辺に歩み寄り、外を眺めた。目に映る空は青く光が眩しい。が、少し前に比べると、どこか冷たい色をしているように思われた。眼下の風景も日に日に色を失って、少しずつくすんだ灰色に色を変えていく。確実に冬が近づきつつある。

寒い季節は、見た目にも殺伐として、沙和子はあまり好きではない。だが東京は、雪が降らないだけまだマシだった。

北国や降雪地帯は、冬の何ヵ月かの間、どうしても息を潜めていなくてはならない。今はそうでもなくなってきたというかもしれないが、不自由には違いない。いつもなら、十五分で行き着ける道のりが、十分余計にかかる。それだけでも鬱陶しいし、大切な時間を無駄にしている気持ちになる。時間は貴重だ。取り戻せない。無駄に失われた五分は、永遠に無駄な五分のままだ。その上、いざ目的地に着いてみたら、雪のために電車が停まっていたり、遅れていたり……という不測の事態に重ねて見舞われることもしばしばだ。地元の人間はそうしたことにも慣れっこになっていて、どこか諦めているようなところがある。だが、雪国の生まれでも、沙和子はなぜか諦めがつかない。苛立つ心が抑えられない。それに三ヵ月余りも鉛色の空を見続けていたら、性格だってどうしても陰鬱になる。

どっちみち、非効率的、非生産的な生活だ。だから沙和子は、郷里の富山に帰るつもりはまったくなかった。それは何も、冬と雪のせいばかりという訳ではなかったが。

富山で唯一沙和子が好きだったのは、蜃気楼《しんきろう》だ。海のかなたに陸地が見え、街の姿までもが浮かび上がる。こちら岸にある街の風景ではない。どこともわからぬ街の風景が、霞みながらもかなり明らかに、瞳に映って見えるのだ。現実にはありもしない向こう岸のビルの窓が、光を反射させて輝いているのさえ見てとれる。

どんな街かはわからない。だが、沙和子にはそこが、理想郷のように思えた。富山で生まれ育っても、そうそう見る機会には恵まれない。沙和子が蜃気楼を目にしたのも、ただの二回きりでしかない。だからなおのこと沙和子には、遠い理想郷のように思えたのかもしれない。あそこの街で暮らしたい――、見ていて焦がれるように思ったものだ。ことによると沙和子があの時目にしていたのは、この東京の街の風景だったのかもしれない。

いや、もうひとつ好きなものがあった。ホタルイカだ。夜の海の中で青ざめた光を放つぁの小さな生き物が、この世のものではないように思えた。怪しい輝きとともに浮遊する姿を、心底うつくしいと思った。

色の感じられない表の風景を眺めているうちに、何だか寒々とした気分になってきて、沙和子は小さく身を震わせた。本当に部屋の空気も冷えてきているのかもしれなかった。何か温かい飲み物が飲みたかった。キッチンにいき、電子レンジで牛乳を温め、ココアパウダーをスプーンに二杯加えて入念に掻きまわした。砂糖はスプーン三杯……それでも足りない気がして、後からもう半分追加した。

沙和子が飲み物に入れる砂糖の量を目にして、時に驚く人がいる。英二もそうだった。要介も意外だと、目を丸くしたことがあった気がする。沙和子自身は、人から指摘されるまで、ほとんど意識していないことだった。子供の頃から、ミルクでも紅茶でもコーヒーでもココアでも、たっぷり砂糖を入れて飲んできたし、飲み物を甘くするのは当たり前のことだと、この何の疑問も抱いていなかった。ただ、人があんまりぎょっとした顔をするものだから、この頃では、少なくとも人前では多少控えめにするように心がけるようになった。しかし、家では相変わらずだ。だいたい甘くない飲み物を飲んで、いったい何がおいしいのだろうか、と不思議に思う。疲れている時はことにそうだ。脳細胞にしみ入るぐらいに甘いものを飲んでこそ、頭蓋骨の中でしこった脳の疲れが癒《いや》される。

二、三日前ドラッグストアにいった。最近はブドウ糖も売られていることを知り、沙和子は早速購入してきた。本当に疲れている時は、たぶんこれが一番効く。本来人間は、ブドウ糖と水だけで生きられると書かれたものを読んだ覚えがある。これからの社会は、だんだんに肉体よりも頭脳優位の社会になっていく。活動しているのは脳であって肉体は容れ物。その脳に欠かせないガソリンというべき栄養素が糖分であり、現段階で最も効率よく燃えるのがブドウ糖だ。ことにストレス社会では、糖分は絶対に欠かせない。

(そうよ、近頃まったくいやなことばっかり。ろくなことがない)

甘ったるいココアを飲みながら、沙和子は心の中で呟いた。

品川の英二の実家に顔をだすという話は、幸い彼の側の事情で先延ばしになった。が、いつまた英二がそんなことを言いださないとも限らない。沙和子にとっては、頭の痛い問題だった。

若き医師。実家は品川の開業医。内面的にも外見的にも上級の男。人は英二のことを、夫にするには理想的な相手というかもしれない。

だが、沙和子の中に、彼との結婚や生活というヴィジョンはまるでなかった。他人と生活をともにするということ自体が、沙和子にはまるで考えられない。結婚は、相手に対して自分の全生活、全人格を晒《さら》すことに等しい。そうなったら、秘密が持てない。仮に持ったとしても、ほとんどの場合露顕する。沙和子にとっては、まさに不可能な生活というしかなかった。

〝君島沙和子〟を演じるには準備が要る。人からは見えないところで密かにやらなくてはならないこともある。ことに英二との組み合わせでは、生活をともにする以前に、結婚すること自体が無理だ。

向こうは三代続く、東京の医師の一家だ。彼の両親も当然プライドが高いだろうし、特権階級意識に近いものも持っているに違いない。結婚となれば、必ず広田の家は沙和子の素性を探ってくる。沙和子がどういう家の生まれでどのように育ち、東京にでてきてからどういうふうにして生きてきたか、をだ。英二は沙和子が有名私大を卒業したと思っている。沙和子がそう告げたからだ。結婚を前提になどしていないのだから、何も本当のことを告げる必要はなかった。だが、そのことひとつにしても、向こうの家は大いに問題にするに決まっている。

沙和子は忌ま忌ましげに顔色を濁らせた。思わず爪を嚙みそうになるのを自ら戒め、代わりにココアのカップを口に運ぶ。

マイナス六点。

ぎざぎざの爪、ほかの指とは長さのバランスの悪い爪はマイナス六点。

要介とは、彼の家庭の問題が片づくまでは、という口実で、少し距離を置いている。だから今はいい。が、本当に彼の方が離婚ということで落ち着いてしまったとしたら、その先、どういうことが起きるだろう。

沙和子のシナリオには、まず仁村要介という男が独身になるという想定がない。彼には家庭がある。彼は家庭を壊さない。だから沙和子の生活にも介入してこない。その分外で会っている時は、沙和子を特別のもののように大事にしてくれる。それでよかった。いや、そうでなくてはならなかった。

沙和子は、べつに寂しくて誰かを必要としている訳ではない。結婚相手を探している訳でもない。男など面倒なだけでこりごり……本当は、沙和子に男など必要なかった。だが、それでは仕事一辺倒のつまらない女になり下がってしまう。今の時代に輝いている女は、仕事も恋も両方手にしていて然るべきだ。少なくとも、沙和子のシナリオではそうなっている。だから敢えて二人の男を沙和子は選んだ。

繰り返し、もう何度もやってきた。長いことやり続けてきた。だから沙和子は、自分が自分のシナリオ通りに演じてみせるだけの自信がある。また、いかにしんどかろうが無理と思われようが、そのための努力ならばいくらでもする。シナリオは、演じきるということに価値がある。

沙和子自身はいい。問題ない。だが、いつだって人は、思ったようには動いてくれない。おとなしくシナリオ通りの役柄を演じてはくれない。最初はよくてもたいがい途中から、自分勝手に動きはじめる。それが何とも厄介だった。

仕事もそうだ。社会は人で構成されている。だからどうしても人間というものが関わってくる。それゆえ予定と過程と結果の間に、それぞれ誤差が生じてくる。今、沙和子が置かれている状況もそうだ。部長の河合が、会社のパソコンを使え、アシスタントの浅丘真梨子を活用するようにと、沙和子にうるさく言ってきている。沙和子の負担を軽くしたいというのがその理由だが、会社のパソコンと真梨子を介入させることで、沙和子の仕事の実態を把握したいというのが本音だろう。両者の介入は、課長の前田の介入を意味し、ひいては河合の介入をも意味する。人が多く介入すればするほど、誤差は大きくなっていくものだ。そのうちに、結果は当初の予定と食い違い、果てに大きく狂ってしまう。

人だ、他人だ――、沙和子は思う。いつもいつも、沙和子のシナリオを台無しにするのは人間だ。仕事では一番。私生活ではあくまでも自分主体に優雅に充実。人に見せる姿は常に美しくあらねばならない。沙和子はそれをやっている。なのに人がそれを邪魔する。

考えているうちにまた苛立ちが募ってきて、沙和子はカップのココアを飲み干した。しつこいぐらいによく掻きまわしたのだが、ココアパウダーは溶けづらい。カップの底に沈澱し、砂糖を孕んだココアの粉が、若干の苦みと粉っぽさをもって咽喉を流れていった。けれども、苦みよりは甘さの方が強く、沙和子はかすかに頰笑んだ。甘味はささくれ立った神経を癒してくれる。それゆえ沙和子は甘味を愛していた。

自信を持ってやり続けるのよ、今回はきっとうまくいく、私ならばやり通せる――、脳が甘味を感じているうちに、沙和子は自分自身に言い聞かせた。自分自身に確信がなくては、どんなこともやり通せない。逆に自分自身に確信があれば、どんなこともやり遂げられる。脳をぺてんにかけても、確信を持たせてしまうことが必要だった。

沙和子は、飾り棚の中から古びた人形を取りだして、頭をそっとやさしく撫でた。頰のあたりが汚れているような気がして、コットンに水を含ませて拭いてやる。古い人形だけに、完全にはきれいにならなかった。沙和子には関心を抱いていなかった祖母が何の気まぐれか、七歳の誕生日に贈ってくれた品だった。オードリー――、名前は姉がつけてくれた。沙和子は物に執着がない。次から次に捨て去っては、新しい物を購入してきた。しかし、オードリーだけはべつだった。人形を顔に近づける。セルロイドの人形独特の匂いが、沙和子には懐かしいものに思えた。

土曜日。今日はまだ下のメールボックスに郵便をとりにいっていないことに気がついた。沙和子は人形を棚に戻し、続けて洗面所で口を濯《すす》いでから、鏡で自分の姿を確認した。

休日、寛いだ時間を過ごしている仕事を持った一人暮らしの女性。一人で人並み以上の生活を営んでいる女性。

頭で描くその像にふさわしい出で立ち、顔つきをしていることが、沙和子の気持ちをいくらか落ち着かせた。意識せずに演じきれている自分に、ささやかな満足を覚える。

もう一度、鏡の中の自分を見つめ、やわらかな笑みを浮かべてみる。これも何度もやってきたことだ。最初の頃、終日鏡の前に立ち、さまざまな種類の頬笑みを浮かべてみたり、目顔で問う表情を浮かべてみたり……どれだけあれこれの表情を作ってみたことだろうか。自分がこれと思った表情が自然と顔の上に浮かぶようになるまで、執拗なまでに反復練習もした。うつくしい肌を得るために、エステにも通った。また、自分に合う化粧品に行き当たるまで、幾度も試行錯誤を繰り返した。そうした努力の結果として、今の君島沙和子があるし、沙和子はかなり理想に近い像を、現実の姿として具現できているはずだった。

沙和子は、ほんのりと笑みを滲ませたままの面持ちをして部屋をでると、エレベータで下までおりた。

「君島」と自分の名前の表示のあるメールボックスのキーをあけ、中の郵便物を取りだす。郵便物は二通。

手にとって見た途端、沙和子の瞳は深い闇を宿した。瞳に宿った濃い翳りが、沙和子の顔全体をあっという間に浸食していく。つい先刻までほんのり滲んでいたはずの笑みは駆逐され、もはや完全に失われていた。ようやく気持ちがプラスに向かいかけていたところだった。

その針が、一気に大きくマイナスに逆ぶれしていた。神経が、たちまちのうちにまたぎざぎざとささくれ立つ。

一通は、郷里に近い金沢の出身高校からのものだった。内容はどうせたいしたことがない。同窓会報か何かだろう。だから見る気もないし、いつもろくに見ずに捨てている。問題は、宛名だった。

君島和子《かずこ》様——。

高校からの郵便物が、年に一度かそこら、届くことはわかっている。にもかかわらず、君島和子という宛名を見ると、決まって神経が波立ってしまう。パチリと、よくない方にスイッチがはいりかける。目の中で光がチカチカした。

いま一通は、差し出し人にヴィーナスクラブとある。が、ヴィーナスクラブとは仮の名で、吉武《よしたけ》クリニックが顧客に対し、敢えて別法人名で送付している郵便物だった。

沙和子は二通の郵便物を手に、澱んだ表情のまま、エレベータに乗り込んだ。

箱の中で、思わず頭を抱えるように、頬から額にかけて手を当てる。忙しさにかまけて、吉武クリニックからの前回の郵便物の内容を、沙和子は無視してしまっていた。再び同様の郵便物が届いたことで、そのことが不意に思い出されて、途端に重たい気分になっていた。

前回は、施術部分に何かしらの不具合を覚えたりした時はもちろんのこと、特に自覚がない場合でも、極力定期検診にクリニックを訪れることを、会員に勧める内容の手紙だった。

それを目にした時のいやな感じが、皮膚の内側に甦る。クリニックの方からわざわざそんなことをいってくるということは、術後、何か問題のでた患者がいたからではないのか。顔であろうがどこであろうが、メスを入れることもそれ以外のものを入れることも、またとることも、沙和子はまったく怖くない。ただ、その結果として、顔やからだに何か不具合や不都合が生じるというのは大いに問題だった。その不具合のために、あるいはそれを解消するために重ねて施術を受けることで、結果として今とは違った君島沙和子になってしまうことが何よりも困る。

今現在、沙和子自身に確たる自覚症状はない。とはいえ、皆無ではなかった。気のせいかもしれない。が、時に鼻柱に違和感に近いものを覚えることがある。疲れた時、皺のような薄いひきつれがでるのも、いつも目尻からこめかみにかけての部分と決まっている。痛みはなく、今は気にするほどのことでもない。だが、気にするほどのことはないと自分に言い聞かせて、目を瞑《つむ》ってしまっている部分も多少はある。沙和子にまったく不安がないかといえばそんなことはなかった。

君島和子――、高校からの手紙の宛名にワープロ文字で打たれていたその四文字が、もうそれを見ていもしないというのに、沙和子の目の中に浮かび上がった。頭の中で音がして、また負の方向にスイッチがはいりかける。目の中で勝手に像を結んだ四文字を、何とか追い払おうとするように、沙和子は首を横に大きく振った。

(君島和子……違う！)

いやいやをしながら心の中で叫びをあげる。

(私は君島和子じゃない。君島沙和子！)

どこかで肝心なステップを踏みはずしたような、気づかぬうちにやはり流れが変わってしまったような、いやな感じが胸にひろがりかける。悪い予感が自分の中に根づいてしまうのが恐ろしい。一度根づいてしまったら、きっとそれは実現する方向へと動きだしてしまう。

もしも顔が崩れてしまったら、また施術を受けなくてはならなくなってしまったら、施術を受けて、今の私と顔が違ってしまったら……考えまいと思うのに、次々悪い想像ばかりが頭に浮かび上がってくる。

私は君島沙和子。なのに君島和子が過去から私を追いかけてきたら……悪い想像が悪い想像を追いかけるように、続けて望ましくない想いが頭に浮かぶ。沙和子はまた頭を大きく左右に振った。

不意にエレベータのドアが開いた。同じマンションの住人と思《おぼ》しき女が、いくらかきょとんとした面持ちをして、沙和子を見ながら箱の中に乗り込んでくる。顔を上げて階の表示を見た。まだ一階のままだった。思いがすっかり現実を離れていて、沙和子はボタンを押すのを忘れていた。動かないエレベータの中で、ひとり惚《ほう》けのように、頭を左右に振っていた。

何気ないふうを装って、7のボタンに指で触れる。

戸籍、戸籍……頭が勝手に呟いていた。べつの人間。戸籍、戸籍……。

沙和子の手は、同じ箱の中にいる住人の目から郵便物を隠そうとするかのように、二通の封筒を胸に押し当てるようにして、指でかたく握りしめていた。

第四章

1

池袋駅のホームに立つ。上京するのは久し振りだった。

駅のホームも階段も通路も、いったいどこからこんなに集まってきたのかと思うほどの人間で混雑している。誰とも肩を触れ合わさずに目的のホームまでたどり着き、電車に乗り込み、無事自分の目的地まで行き着くというのは、東京ではほとんど不可能なことだと、江上晴男は改めて思い知らされる心地だった。

ぼんやりと、ホームに溢れ返る人間たちを眺めやる。時間帯のせいだろうか、あるいは池袋という土地柄だろうか、二十代、三十代といった若い世代が多いような気がした。東京というところは、——特に池袋、新宿あたりの都心は、空気が違う、と晴男は思う。大気の濁りや汚れのことをいっているのではない。漂っている雰囲気、気配というものが、殺伐としている上に棘々しい。

何も考えずに眺めているようでありながら、人込みの中に正晴の姿を探している自分に気がつく。と同時に、晴男は写真で目にした女の姿を探してもいた。無意識のうちにも二人の姿を探しながら、これだけの人間で溢れ返っている土地では、砂浜で目当ての砂粒を探そうとしているようなもので、二人が見つかる道理がないという思いが気持ちの底にはあった。

ある時期から、晴男の闘いの裏側には、いつも絶望と諦めが、べったり張りついているようになっていた。

昼前、池袋の銀河精鋼を訪ねてみた。正晴が勤めていた当時も会社は池袋にあったが、村内の手紙にもあったように、会社は元のビルから二、三百メーター離れたビルに移転していた。駅からはその分だけ遠くなった。できたばかりの新しいビルではないが、中の様子はもちろん、雰囲気自体が以前とはずいぶん変わっている感じがした。それを眺めるにつけても、隔世の感を強くする。十年ひと昔といったものだが、今は四年で充分にひと昔だ。ことに東京という街は、ちょっと目を離せばすぐに変わってしまう。

晴男は村内に会って、例の写真の女を見てもらった。

見るなり村内は首を横に振った。

「この女性は、うちの会社の社員ではありませんね」

「過去にもこういう人はいませんでしたでしょうか」晴男は尋ねた。

「江上君が退社した時の状況が状況でしたので、在職当時のことは私もよく覚えています。しかし、こういう女性はいなかった。うちの部はもちろんのこと、他の部にも工場にもいなかったはずです」

それでも村内は、当時から会社にいる人間に、正晴と女が写っている写真を回覧して情報を求めてくれた。しかし、結果に変わりはなかった。出入りの業者でも取り引き先の会社の女性でもない。誰もその女性に心当たりはないという。

予想していた結果だった。失踪当時も銀河精鋼からは何の情報も得られなかった。もしも正晴がつき合っていた女が会社や近辺にいたとするならば、仮に写真がなくてもその時点で、何らかの話が耳にはいってきていていいはずだった。

疲れを覚え、いったんチェックインをしたホテルに戻ろうと考えた。それで池袋の駅まで戻ってきた。が、山手《やまのて》線に乗り込みかけた晴男の足がすんでのところで止まった。不意に思い直して踵《きびす》を返す。当然晴男が乗り込むものとして後に続こうとしていた若者と、どんと胸がぶつかった。

「何だよ、オヤジィ」

髪を黄色に染めた若者の顔がひしゃげ、憎々しげな声が飛ぶ。

すみません、晴男は息子よりも年若い男に向かって素直に頭を下げ、今しがたのぼってきたばかりの階段を下った。

セカンドバッグから写真と一緒にでてきたパソコンスクールの教材は、コナーズPCスクール池袋校のものだった。せっかく宇都宮から東京まででてきていて、しかも池袋までやってきていて、その学校に寄らずに帰るというのはいかにも惜しい。

雑踏の雑音に完全に掻き消されてしまい、自分の耳にすら届かない吐息を漏らしてから、晴男は前を向いて歩きはじめた。

最初から諦めが先に立っていた。今回上京したのは、いわば致し方なしにのことだった。今度こそ何か手掛かりが摑めるかもしれないと、気負い込んでいってみても、いつものようにまた肩透かしを喰らうだけのこと……そんな思いが頭の大半を占めていた。この四年、その繰り返しできた。四年の心の疲れがからだの底に澱のように沈澱していて、どうしても気持ちが前に向かって進んでいかない。

真知子の心の内の内までは晴男も知らない。表向きのことだけをいえば、真知子は諦めの色を見せていない。バッグの中に写真を見つけた時も、真知子はそれを目にして色めき立った。

「この人よ。きっとこの人がそうよ。ね、お父さん」

真知子の手前、晴男は東京にでてこない訳にはいかなかった。ようやく女の写真が手にはいったというのに、晴男が意欲のない顔をして、何をするでもなく宇都宮でぼんやり手をこまねいている訳にはいかない。たとえ何度目かの上京がまた無為に帰そうとも、結果が延々スカであり続けようとも、真知子のためにもやることはやらねばならなかった。挫《くじ》けかける気持ちを妻のために立て直す。いや、正晴の母のために、というのが本当だろう。

交番で場所を確認してから、晴男はコナーズPCスクールに向かった。受付で、簡単にだがひと通りの事情を話す。受付の女性は一度奥に引っ込んでから、晴男を事務局へと案内してくれた。そこで応対にでてきた遠山聡《とおやまさとる》という事務局員に、改めてもう一度事情を告げて、二人が写っている写真を見せた。

写真を眺めながら、遠山はやや難しげな面持ちを浮かべてみせた。

「四年前ですか。うちは授業の性格上、通って二年という受講者が大半で、受講生の入れ代わりが激しいのですよ」

遠山の言葉に、晴男は小さく頷いた。この種の学校には、誰もが何がしかの目的を持ってやってきている。そのために、自分で高い授業料を払って授業を受け、知識の獲得に努めている。その目的がある程度達成されれば、誰も敢えて長々と、金と時間を費やして通い続けることはしないだろう。

「でも、当時の先生がたもいますし、職員もいます。なかには生徒から講師に昇格した人間もいます。それに卒業生同士で、会社を興した連中もいますしね、まったく手掛かりがない状態ではありません。そういった人間に問い合わせてみたら、ネット上での情報収集も、ある程度は可能かもしれません」

写真を手にしたまま、遠山が言った。

「ネット上での情報収集？」

「インターネットですよ。プライバシーの問題もありますから、一般に広く公開というのは差し障りがあるでしょう。だから卒業生の間で、というかたちになるかと思いますが、この女性がうちの卒業生であるとするならば、誰かしら覚えている人間が名乗りを上げないとも限りません」

「あの、いったい何人ぐらいのかたに聞いていただけるんでしょう？」いくぶんおずおずと、晴男は遠山に尋ねた。

「アクセスしてくる人間全員になりますから……どうでしょう、まあ多少時間をいただければ、千の単位は超えるでしょう」

「千の単位を超える……といいますと、万？」

遠山はこくりと頷き、それから言った。「このお写真、四、五分お預かりさせていただいても構いませんか」

はあ、と事情がわからないままに晴男は頷いた。

遠山がべつの女性に写真を渡して何事かを言いつけた。その女性がコンピュータの前で写真を使って操作して、また晴男のところに写真を戻しにきた。

「ええと、今、私のノートパソコンに、取り込んだデータを送信してもらいます。少しお待ちください」

　遠山は晴男に告げて立ち上がり、間もなく自分のノートパソコンを手に、デスクから応接にと戻ってきた。そこで改めてパソコンを立ち上げる。

「一応ご確認ください。情報提供を呼びかけるために、写真をスキャナーで取り込ませていただきました」

　画面の中に、今晴男の手元にあるのとそっくりの写真の画像が映っていた。内心、こんなことまでできるのかと驚きながら、ぼんやりと画面を眺める。惚けたような晴男に向かって、遠山が頬笑みかけている気配があった。晴男は慌てて画面から顔を上げて遠山を見た。

「何か情報がはいり次第ご連絡差し上げます。必ずお役に立てるかどうかはわかりませんが、状況は、都度《つど》都度《つど》お報せするようにいたします」

　狐につままれたような心地だった。晴男はさんざん遠山に礼を言い、幾度も頭を下げた果てに、コナーズPCスクールを後にした。

　まだいくらか頭がぼやけたような状態のまま、再び池袋駅に向かう。

　千を超える単位……頭の中で呟いていた。それだけの人間が、正晴とあの女の顔を見る。

　また肩透かしかもしれない。けれどもこれまで上京したなかでは、一番手応えを感じられる展開だった。ひょっとすると、今度は何かがわかるかもしれないと期待する気持ちが、久し振りに胸に芽生えかける。

ホテルに戻り、すぐに真知子に電話を入れて報告をした。コンピュータのことなど、晴男以上に知らないし、理解することもできないはずの真知子だ。が、話を聞いて真知子は言った。

「あの子、そういうことを勉強しにいっていたのね。一日仕事をしてくたびれているのに、自分でお金を払って、それを勉強しに学校に通っていたのね。そんなあの子の真面目さが、ここで助けになったんだわ」

受話器の向こう側で、真知子が涙ぐんでいるのがわかった。真知子には見えない。しかし晴男も目頭を熱くしながら、無言でこくりと頷いていた。

〝助け〟と真知子は言った。が、これは正晴の怨念であり執念かもしれないと、晴男は心で思っていた。

2

「それじゃ、おやすみ。また電話する」

「おやすみなさい。送っていただいてありがとう」

沙和子は、「ロワイヤル代々木」というマンションの前で、一人だけ先にタクシーから降り立った。一度車の中の大隅寛夫《おおすみひろお》を見やる。彼はそこが沙和子のマンションだと信じたまま、にこやかな笑みを残してタクシーで走り去っていった。

やれやれと、沙和子は小さく息をついた。

大隅寛夫。最近主として通信販売で、飛躍的に事業を拡大している健康食品会社・フェアリーテールの営業本部長兼専務取締役。社長の大隅寛樹《ひろき》は彼の父親だ。寛夫は今年四十五歳、目黒在住。四つ歳下の妻と十七歳の長女と十四歳の次女との四人家族。二人の娘には滅法甘い父親だ。

沙和子は彼と、ジャズのライヴ会場で知り合った。彼は偶然だと思っている。が、むろん偶然ではなかった。大隅が学生時代のバンド仲間と年に一度か二度、ジャズのライヴをすることを何よりも楽しみにしているという情報を得た。それゆえ敢えて会場に赴き、機会を窺って彼に接近した。それから何度かデートをした。ホテルへいって寝たのはこれで二度。

(そろそろかな)

トライン・コンサルタンツの営業マンとして、いきなり沙和子が自分を訪ねてきたら、大隅はどれほどびっくりすることだろうか。

最初から互いの素性については尋ねないという約束で、携帯電話だけを頼りに逢瀬をはじめたはずの関係だ。だから沙和子もまた、重なる偶然に驚いた振りをしなくてはならない。決して計算ずくのことだったと悟らせてはいけない。いずれは相手も気がつくだろうが、徹頭徹尾、こちらはとぼけ続けることだ。

会った時刻、別れた時刻、会話の内容、ホテルの名前……沙和子は手帳を取りだし、今夜の行動を素早くメモした。

これはひとつの賭けだ。必ずしもうまくいくとは限らない。だが、これまでの経験からいって、地位のある人間、家庭を大事にしている男ほど、自分の素性がこちらにきれいに明らかになってしまうと、焦るし、慌てる。慌てて沙和子との関係をビジネス上のものに落ち着かせようと試みる。もちろん、沙和子を納得させるだけの仕事を発注して、口を塞ぐというかたちでだ。もっというなら、本当のところ気が小さいのに、外面的には見栄っ張りで体面を気にする男ほど、沙和子の側からすれば扱いやすい。

(あの人はああ見えて気が小さい。きっとうまくいくはず)

沙和子はコートの襟を立てた。時刻はもう一時に近い。深夜の空気が頬に冷たかった。冬場はこれだからいやだった。うっかりしていると風邪をひく。

一週間寝込めば、一ヵ月の二二・五八パーセントの無駄。

仮に会社にでて、仕事をすることができたとしても、肌が荒れたり目が腫れたり……容色と気力の面でも同じく二二・五八パーセント減。

これからもう一度タクシーを拾い直して、森下の自宅まで帰らなくてはならなかった。面倒だが、大隅に自宅を知られないための用心だった。完全に大隅が乗ったタクシーが消えたのを確認してから、沙和子はもっと車が拾いやすい通りに向かって歩きはじめた。その沙和子の肩を、ぽんと叩く者がいた。

「RYUさん」

　ぎくりとして振り返る。

　JAJAだった。

　どうして、と心の中で呟きを漏らす。闇の中、街灯の明かりと時折走り過ぎる車のライトに照らされて、にやにや笑ったJAJAの顔が断続的に浮かび上がる。いや、よく見れば、顔にはっきりとした笑みは浮かべていないのだが、目が明らかな笑みの光を宿していた。沙和子の眉根が寄る。JAJAの瞳に宿っているのが、いやな質の笑みに思えた。

「驚いたわ」二、三拍置いた後、ようやく沙和子の口から言葉が漏れでた。「JAJA、あなた、どうしてここに？」

　言いながら、沙和子は頬笑もうと努力した。彼に悪い印象を与えることは望ましくない。とぼけられること、誤魔化せることは、すべてとぼけて誤魔化して、曖昧にしてしまうことが得策だと、瞬間的に踏んでいた。

　が、JAJAは、今度こそ明らかな笑みを顔に浮かべて首を横に振った。

「いいってRYUさん、無理してにこにこしなくったって」

「あら、私はべつに」

「偶然だね、俺、ここに住んでいるんだ」JAJAが「ロワイヤル代々木」を振り返って、半分顎で指し示しながら言った。

「え。ここに?」

いくぶん驚きの色合いを含んだ沙和子の言葉に、いきなりJAJAが弾けるように笑いだした。

「意外そうだね。そうだよね、RYUさんは、俺が練馬のアパートに住んでいるって知ってるもんなあ」

「あら、私はあなたのことなんて何も」

「いいよ、とぼけなくったって」

沙和子は黙ってJAJAの顔を見た。今しがた弾けるように笑ったばかりだというのに、彼の顔からは潮が引ききったように完全に笑みが消え、目にも昏《くら》い色が宿っていた。真剣な面持ちというより、不気味な表情といった方がふさわしい顔つき。

「君島沙和子さん、三十三歳。住まいは森下。お勤めはトライン・コンサルタンツ。こっちもあなたのことは知っている」

刹那、身にさわりと緊張が走る。言葉がでなかった。無言でJAJAの顔を見る。

「沙和子さん、見た目はきれいだけど、やること、かなりえぐいよね。先々契約に結びつける布石を打つためには、平気で男とも寝るもんな。今日もフェアリーテールの御曹司の専務と、ホテルへしけこんできたばっかりだよね。専務に関する情報だって、いわばパソコンから盗んだようなもんだ」

「ＪＡＪＡ――」

「わかってるよ、知的盗っ人であることは、俺も一緒だよ。あなたのことを云々できない。まあ俺は、さすがに売春まではしないけどね。しかし、本当に感心するよ。どうしてそこまで仕事に一所懸命になれるかな、って」

「ＪＡＪＡ、あなた私のパソコンの中にもはいり込んでいるのね。そうでしょ？　そんなの、契約違反だわ」

「アフターケアだよ。沙和子さんのところから綻《ほころ》びがでたんじゃ俺も困るし。だけどちょっと驚いたよ。沙和子さんは、思っていたよりずっとずっと面白い。きわめて興味深いキャラクターだ」

「面白いから私のことを尾《つ》けて、今夜の行動まで調べ上げたという訳？」

言いながら、その一方で沙和子は考えていた。

厄介なことになった。いったいこの男の目的は何なのだ。単に沙和子を探ってみただけでなく、どうしてわざわざそれを告げるように、こうして目の前に現れたりしたのか――。全身の神経が一気に逆立っていた。皮膚の表面がひりひりとする。

「沙和子さんとなら、俺、結構うまくやれるかもしれないな」もともとすぼみ気味の肩をいっそうすぼませて、ＪＡＪＡがぼそりと言った。「そう思ってさ、今夜は久し振りに、生でご挨拶にきたんだよ」

結構うまくやれる——、その言葉が意味するものを、沙和子は闇を手で探るように頭の中で模索していた。JAJAは男と女として、自分とつき合いたいといっているのか。からだがほしいといっているのか。

はっきりいって、JAJAは沙和子の好みのタイプではまったくない。だが、もしもJAJAの望みがそこにあるならば、お安いご用といえばそういえた。沙和子は男とのからだの関係に、何の意味も見出していない。寝ることで済むならいくらでも寝る。

だが、そういうことなのか。意図を探るようにJAJAを見る。沙和子とJAJAの間を、一陣の風が吹き抜けていった。冷ややかで鋭い風だった。

「寒いね。こんなところで立ち話をしてたら、二人して風邪をひいちゃう。今日は沙和子さんもお疲れでしょうし、また改めて、ということで」

さらりと身をかわすような調子でJAJAが言った。

「JAJA」

「大丈夫。沙和子さんの秘密を誰かに漏らしたりするような真似はしないから。そんなことをしたら、こっちの身だって危ない。ただ、沙和子さん、もう少し気をつけた方がいいね。あなたは案外不用意なところがある」

「え」

「俺のほかにもあなたのこと、探っている人間がいるよ」

沙和子は真剣な面持ちをして、闇の中でＪＡＪＡを見つめた。なかば睨むような眼差しになっていた。表情を繕っている余裕がなかった。

「嘘じゃない。それも一人じゃないみたいだぜ。沙和子さんは、自分が探る一方の人間だと思ってる。そこが間違いだ。沙和子さんは目立ちすぎる。探られる対象になりやすい。もしも叩けば埃のでるからだなら、もっと慎重に行動した方がいい。脛《すね》に傷があるならなおさらね」

「私のことを探っている人間って、いったい誰が？」

「さあ、そこまでは俺も調べていないからわからない。女二人組……それにネットでも、あなたのことを探っている人間がいるみたいだよ」

それだけ言うと、じゃあねと去っていこうとするＪＡＪＡの腕を、慌てて沙和子は手で摑んだ。彼を引き寄せて、逃がさぬようにと手首をしっかり摑み直す。ここはもう恰好をつけている場面ではない。

「待って。もう少し話をしましょう。あなたの目的はいったい何なの？　聞かせてほしいわ。どうして私の前に現れたの？」

「冷たい手をしているな」

ＪＡＪＡは沙和子に摑まれた自分の手首に目を落としながらしみじみとした口調で言った。

「冷血の沙和子さんにふさわしい冷たい手だ」

「………」

「目的――、そうだな、たまには生身の人間が恋しくなった、というところかな」

JAJAはもう片方の手で、沙和子の指を一本一本ほどきながら言った。

「それと、あなたが調べられることなら、当然俺にも調べられる。そしてあなた一人が、他人の情報を握ろうとしている訳でもない。そのことをはっきり教えておきたかった。誰かがまだ尾けているかもしれない。これ以上の接触は今夜は危険」

JAJAは沙和子を向こうに押し戻すように、手で肩を少し押した。それから沙和子に向かってにこっと一度屈託なく笑ってみせると、自分は夜の彼方《かなた》に駆けだしていってしまった。思っていたよりもずっと運動神経のよさそうな、軽やかな身のこなしだった。

JAJAが去っていった方向を眺めやりながら、しばし舗道に立ち尽くす。向こうから、ちょうど空車の赤い表示をだしたタクシーがやってきた。沙和子は手を上げてタクシーをとめ、身を滑らすようにして車に乗り込んだ。シートにぐったりと背をもたせかけ、半分天を仰いで考える。

JAJAの意図が読めない。が、まずいことになった。それだけはどう考えても間違いなかった。沙和子の秘密を承知している人間ができてしまった。一人でも承知している人間ができてしまったら、それはもはや秘密とはいえない。JAJAはいったいどこまで知っているのか。むろん沙和子の現在のやり口については、すべて承知しているだろう。では、沙和子の過去に関しては、彼はどの程度まで摑んでいるのだろうか。

もしも叩けば埃のでるからだなら、もっと慎重に行動した方がいい。脛に傷があるならなおさらね——、JAJAが先刻口にした言葉が思い出された。

いやな予感に、皮膚の内側の神経がざわめく。沙和子とて、できれば楽観したい、自分に都合よく考えたい。彼は沙和子の現在に関しては承知していても、過去については何も知らない、と。だが、あの男は、ある意味でモンスターだ。冷静に判断を下すなら、JAJAは一切合財を承知していると考える方が当たりに近いような気がした。

(まずい……それはまずいわ)

JAJAはふつうの物差しでは測れない。だから真の目的も摑めない。それが困る。金でもない、からだでもない。ただ沙和子を突っついて虐《いたぶ》りたいだけ、あるいはすべてを白日の下に晒して沙和子を破滅させたいだけ……そういう可能性だってないとはいえない。いや、彼が愉快犯であることを考えるなら、充分にあり得る。

気をつけた方がいい——、JAJAは言ってた。自分のほかにも私を探っている人間が複数いる、と。

沙和子は意識を集中させようとするみたいに、きゅっと強く眉間《みけん》に皺を寄せた。

(誰？　いったい誰が私を探っているの？)

いろんな人間たちの顔が、次々脳裏に浮かんでは消えていく。あいつか、それともこいつか……考えられる人間は幾人もいる。だが、これだと確信をもって特定できる相手が一人も浮上してこない。

(女の二人組？　ネット？)

考えているうちに、頭痛がしはじめていた。引き絞られた神経の糸が、今しもプチンと切れかかっている気がした。脳味噌が、もう許容量いっぱいだと音《ね》を上げている。

考えるのに疲れ果てて、沙和子は思わず息をついた。溜息は、咽喉の奥から絞りだされるような、かすれた悲鳴にも似た音を伴っていた。

「お客さん、大丈夫ですか？」

はっと顔を上げて見ると、ミラーに映った運転手のふたつのまなこが、沙和子の上に注がれていた。内側の不審を伝えるような、暗さの感じられるまなこだった。思わず警戒するような目になって見つめ返す。下瞼がひくひくと波うったのが自分でもわかった。

「いえ、ひょっとしてご気分でも悪いのかな、と思いまして」

「あ……いえ、大丈夫です」

そう言った声が、ぎざぎざとして尖っていた。いやな声だ、と自分でも思う。

大丈夫ではなかった。沙和子の書いたシナリオは完璧のはずだった。なのに職場でも私生活でも、そしてまたその裏側でも、次々に不測の事態が起きはじめ、徐々にシナリオが蝕まれていっている。

トライン・コンサルタンツにきてから三年余りが経った。三年、それが限界なのだろうか、と考える。外見的にもせっかくすっかり生まれ変わったはずが、そこにも綻《ほころ》びの兆しが見えはじめている。本当なら、鼻柱の違和感もこめかみに向かって走るひきつれも、放置しておいてはいけないのだ。一度直した顔やからだには、やはりどうしてもメンテナンスが必要になってくる。ひずみを修正してやる作業を続けていかなければならないのだ。

沙和子は無意識のうちに、また溜息を漏らしていた。

「本当に大丈夫ですか？」

重ねて運転手が問う。

「大丈夫です」

反射的にぴしゃりと言葉を返す。沙和子の口から漏れたのは、やはり尖った声だった。運転手の注意が自分に向けられていることが煩《うるさ》かった。早く家にたどり着きたい、一人になりたい——、シートに身をもたせかけ、窓の外の夜を眺めながら沙和子は思っていた。

3

浅丘真梨子に泣かれた。

「君島さん、お願いします。営業日報というかたちで、一日の行動記録のデータをください。君島さんのパソコンからメール送信していただいても構いません。とにかくそうしていただかないと、私の一日の業務が終了しないんです。私が課長から注意を受けます」

営業は結果がすべてだ。その一日、どう行動したかは問題ではない。一日足を棒にして営業に歩きまわることを、一ヵ月の間勤勉に毎日続けたとしても、契約が一本もとれなければまったく仕事をしなかったのと同じでしかない。反対に、ノルマ以上の契約をとってきたなら、一日をどう使おうが、一ヵ月の間どういう仕事の仕方をしていようが、文句を言われる筋合いはない。行動を管理されることは願い下げだった。だから沙和子は真梨子に言った。

「時間が勿体ないわ。そんなデータをいちいちインプットしている時間がないもの。だから、申し訳ないけど私はやらない」

「それでは私、家に帰れません！」

わっ、と真梨子が泣きだした。

俯いた真梨子の茶色い頭を見ながら、沙和子は思わず顔を歪めていた。

もう、うんざりだった。

英二からは電話があった。次の次の休みこそ、品川の実家にくるという心づもりをしておいてほしいという。

「私たち、将来のことをまだ何も約束した訳じゃなし、そんなに慌てることはないと思うのよ」やんわりと彼の言葉を退けるように沙和子は言った。

が、今回は英二も強硬だった。

「言ったよね、見合いを勧められているって。先のことはともかくとしても、今、君とつき合っているということを両親に対して明らかにしておくことは、べつに悪いことではないと思うんだ。少なくとも僕にとっては、必要なことなんだよ」

たとえ結婚相手ではなく交際相手として広田の両親に紹介されたとしても、沙和子にとっては同じことだった。広田の両親は、きっと沙和子を排除するために、身辺を探りにかかってくるだろう。

叩けば埃がでるからだ——、ほかにも沙和子を探っている人間がいるらしいというのに、この上探偵をふやすのはたくさんだった。つまらないところから綻びが生じては、沙和子としても泣くに泣けない。そんなことで、これまでの努力と苦労をみすみす無駄にしたくない。

要介からも、どうしても一度会いたいと言われている。会えば彼との関係が、なおさらややこしい方向にもつれこんでいく気がしてしょうがない。面倒はもうたくさん、これ以上ひとつでも多く抱え込みたくない。

仕事が込み入っていて忙しいということを口実に要介を避けているが、そのうち業《ごう》を煮やした彼が、また自分勝手に森下のマンションを訪ねてこないとも限らなかった。それを考えると、家に帰っていても何とはなしに落ち着かなかった。その落ち着かなさが、なおさら沙和子の神経を苛立たせた。

家や部屋という空間は、何のためにあるのか。そこで寛ぎ、安らいで、明日という一日を演出する準備をするためだ。沙和子にとっての家は、いってみれば役者の控室のようなものだった。その大切な空間と時間を要介に侵害されているようで、だんだん彼に対する憎しみが、胸の内に生じてくる。癒しを得ていたはずの関係、そのために結んだはずの関係が、今は逆の方向に作用しはじめている。

要介がそんなことをする男だとは思っていない。が、この先彼が執拗にまつわりついてくるようなことがあったとすれば、沙和子は彼をどう切り捨てたらいいのか。

沙和子は策を考えかけて、げんなりしたように頭を横に振った。今は、それについて考えることが、堪らなく煩《わずら》わしかった。

JAJAもいる。以来彼からこれといった接触はない。が、JAJAは恐らく現時点で、最も沙和子のことを知り尽くしている男といっていいだろう。

沙和子にとって、これまでJAJAが頼りになる存在であったことは間違いない。関わり方さえ間違わなければ、この先も彼は頼りになる存在であり続けるかもしれない。同時に、厄介きわまりない存在でもあり続ける。ＪＡＪＡは両刃の剣、いや、爆弾だ。破裂すれば、いともたやすく沙和子は吹き飛ぶ。

問題はほかにもあった。やはりどうしても一度、吉武クリニックにいかねばならない。除去する種類の手術はともかくとしても、異物を埋め込む種類の手術だと、拒絶反応に近い生体の自然な反応として、人によってはのちのち問題が起きる場合があるのだと思う。恐らくクリニックは患者との間に、そうしたトラブルを抱えはじめているのだろう。だからこそ、重ねて手紙を寄越してきた。

肉が棘を嫌って自ら皮膚の表に押し出すように、埋め込んだシリコンプレートが、鼻の皮膚を突き破って飛び出してくることすらあるという。また、胸に入れた生理食塩水のバッグが溶解して、細胞と手の施しようのない癒着を起こすケースもあるらしい。痛みや腫れなどという明確な自覚症状がでてからでは遅いのだ。その前に検査をして、なすべき処置はなさねばならない。頭ではわかっているのだが、今の沙和子には、吉武クリニックの門を潜《くぐ》ること自体が苦痛だった。

あれもこれも、みんな沙和子のシナリオ通りには動いてくれない。おまけにシナリオにはもともと登場しないはずのどこの誰ともわからぬ人間まではいり込んできて、勝手に沙和子のことを探ってみたりしている。JAJAもそこまでは知らないと言った。が、いったいどこの誰なのだ。そしてその人間たちは、どこまで沙和子の秘密に触れているのか。

迷惑だった。

ソファにじっと坐って考え込んでいる気分でもなくなって、沙和子は何かに背中を押されでもしたみたいに立ち上がっていた。髪を掻き上げ、時に息を漏らしながら、何をするでもなく無意味に部屋の中を歩きまわる。気づくと爪を嚙んでいた。ぎざぎざになった右手の人差し指に目をやって、忌ま忌ましげに胸の中で吐き捨てる。

マイナス六点。

それでいてまたすぐに指を口もとに持っていきかけて、慌てて手を戻す。皿でもいい、時計でもいい、電話でもいい。何かを元の形などわからないぐらい粉々に打ち砕いてしまいたいような衝動に駆られる。その衝動を抑え込むことで、さらに内側の苛立ちが募っていく。

(何を考えているのよ。君島沙和子は、そんなヒステリー女みたいな馬鹿げた真似はしない)

自らに向かって呟く一方で、沙和子は考えていた。

シナリオに、何か欠陥があったのだろうか。

だからここにきて破綻《はたん》しようとしているのだろうか。

沙和子が書いたシナリオは、すでに続行不可能なところまできてしまっていると考えるべきなのか。

そしてまた一からやり直すことを、新たに考えなくてはいけないのか。

（そんなことはないわ。このシナリオで、これまで私はうまくやってきた。この先も、きっと続けていくことはできるはずだわ。せっかくここまで何とかやってきたんだもの）

顔を上げ、心に生じた弱気を振り払うように、無理矢理にでも肯定的に考えてみようと試みる。

（投げだしては駄目。考えるのよ。策を練るのよ。そうすればきっと何とかなる）

ドアホンが鳴った。

途端に沙和子の額から目もとにかけて、どす黒い翳が落ちた。

日曜、午前十一時二十一分。

休日のこの時刻に、訪ねてくる相手に心当たりはなかった。一瞬脳裏を要介の顔がよぎった。インターホンをとりたくなかった。とれば在室していることがはっきりしてしまう。彼でないことを心で祈りながら、沙和子は足音を忍ばせて、玄関口まで歩いていった。

ドアスコープから、こっそりと表を覗く。

女だった。その女の顔を見て、沙和子は刹那、息が止まりかけた思いがした。心臓が、どきどきと鳴っているのが、自分の耳にも聞こえてくるようだった。

「君島さん。君島さーん」

インターホンをとって応対した訳でもないというのに、女は沙和子が中にいるものと決めつけて、ドアに向かって呼びかけている。このまま居留守を決め込んでしまおうかと考えたが、女は執拗に、沙和子に向かって呼びかけ続けている。

「君島さーん。君島さーん。あのお、船木《ふなき》ですう。北海道の船木ですう」

天井を仰いだ。田舎の人間だ。このまま放置しておいたら、隣近所に寄って沙和子の行く先を尋ねるかたわら、あれこれ余計なことを喋りかねない。それにここを訪ねてきたということは、彼女は沙和子の勤め先も、すでに承知しているのではあるまいか。

会社にでも訪ねてこられたら――。

次の瞬間、沙和子はドアを開けていた。

「ああ、沙和子さーん」

沙和子をろくに見もせずに、満面に笑みをひろげて言ってから、彼女は改めてまじまじと沙和子の顔を眺めた。その顔を、驚きの色が覆っていく。しかし彼女は、その顔をまた笑顔にすげ替えて沙和子に言った。

「うわあ、きれいになっちゃって。沙和子さん……沙和子さんよね？　いやあ、見違えちゃったわあ。よかったわ、お宅を訪ねてきて。外で会ったら沙和子さんだって、私、わかんなかったかもしれないもの」

爆弾だ、また爆弾がきた──、沙和子は思った。

4

船木美代子《みよこ》。歳は、確か今年で四十三になるはずだった。ちょうど十歳上ということで、沙和子も彼女の年齢を、割合はっきりと記憶していた。本当なら、年齢だけでなく彼女という存在自体を、記憶の外に追いだしてしまいたいところだった。記憶というより、現実から、というのが偽らざる沙和子の気持ちだった。

出逢ったのは一九九七年、夏の終わり……いや、北海道、小樽《おたる》の町は、すでに初秋の季節を迎えていた。

最悪の時に出逢った相手だ。四年が経って、その相手がまた自分の目の前に存在している。現に美代子の顔を目《ま》の当たりにしながらも、沙和子はこれが現実だとは認めたくない思いでいた。

「凄いんだあ」美代子は窓から外を眺めながら言った。「隅田川が見えるねえ。ほんと、いい眺め。ちょっと空が霞んでいるあたりがまた、いかにも東京って感じだねえ。沙和子さん、こんなにいいマンションに住んでいるんだ」

「賃貸よ」

言った声が、自然と愛想のないものになっていた。心の中で、さっきからずっと考えていた。この女は、どうして自分のところにやってきたのだ？ どうしてここがわかったのだ？

「賃貸っていったって高いでしょう。沙和子さん、今、幸せしてるんだ。よかったね」

美代子は窓の方に向けていた顔を、からだごと沙和子に向け直した。四年前より目もとのあたりに皺が目立つようになった顔に、屈託のない笑みを浮かべている。その屈託のなさが、逆に今の沙和子には、恐ろしいもののようにも思われた。

「すっかりきれいになっちゃったし、こんないいマンションに住んで……ああ、私も東京にきてみてよかったあ。東京って街は、やっぱり違う。努力したら夢が叶う街って感じがするよねえ。ほら、ニューヨークみたいにさ。あれ、アメリカンドリームっていうんだっけ？」

だんだんうんざりしはじめていた。だが、でていってくれ、帰ってくれ、と邪険にはできない。なぜなら、彼女は沙和子にとって爆弾だからだ。

「美代子さん、今回はご旅行か何かで？」

沙和子は紅茶を湛《たた》えたカップをテーブルの上に置きながら、探りを入れるように美代子に尋ねた。

違う、違うと、美代子が大袈裟な素振りで首を横に振る。

「私さ、東京で暮らそうと思って、小樽、でてきたんだ」

「え？」

美代子はソファに腰をおろし、当然のように紅茶のカップに手を伸ばした。いただきますとも言わなかった。

「でてきたって……ご主人もご一緒に？」続けて沙和子が尋ねる。

「亭主？　ああ、あんなの別れた、別れた。どうしようもない甲斐性なしだもの。もう愛想が尽きた。一年近く前になるかな」

話がどんどん悪い方に展開している気がした。

「みなとホテル、あそこの勤めも辞めてさ、いわば東京で新規蒔《ま》き直しよぉ」

自分で言って、美代子はケタケタと陽気な笑い声を立てた。対照的に沙和子の内側は、刻々曇っていく一方だった。湿気《しけ》た雨雲が、自分の頭の上にのしかかってきているようで息苦しい。しかし、美代子がどうしてここへ沙和子を訪ねてやってきたのか、その真意が明らかになるまでは、どういう反応も見せたくなかった。凪《な》いだ春の海のようにしてやり過ごすのだ、と自分自身に言い聞かせる。苛立つあまり、また疑心暗鬼になるあまり、焦って自ら墓穴を掘ってしまってはつまらない。

「でさ、沙和子さん。私のこと、しばらくここに置いてくれる？」

表情を動かすまいと、自分に言い聞かせたばかりのはずだった。だが、突然の思いもかけない申し出に、思わず沙和子の目は見開かれていた。

「結構広いし、少しの間なら大丈夫でしょ？」

「少しの間って、美代子さん、東京で何か仕事のあてでもあるんですか?」

「ないわよ」紅茶を飲み下してから、美代子はいくぶん渋そうに目を細めて言った。「だから、そのあてができるまでの間ってこと」

心の内で大きな深い溜息をつく。それではいつまでここにいることになるかわからない。美代子はどう思っているか知らないが、今はそうそう楽に仕事が見つかる時代でない。美代子は四十を過ぎている。これまで主婦のパート仕事という感覚で、小樽の行商人宿と呼ぶにふさわしいような旅館型のホテルで、仲居の仕事をしてきた女だ。そんな経験しかない彼女ができる仕事など、今の東京にはない。少なくとも、住まいを借りて生活を維持していくだけの金が稼げる仕事はないだろう。

「私も整形しようかなあ」

不意討ちのような美代子の言葉に血の気が退く。

「ねえねえ」美代子が沙和子の方に身を乗りだして言った。「整形したら、私だって五つ六つ若く見えるよねえ。そうしたら、仕事だって見つかるかもしれないし。どうせだったらきれいになって、楽しく東京で暮らしたいもんねえ」

「美代子さん、私ね」沙和子は美代子の顔を見つめながら、できるだけ静かな口調を心がけて言った。「今、もの凄く仕事が忙しくて、しかも正念場なの。だから、二、三日だったら構わないんだけど、しばらくっていうのはちょっと……。家に仕事関係の人がくることもあるし、家でも仕事をしないと間に合わない状況なのよ。本当に申し訳ないわ」

「あらあ、それなら家事は私がやってあげる」美代子が部屋に響きわたるような声で言った。「私が家事をやってあげたら、沙和子さんだって仕事に集中できるじゃない。お客さんがきた時は、お茶だしだってしてあげる。だいたい沙和子さん、ちょっと痩せすぎよ。私、おいしいもの、作ってあげるわよ」

「そういう訳にはいかないのよ」

低く唸るように言ってから、沙和子は席を立った。さもキッチンに紅茶のお替わりかお菓子の用意でもしにいくような立ち方だった。現にキッチンにいってストッカーを開け、何かだせるものはないかと探してはいた。が、半分は素振りでしかなかった。ここはどう対応することが得策で、自分にとって一番安全といえるのか——。からだはその恰好をしていても、頭はべつの思いを追いかけて、せわしなく回転し続けていた。

うまく美代子を言いくるめて、何が何でも外に追いだしてしまうことが得策のようにも思えた。彼女にここに居すわられた日には、沙和子も動きがとれない。あくまでも彼女は沙和子が過去に旅行先で病気になった時に、ちょっと世話になっただけの女——、無理にでも関係をそこに落ち着けてしまって、ここで美代子を完全に断ち切るのだ。

だが、何のあてもなく東京にでてきた彼女が、おとなしくここをでていくだろうか。東京の街なかで、たまたまばったり再会してしまったというのとは訳が違う。彼女はわざわざ沙和子の居所を調べ上げ、その上で訪ねてきているのだ。

それにもしもうまく追いだせたとしても、彼女から完全に目を離してしまうことは、危険なことかもしれなかった。沙和子は、彼女が君島沙和子という自分の名前は知っていても、この広い東京で沙和子を探し当てられるような頭のある女ではないと、彼女のことを見くびっていた。だが、あれから四年も経つというのに、しっかり沙和子のことを覚えていた。その間沙和子は幾度か引っ越しをしている。にもかかわらず、彼女はここにやってきた。どうすれば沙和子にたどり着けるかも、彼女はちゃんと承知していたということだ。

これからは、その女が遠く離れた北海道ではなく、同じ東京に居続けることになる。仮に沙和子がまたどこかに引っ越したとしても、今回居所をつき止めたように、美代子は必ずまたひょっこりと沙和子の前に現れるだろう。それ以前に、何か困ったことをしでかして、沙和子を窮地に陥れないとも限らない。

船木美代子は、沙和子が最も隠蔽《いんぺい》したいと考えている過去の出来事に関わりを持っている。それだけに、下手な断ち切り方をすることがためらわれる。

思わず顔が曇りかける。考えれば考えるだけ、沙和子にとっては厄介な女だった。だいたい彼女はどこまで知っているのだ？　すべて承知しているから、沙和子なら面倒を見てくれるはずだ、見ざるを得まいと考えて、ここにやってきたのか。それともそれは沙和子の考えすぎというものだろうか。だんだんと、沙和子自身にも判断がつかなくなる。頭の中がぐるぐる回るような心地がした。

「いいわよ、沙和子さん、構わないで。私、喫茶店でモーニング食べてきたから」

リビングから美代子の声が飛んでくる。その声に、沙和子の思いも中断された。

「ああ、何だかろくなものがなくて。……ビスケットがあったわ。おいしいかどうかわからないけど」

皿に三角に折った紙ナプキンを敷き、健康素材で作ったというのが売り物のビスケットをのせてリビングに戻る。

「ねえねえ、だけどあなた、どこで整形したの？」

美代子の言葉に、すっとまた沙和子の顔から血の気が退いた。

「いい腕だわ、その医者。いや、あなた、昔からかわいかったわよ。だけど、印象がまるで違うもの。いくらかかるの？　相当かかるわよね。私の貯金じゃ足りそうもないなあ。やっぱりいい稼ぎの仕事を見つけないことには、どうにもならないわねえ。東京の医者？　まさか芸能人みたいに、アメリカで手術したなんて言わないわよねえ」

美代子はそう言って、カラカラと明るく乾いた声で笑った。

言葉がでなかった。

北海道で会った時も、沙和子がぎくりとするようなことを、虚心に尋ねてくる女だった。

こちらも邪心なく美代子の言葉に耳を傾けるならば、彼女が邪心のない純粋な興味で、尋ねているだけだとも受けとれる。四年前は、彼女は単に田舎の人間というだけで、とりたてて悪気はないのだと沙和子は判断した。だから特別警戒する必要もない相手だと考えていた。

だが、あっけらかんとしている面が強烈なだけに、美代子という人間が、かえって沙和子にはわからなくなる。ＪＡＪＡとはまったく種類の違う人間だが、読みきれないということにおいては、彼女も同じくモンスターだった。

ひょっとして、これは美代子の嫌がらせなのか。脅《おど》しなのか。あんたは私をここに置かない訳にはいかないだろうと、彼女は沙和子に言っているのか。整形美容にかかるぐらいの金は、自分にだしても当然だと、暗に無心しているのか。

「どうしたの？　ぼうっとしちゃって」

四年の歳月など、ものの五分で飛び越えてきたかのような顔をして、美代子がビスケットを咀嚼《そしゃく》しながら言った。相変わらず、とぼけたような顔をしていた。

「あ、いえ、べつに」

「しかし、ほんと、凄いわ」

「え？」

「だから、今の整形技術よ」

パチッ、と音を立てて神経が跳ねた。自分でも、眉がかすかに寄ったのがわかった。頭痛がしはじめていた。脳の奥が、小さな軋みを上げ始めている。

「まるで別人だもんねえ。人間、こういうふうにして生まれ変われちゃうんだねえ。感心しちゃう。反面、ちょっと怖い感じもするけどね」

沙和子はちらりと美代子に目をやった。彼女は続けてビスケットをつまんでいる。

「だってさ、殺人犯だって凶悪犯だって、顔を変えちゃったら、指名手配されていたってわからないじゃない？　ほら、写真つきで手配書が、時々交番に貼ってあったりするじゃない？　覚えてる？　昔、同僚のホステスを殺して、整形して逃げていた女がいたわよね。だけどさ、あれはまだまだだね。さんざんテレビに写真がでていたから、会ったことのない他人にだって、会えばやっぱり何となく本人だとわかっちゃうもの。あの人、結局それで捕まっちゃったのよね。でも、沙和子さんぐらい見事に変えたらわからない。そうなるとさ、隣に人殺しが住んでいたってわからないじゃないの。そう考えると、ちょっと怖いかなっていう話」

気がつくと、沙和子はまた立ち上がっていた。じっと坐ってはいられない気分になっていた。美代子に背を向けてから、言い訳みたいに「紅茶、お替わり淹れるわね」と口にする。

キッチンに立つ。目の奥が痛み、頭の中がシャカシャカ音を立てはじめていた。

コノ女、船木美代子ハ脅迫者ダ。

私ノコトヲ脅シニキタ。

目的ハ金。

イカニモ無邪気ナ田舎ノ人間ヲ装ッテイルガ、ソンナモノハウワベダケノコト。

信用シテハイケナイ。

騙サレテハイケナイ。

シタタカナ女デナクテ、ドウシテ私ヲ四年モ経ッテ探シ当テラレルモノカ。

コノ女ヲ自由ニシテハイケナイ。

ドコデ爆発スルカワカラナイ。

船木美代子＝破壊者。

彼女ハシナリオヲ破綻サセル人間。

目下最大ノ危険人物。


「お待たせ」

リビングに戻ってきた時、沙和子は、いつも会社や取り引き相手に見せているような艶やかで申し分のない笑みを浮かべていた。

「お替わりどうぞ」

「ああ、ありがとう」

「いろいろご事情があったんでしょうね」

「え？」

沙和子の言葉に、はじめて戸惑ったように美代子が沙和子の顔を見た。

「離婚されたりお勤めを辞められたり」

「ああ」

「まあ、お話はおいおい聞かせて。当分は、うちでゆっくりなさったらいいわ」

え、と目を見開いた直後、美代子の顔に笑みの花がぱっと咲き誇った。

「いいの？　じゃあ、沙和子さん。私をしばらくここに置いてくれるのね」

「ええ。美代子さんにはお世話になったもの」

「うわあ、ありがとう。やっぱり訪ねてきてよかったあ」

美代子が子供のように、沙和子に抱きついてきた。そのからだを腕で軽く抱えながら、沙和子は笑みの気配が完全に消えた面持ちをして、じっと考えていた。


コノ女カラ聞キダスコトハ聞キダサネバ。

彼女ハココニクルコトヲ、誰ト誰ニ話シテキタノカ。


「沙和子さん、ほんと、ありがとうね」

「いいのよ。困った時はお互いさまだわ」

言いながら、また頭はべつの思いを追いかけていた。

シナリオヲ中断スルカ。
リセットシテ書キ直スカ。
ソレトモコノ女ヲ消去スルカ。

消去――、沙和子は心の中で呟いた。

第五章

1

コナーズPCスクールの遠山聡から、江上晴男のところに連絡がはいったのは、十一月も終わりに近づいた頃のことだった。

ネット上で情報を求めたところ、何件かの情報が寄せられてきているという。

「江上さん、パソコンはお持ちではなかったですよね？」

電話での遠山の問いかけに、ええ、といくぶん申し訳なさそうに頷きながら言う。

「では、ファクスは？」

「ファクスならあります。この電話と兼用です」

「そうですか。では、いったん切りましてから、寄せられた情報をプリントアウトしたものを送信します。まずはそれをご覧になってください」

電話を切り、真知子と二人、固唾《かたず》を飲んで再び電話が鳴るのを待ち受ける。鳴った途端に真知子が声を上げた。

「あ、かかってきたっ」

電話機が、ダダダダいいながら吐きだす記録紙を、引っ張りだしたいような気持ちで待つ。

情報は、全部で八件あった。

名前はわかりません。でも、確かに見覚えはあります。彼女は九七年頃、上級者コースに一時期籍を置いていた受講生ではないかと思います。私も当時、同じコースに籍を置いていました。彼女は会社の帰りに受講していたはずです。火・木のレイトコースではなかったでしょうか。記憶が曖昧で申し訳ありません。

いましたよ、写真の女の人。四年ぐらい前ですから、九七年の春からのコースでしょうか。あんまり話をしなかったので、名前は覚えていません。授業にも、必ずくるという人ではなかったような。
でも、いました。私、見たことありますもの。

記憶にあります。コンピュータ関係の会社に勤めていた人じゃないかな。
名前は飯島《いいじま》さん……違ったかな。
僕は上級者コースにいたんですが、コースが同じだったかどうかまではちょっと。

もしかしてMACのコースにいた人ですか？
写真の感じは似ているんですが。大西《おおにし》さんて人に。
名前がチエリとかいって、チェリーでさくらんぼのキャラ好きな。
私たち、チェリー大西って呼んでいたんですけどね。
でも、着ている服の感じとかは違っている気がするけど。
チェリー大西はもっと可愛い服が好きだったような。
それこそさくらんぼキャラつきのだったり。
ああ、違ってたらごめんなさい。

この人、変わった人でしょ、ちょっと。
スクールに何しにきているのかな、と思ったことありましたもの。
何だか勉強しにきているというより、ハッカーとか、そういう連中に
関心があったみたい。
名前は忘れたけど、カッコイイ名前だったんじゃないかしら。
芸能人みたいな。

たぶんですが、君島沙和子さんという受講生じゃないかなあ。
僕、受講生番号が近かったので、そういう記憶があるんですよね。
コナーズにいたのは短かったんじゃないでしょうか。
せいぜい半年。あくまでも僕の記憶ですが。

九六年からMACのコースにいた人じゃないですか。
グラフィックデザインをやりたいとか言って。

もしその人だとすると、大西さんていうんですけど。大西千恵里《ちえり》さん。途中間があいたけど、二年ぐらい通ってきていたはずです。出身は名古屋とか聞きましたけど。残念ながら今、おつき合いはありません。

九七年、上級者コースに、夜通ってきていた方ではありませんか。写真を見る限りにおいては、かなり似ているような気がします。お名前は、君島さんといったように記憶しています。通っていらしたのは短い期間です。間違ってはいけないので、絶対とはいえませんが、たぶん彼女ではないかと私は思いますが。

ひと通り読みおわった頃、遠山から電話がはいった。
「ほかにも二、三あったのですが、まったく見当違いとこちらで明らかに判断できるものははずしました」遠山は言った。「ネットでは続けて情報提供を呼びかけてみますが、そこにでてきている大西千恵里という名前の受講生と、当時上級者コースにいた飯島、及び君島沙和子という名前の受講生については、今こちらで過去の資料を当たっています。すぐに結果はでるのですが、一応個人情報に属するものなので……」

そこまで言うと、遠山は敢えて語尾を曖昧にして言葉を途切れさせた。

遠山の言いたいことは晴男にもよくわかった。軽々に部外者である晴男に教える訳にはいかないということだろう。しかし、それを教えてもらわないことには、ここから先に進めない。

「もしおわかりでしたら、何とかお教えいただけないでしょうか」受話器を握り締めるようにして晴男は言った。「決してご迷惑はお掛けしません」

「わかりました」一拍置いてから、遠山が言った。「ご事情がご事情ですので、お教えいたします。ただし、この情報を元に、あくまでもご自分でお調べになったということになさっておいていただくよう、あらかじめお願いしておきます」

「それはもう絶対に。お約束いたします」

拝むようにして電話を切った。するとものの五分と経たないうちに、またファクスが流れてきた。

実のところ一枚目のファクスを流してきた時点で、三名の受講生に関する資料も、遠山の方には上がってきていたのだと思う。コンピュータ時代だ。しかも先方はコンピュータのスクールだ。過去の受講生についても、きちんとコンピュータで管理がなされているのに違いない。晴男は改めてコンピュータの威力を思い知らされたような心地がした。

「うちもパソコンぐらい買わないといかん。それに警察だって、もっとコンピュータを駆使したらいいんだ」

晴男が言うと、そんなことよりお父さん、と真知子が記録紙を差しだした。

記録紙を見る。

九七年当時に限っていえば、上級者コースに飯島という苗字の女性は存在しなかったという。ほかのコースに飯島玲子《れいこ》という女性がいたが、彼女は昼のコースでもあるし、一応今回は除外する旨が、まず記されていた。

続いて、大西千恵里、君島沙和子、二名の受講生の生年月日、それに在籍当時の住所と勤務先が、並べて記してあった。

大西千恵里
一九七三年五月十五日生
東京都新宿区原町二―××―××　グリーンマンション三〇八
㈱ＰＭ企画
………

君島沙和子
一九六八年六月六日生
東京都豊島区南長崎六―×―××　ハイム南長崎二〇一
㈱ＢＲＭシステムズ
………

「お父さん。正晴がつき合っていたのは、この大西さんという人じゃありませんね。君島沙和子って人ですよ」

印字された記録紙を覗き込んで、真知子が言った。

「だから、こっちの人から当たりましょう。この君島という人から」

「え？　どうしてそう言いきれる？」

「だって、正晴は一九七一年生まれでしょ。大西さんという人だったら、あの子よりもひとつ歳下ってことになってしまう。正晴は、少し歳上なんだけど、って言ってましたよね。お父さんも覚えているでしょう」

そうか、と感心する思いでもう一度記録紙を見た。

正晴の生年月日を問われれば、むろん晴男もすぐに口にできる。だが、それはどこか事務的な記憶で、実感を伴ったものでないようなところがあった。しかし真知子にとってのそれは、今いくつ、今いくつと、きっと肌に則した感覚なのだろう。さすがに母親……それが男親と女親の違いというものなのかもしれないと、晴男は心で思った。続けて思う。

また東京へいかねばならない。

今回の上京によって、自分たちが四年の間抱えてきた謎が、ようやく少しは氷解するのだろうか。その糸口ぐらいは摑めるのだろうか。心のどこかで期待している自分に気がつく。けれども晴男はそんな自分を戒めた。生涯終わらない宿題——、それぐらいの覚悟でいなければ、とても自分の気持ちを保っていけない。

いや、そうではなくて、期待した挙げ句、何度目かの肩透かしを喰わされて、肩を落として宇都宮に帰るのが、いやなだけかもしれなかった。

(君島沙和子……)

晴男は心で呟いていた。

2

営業を終え、沙和子が会社に戻ってきた。

真澄はデスクから顔を上げ、ちらりと沙和子に視線を走らせた。外で一日ハードな仕事をこなしてきたとは思えないような涼しげな顔をしていた。沙和子と同じく営業職にある木村明美《あけみ》などは、ロッカールームで鏡を見ながらよく言っている。

「自分で言うのもなんだけど、朝、出社してきた時の顔は菩薩《ぼさつ》なのよね。ところが一日外まわりをして帰ってきて鏡を見てみると、目なんかつり上がっちゃって、顔が般若《はんにゃ》に変わってる。営業って、まったくいやな仕事だなあって、夕方鏡を見るとつくづく思うわ」

マリア製菓を失ったせいで、このところの沙和子の営業売り上げに、かつてほどのめざましさはない。それでも新規に顧客を獲得して、着実にポイントを稼いでいるのは、やはり見事というよりほかなかった。これまでの真澄であれば、そんな沙和子に感嘆し、ただただ憧れと崇拝の念を強くするばかりだったと思う。

今は少し違った。

会社での沙和子は、これまでと別段変わりないように映る。とりたてて綻《ほころ》びは見えていない。が、表面的にはこれまでと変わりないようでいて、その実、沙和子の内面は、以前とは違ってきているような気がしていた。目にははっきりとは見えないものの、時に内側のもやもやとした気配が、沙和子のからだから漂ってくるような感じがすることがある。真澄がそう感じるのも、半分以上は多少なりとも彼女の内情を知るに至ったせいかもしれない。さらに知りたいという思いから、観察する目で彼女を見ているせいもあるだろう。

「真澄ちゃん、沙和子さんちに変な女がいるよ。沙和子さん、相当イライラしている。会社の帰りに二人分のお惣菜の買い物しているところを見たけどね、凄い顔してた。険しい顔だよ。青筋立ってた。きっと今、沙和子さんちにいる女は、沙和子さんにとっちゃ、迷惑この上ない相手なんじゃないのかな」

由貴の言葉が耳に甦る。彼女はこうも言っていた。

「それにあの人、やっぱりからだで仕事を取ってるよ。君島沙和子に色仕掛けは〝あり〟なんだよ。見ててごらん、そのうちきっとフェアリーテールって会社が新規顧客として上がってくるから。沙和子さんはそこの会社の専務に、女として急接近してる。もともとそういうやり方していたのかな。それとも沙和子さん、マリア製菓を失って、相当焦っているのかな」

恐らく今回に限ったことではあるまい。以前から沙和子は、時にはそういう手段にも訴えて、営業成績を上げてきたのに違いない。沙和子にとっては、自分のシナリオ通りの結果をだすことがすべてであって、そのためにどんな手段をとろうとも、少しも自分が痛むところはない。ほしいのは、頭に思い描いた数字だけ。

再びちらりと沙和子を見やる。彼女は営業日報を作成しているようだった。

例のウイルスの一件以来、沙和子は部長の河合からも直接に、アシスタントの浅丘真梨子を活用して、営業経過や顧客管理を明確にしておくよう指示されていた。しかし彼女は、それをやっていない。依然として自分のパソコンを使っているし、データを会社のパソコンに移して共有するという作業もしていない。困り果てているのは、間に挟まれた恰好になっている真梨子だった。帰りがけ、沙和子が真梨子に託していく営業日報は、いわば沙和子の最低限のエクスキューズだが、聞くところによれば、それもどうやら形ばかりのものでしかないらしかった。

「君島さんからもらう営業日報では、本当のところ何が何だかよくわからなくて、私、困っているんです」

真梨子はこぼしていた。

本当ならば沙和子とて、営業日報など出したくないに決まっていた。一応のかたちをつけるためだけに作成する日報など、彼女にとっては時間と労力の無駄以外の何ものでもない。それでもせざるを得ないから、いやいや毎日書いている。少しずつだが、沙和子は前より確実に、仕事がやりづらくなってきている。彼女にとってそれは、はたの人間が想像する以上のストレスになっていることだろう。

(だけど、沙和子さんのマンションにいる女って、いったい何者なんだろう)

真澄は思った。由貴の話では、ただの中年女だという。

「ちらっと見ただけだけど、顔だちは悪くないよ。でも、まあふつうのオバサンて感じ。化粧はちょっと濃くて派手かもしれないけど。そうだなあ……強いていうなら、売れない地方まわりの演歌歌手、って感じかな」

由貴の言いざまを思い出して、真澄の口もとに、ひとりでに苦笑いに似た笑みが滲んだ。どういう事情があるのか、今のところはわからない。だが、かかってくる電話でさえ、なかなかとろうとしない沙和子のこと、他人に自分の時間や空間を侵害されるというのは、本来最も嫌う種類のことのはずだった。どんなに親しい間柄の人間であれ、彼女が同居を好む道理がない。そもそも沙和子に親しい友人というものは存在しない気もする。

なのにその女を十日近くも家に置いている。真澄には、不思議でならなかった。

食料品の買い物をしている時、沙和子は青筋を立てた険しい顔つきをしていたというが、それこそが、今現在の偽らざる君島沙和子の顔ではないのか。彼女は内でも外でもそれぐらいに大きな苦痛とストレスを抱えはじめている。それに堪えてまでして、どうして女を家に置いておかねばならないのか、真澄はその理由が知りたかった。

目の前の電話が鳴った。電話をとる。

「もしもし、受付、早見《はやみ》です。恐れ入りますが、君島さんは営業からお戻りになっておいででしょうか」

受付の早見遥子《ようこ》の軽やかな声が、耳の中で心地よく響く。

「はい。お戻りになっています」真澄は答えた。

「ご面会の方がおみえですが、いかがいたしましょう？　江上様とおっしゃる男性のかたです。君島さんとのお約束は特にないとおっしゃっておいでですが」

「わかりました。今、君島さんにお伝えします」

真澄は席を立ち、沙和子のデスクに近づいていった。気配を感じて沙和子が顔を上げる。沙和子は真澄をみとめて、「なに？」と無言で問うように眉をやや持ち上げて、顔に薄い笑みを浮かべた。思わず見とれてしまうようないい表情だった。

「今、受付から電話がありまして、君島さんに、江上様という男性のかたが面会におみえだそうです」

言い終わるか終わらないかのうちに、真澄は心の中で、あっ、と声をあげていた。江上——、真澄がその苗字を口にした途端、沙和子の顔から笑みが退き、不穏な暗い翳が目の中を流れた。

「江上さん……どなたかしら」

しかし沙和子は、何ということない調子でそう言って、軽く首を傾げてみせた。

名前を耳にしても相手の見当がつかないがゆえに、瞳を流れた翳ではなかった。心当たりがあるからこそ、沙和子は一瞬まなこに揺らぎを見せた。にもかかわらず、真澄に対してとぼけてみせている。何かが匂った。

「あの、どうしましょうか」真澄もとぼけて言った。

「そうねえ」言いながら、沙和子は早くも席から立ち上がっていた。「江上さん……よくわからないけど、とにかくいってみます。どうもありがとう」

いったん席に戻って、受付に沙和子が下に降りていった旨を伝えた。そのまま自分の仕事に戻ろうかと考える。でも、やはりじっとしてはいられなかった。真澄は慌ててエレベータで沙和子のあとを追いかけた。

一階に降り立った時、受付にすでに沙和子の姿はなかった。真澄は慌てて遥子に問いかけた。

「君島さんは？」

「あ、今、お客様とロビーで面会されていますが」

視線を右手奥のロビーに向けると、沙和子と男の姿があった。幸い沙和子は真澄に対して背を向ける位置に坐っている。

男の方は、見たところ五十から六十という年恰好で、べつに背広姿という訳でなし、一見したところ、仕事関係の相手とは思えなかった。

「ああ、面会中ならいいんです」

真澄は遥子にそう言って、一度エレベータの方に戻り、彼女の目を避けるように柱の陰に身を寄せた。遠くから、二人の様子を密かに窺う。

が、いかんせん離れすぎていた。両者の間で交わされている会話が、真澄の耳まで聞こえてくる道理がない。相手の男の表情も、とりたてにこやかで柔らかいものではないということがかろうじてわかるぐらいで、二人のやりとりの雰囲気すら、ろくに摑めないような有り様だった。

そのうちに、二人がほぼ同時にソファから立ち上がった。互いに頭を下げ合った後、沙和子が踵を返す恰好で、エレベータの方に戻ってくる。男に背を向けた途端にその顔は、冷たい灰色に固まっていた。目もとのあたりに、不機嫌そうな濁りが見てとれる。沙和子は、きわめて険しい顔つきをしていた。

真澄は柱の陰で微妙にからだをずらしながら、沙和子の目を逃れた。沙和子が、エレベータに乗り込んでいく。ドアが完全に閉まったのを確認してから、真澄は急いで男の後を追った。

受付の前を走り過ぎた時、遥子が真澄に目をとめて、訝しげに首を傾げた気配があった。だが、そんなことに構っている余裕はなかった。

「あの」

道にでてから男に声をかける。声をかけてしまってから、真澄は自分が話すことなど何も持っていないことに気がついて、にわかに慌てた。何か口にすればしどろもどろになりそうで、言葉が舌の上で突っかかってしまってうまくでてこない。頭も完全に混乱していた。落ち着けと、自分自身に言い聞かせる。由貴の言葉が思い起こされた。他人を演じていると思う方が楽にこなせる——。

男はといえば、きょとんとした面持ちで、不審げに真澄のことを眺めていた。が、制服がトライン・コンサルタンツのものであるのに気づいたのだろう。やがて顔に微笑に近い穏やかな表情を浮かべた。

「あの……」必死に頭を回転させながら真澄は言った。「お客様は、君島にご面会にみえたかたでいらっしゃいますよね？　あの、失礼ですがロビーにお帽子、お忘れではなかったかと思いまして」

「ああ、いやいや」男は首を横に振った。「私は帽子は被《かぶ》ってきませんでしたから、どなたかよそのかたのでしょう。ご心配していただき、申し訳ありません」

「あ、それは失礼いたしました。あの……」

「は？」

「君島の取り引き先のかたでしょうか。君島がいつもお世話になりまして」

「ああ、いやいや」

男はまた同じ台詞を繰り返した。が、先刻よりも、いくぶん困惑の度合いの深まった顔をしていた。

「私はべつに仕事関係の人間ではありません。ちょっと君島さんにお尋ねしたいことがあって伺ったのですが、まったくの人違いだったようで、かえって失礼してしまいました」

「人違い……」

「私が写真で存じ上げている君島さん……いや、女性のかたとはまったくの別人で。お戻りになりましたら、君島さんによろしくお伝えください」

男はぺこりと頭を下げると踵を返し、また地下鉄の駅の方向に歩きはじめた。

真澄は少しの間、黙って男の背中を眺めていた。追いかけたところで、これ以上何を話したらいいものか、まるで思いつかない。それでいて、どうしてもそのまま男と別れてしまう気持ちになれず、足の裏からもどかしさがこみ上げてくる。今しも自分がみすみす途轍《とてつ》もなく大きな魚を獲り逃がそうとしているようで、焦燥感ばかりが募る。今ここで別れたら、二度とこの男を捕まえられない気がした。

「あの、すみません！」

気づいた時には駆けだしていた。息せききって男に声をかける。走ったことよりも、精神的な緊張で動悸がしていた。今度こそ、男の顔に明らかな驚きの色が浮かんだ。

「人違いって、あの、それ、どういうことなんでしょうか。失礼ですけど、お話、お聞かせいただく訳にはいきませんでしょうか」

言いながら、自分でもいつからこんなに大胆になったものかと呆れていた。ただし心臓は、まだどきどき走っている。男はものも言わずに真澄の顔を、しばし訝しげに見つめていた。

3

東中野のコーポラスに帰り着いたのは、九時を少しまわった頃だった。自分の部屋の鍵をあけることなく、真澄はまっすぐ由貴の部屋の前に立ち、ドアをノックしていた。

ややあってドアがあき、由貴がくりっとした目をして顔を覗かせた。真澄の顔を見て、すぐに由貴は笑顔を見せたが、次の瞬間、その顔が心持ち翳った。

「あれ？　真澄ちゃん、コート着たまんまじゃない。部屋に寄らずにまっすぐここにきたの？　もしかして何かあった？」

真澄はこくりと頷いた。色のない顔をしていたと思う。表が寒かったということもあるが、心に重たい荷物を抱えて帰ってくるうちに、自然と脳天から血の気がじわじわ退いていき、顔と頭が凍りついてしまいそうになっていた。

由貴の部屋に上がって、コートを脱ぐ。すでに部屋の空気が温まっているのが救いだった。

会社が退けてから、真澄は沙和子を会社に訪ねてきた男と、外の喫茶店でまた話をした。男は、名前を江上晴男といった。

「この間のパソコンスクールのかたといい、あなたといい、東京にこんなに親身に話を聞いてくれる人がいるとは思いませんでした」

真澄に対してひと通りの話をし終わった後、江上はいかにも人の好《よ》さそうな顔をしてそう言った。そんな彼の顔と言葉に接した時、真澄は胸に後ろめたさを覚えない訳にはいかなかった。

彼、江上晴男の息子は、四年前に失踪している。それきり行方が知れず、彼と彼の妻は胸の潰れる思いで、あてのない捜索に月日を費やしている。彼らの心痛と日々の精神的な苦しみを思うと、まるで江上を騙しているような気がしてきて、真澄は思わず顔を伏せていた。

「それじゃ、その人の息子さん、正晴さんっていったっけ？　昔、沙和子さんとつき合っていたの？　パソコンスクールに通っていた頃に。つまり、失踪した頃ってことになるけど」

由貴が問う。

「そうだと思う。江上さん、彼女がBRMシステムズにいたことだけはわかったので、会社を訪ねてみたら、もう辞めたって言われたって。でも、辞めた後しばらくしてうちの会社に移ったらしいことが、BRMシステムズの方でもわかっていたみたいなのよ。それを聞いて、うちの会社を訪ねてきたんだけど」

「ところが、いざ会ってみた沙和子さんは、写真の女とはぜんぜん違う人物だった――」

「そういうこと」

「それで江上さんという人は、沙和子さんを見た途端、ああ、これは人違いだと思ったという訳ね」

「そうみたい」

「真澄ちゃん、その人が持っていた写真、見せてもらったの？」

「うん」

「昔の沙和子さんだった？　整形前の？」

真澄は黙って首を縦に振りおろした。表情が、おのずと陰気なものになっていた。

二人の間に沈黙が流れた。狭苦しい部屋の中の空気が、いっぺんに澱んだような感じがした。

真澄は、江上の連絡先は聞いてきた。だが、彼にはまだ、沙和子が整形をして自分を完全な別人に作り替えてしまったことは話していない。江上も、そんなことはつゆほども考えていない様子だった。だからこそ沙和子をひと目見ただけで、まったくの人違いと思い込んで、逆に恐縮してしまったのだ。

江上は言った。

「コンピュータスクールでいただいた情報を元にすると、写真の女性は、当時BRMシステムズにお勤めだった君島さんではないか、ということになったのですが、何せ四年も前のことです。人の記憶も曖昧になっているのかもしれません。あなたもご覧になっておわかりのように、写真の女性はあんなにきれいなかたではありませんでしたし、感じがまったく違います。もしかしたら、君島さんと似たような名前の女性が、その頃スクールにいたのかもしれませんね」

江上は容貌のあまりの違いに完全に目を眩《くら》まされてしまっていた。見た目通り、彼は人が好いのだ、と真澄は思った。

江上の親としての苦しみにも、人として当然思い及ばぬことはない。加えて真澄は、彼に好感というにふさわしいものも覚えていた。なのになぜ、彼に本当のことを告げてやれなかったのか――、真澄は自分でもそれがよくわからずにいた。

「その失踪事件だけど」沈黙を破り、由貴が口を開いた。「沙和子さん、たぶん関わっているわね」

「私もそう思った。ちょうどBRMシステムズを辞めた頃だし、その後沙和子さんは別人に生まれ変わっている」

由貴の調べによれば、当時沙和子は営業成績も好調で、BRMシステムズを辞めなければならない理由はどこにも見当たらなかった。にもかかわらず、沙和子は自ら会社を辞め、顔を完全にべつのものにすげ替えた。江上正晴の失踪事件がその引き金になったと考えれば、すべて説明がつく。

「リセット……」由貴が呟く。「そうか。その頃、沙和子さん、リセットしたんだ。一切合財、いっぺんチャラにしたんだ」

「由貴ちゃん。ということはよ、その人、つまり江上正晴という男の人、いったいどうなっちゃったんだと思う?」

「それは」

さすがの由貴も、やや視線を落として、いくぶん言い澱むような様子をみせた。由貴の顔を見つめて、次の言葉を促す。

「それは、沙和子さんが完全にリセットまでした訳だから……殺された、死んでいるってことになるんじゃないのかな。だって、四年間も行方が知れないんでしょう？　そのかたには申し訳ないというか、まったくお気の毒な話としかいいようがないけど」

「つまり、沙和子さんが彼を殺した――、そういうこと？」

「私は、そう思う」

「私も、そう思っている」

再び部屋の中に沈黙が流れた。先刻よりも重さをました沈黙だった。

沙和子に興味を抱いて調べはじめたばかりの頃は、よもやこんな展開になろうとは、真澄もまったく考えていなかった。

君島沙和子は仕事をとるためなら男とも寝る。それ以外にも数字を上げるために、きっと水面下ではえげつない手段を講じているに違いない。加えて顔はほとんど作りもので、彼女が生まれ持ったものではない。沙和子は、平気で自分の顔でさえ作り替える。おまけに、彼女はひょっとすると人まで殺しているかもしれないというのだ。

真澄の中にも、まさか人まで、と思う気持ちはある。さすがに沙和子も人まで殺しはしないだろう、と。けれども、いや、殺している、沙和子はそこまでやる女だ、という思いが、まさかという思いを打ち消していく。自分の理想を実現するためには、沙和子は恐らくどこまでもやる。シナリオ遂行のためならば、人さえ殺しかねないところがある。それが君島沙和子だ。

無意識のうちに、真澄は大きく頭を左右に振っていた。

「異常よ。もし本当にシナリオ通りに生きるために人まで殺したとするなら、沙和子さん、やっぱりどこか狂っている」

「あの女——」

由貴が空《くう》を見据えて不意に言った。その目をそのまま真澄に移して言葉を続けた。

「今、沙和子さんちに居すわっているあのオバサン、その時の事件に何か関係があるのかも」

「え？」

「その時の事件でないにしろ、きっと何か沙和子さんが過去にやらかしたことの尻尾を握っているのよ。だから沙和子さんは、彼女を仕方なしに家に置いている。じゃなかったらあの人、他人を家に置くはずがないもの」

由貴は由貴で、沙和子の過去について、さらに探りを入れていた。

沙和子はＢＲＭシステムズの前はテレマーケターの仕事をしていた。テレマーケター——、電話での商品紹介と勧誘、及び販売の仕事とでもいったらいいのだろうか。沙和子のテレマーケターとしての経験は長いが、会社自体はあちこち変わっているという。

「せいぜいどこも一、二年なんだよね。まあそれでも私よりは長い訳だから、そのことで沙和子さんのことを腐《くさ》す訳にはいかないけど。でも、沙和子さん、結構煮詰まりやすいタイプだと思う。あんまり我慢がきかない性分だよね」

家庭用医療器具のテレマーケターをしていた頃の同僚に、西村清美《にしむらきよみ》という女性がいた。由貴はこの女にも会ってきた。西村清美は、沙和子にいい感情を持っていなかった。だから彼女が言うことに、どこまで信憑性があるかわからない。が、彼女は由貴にこう語った。

「君島沙和子は守銭奴よ。どういう目的があったのかは知らないけど、夢中でお金を貯めていたわね。はっきりいって、彼女は汚かったわ。デートクラブに登録して、売春みたいなこともしてたって耳にしたことがあるし、現に彼女をホテル街で何度か見かけた人間もいるのよ。君島沙和子はね、金のためなら売春だってする女よ」

仮に西村清美の話を事実とするならば、沙和子がからだを売ってまでして金を貯めていた目的が何かは、真澄にも由貴にももうわかる。いうまでもなく、自分自身を望み通りに作り替えることだ。整形手術を受けるためだ。今の沙和子のうつくしい姿は、からだを売って稼いだ金によって作られた。全とっ替えのような模様替え、度重なる引っ越し……それもからだを売った金が可能にした。

「ハンパじゃないとは思っていたけど、私もここまでとは思わなかったわ」由貴が言った。

「整形はいいよ、個人の自由だよ。でも、売春、殺人は犯罪だもの。ということは、沙和子さん、結局は犯罪者ってことじゃない。それも、もしかしたら殺人犯」

「本当に、沙和子さん、その人を殺したのかしら」

心の中では、八割がた間違いないと思っている。それでも、まだ信じられないという思いが残っていた。信じられないというよりも、事件がどこか絵空事のように思える。人を殺した人間が、職場という真澄の日常の中に存在している。それも身を潜めるようにしておとなしく存在している訳ではない。沙和子は自らを誇るように、誰よりもきらきら輝きながらそこにある。そのことが真澄に、ある種の非現実感をもたらしていた。

「あ、まずいかもしれない」不意に由貴が、ふだんよりもいくらか高い声をだして言った。

「あのオバサン」

沙和子が江上正晴を本当に殺しているのだとすれば、また、沙和子の家に滞在している女が江上正晴殺害に関する証拠を握っているのだとすれば、君島沙和子は、その女をも殺しかねない。

「真澄ちゃん、どうしよう。あのオバサンも殺されちゃうかもしれない。ねえ、どうしたらいいんだろう」

「どうしたらって言われても」

「ねえ、このまんま放っておいていいのかな」

「放っておいたらいけないような気はする。だけど、どうするっていったって、どうすることが一番いいのかもわからないし、だいたい私たちに何ができる？」

「何の証拠もないっていうのに、まさか警察に報せる訳にもいかないものねえ」

「そうよ。もしもまったくの間違いだったら、私たちこそ頭のおかしい妄想狂ってことになっちゃうわ」

沈黙がまた二人の間に横たわった。

突然大きな事件に巻き込まれようとしているような心地になって、真澄も由貴もにわかに慌てていた。沙和子がまた人を殺す……それこそまさか、とは思う。そもそも江上正晴の失踪事件との関わりも、沙和子が彼を殺害したということも、今のところ二人の勝手な推測にすぎない。だがここは、万が一を考えて、とにかく江上に沙和子が写真の女と同一人物であることだけは告げて、沙和子の動きを封じておくのが一番の策ではないだろうか。警察にまでは通報しないにしても、少なくともそれはして然るべきだ。たぶんそれが良識ある市民のとるべき道というものだろう。

江上さんに報せよう——、どちらかが言いだせば、結論はそこに落ち着いていたと思う。だが、真澄も由貴も、その選択肢の存在を充分に意識しながらも、言葉にしなかった。互いにどうしてそれを口にしないのかもわからぬままに、口を噤《つぐ》んだままでいた。

時間だけが過ぎていく。三度目の沈黙は、長く尾を引くように二人の上に覆いかぶさっていた。

4

「今度の土、日、山梨の温泉にいかない？」

沙和子が言った時、美代子はまず、ちょっと驚いたように目を見開いた。続けて、瞳と頬に大袈裟なぐらいの笑みの明かりを灯してみせた。

「温泉って、沙和子さん、あなた、お仕事が忙しいんじゃないの？　そりゃあ連れていってもらえるなら、私はすごく嬉しいけど」

「忙しいといったって、土、日ぐらいは休まないとね。お正月前だから、旅館もたぶん空いているはずよ」

身延山《みのぶさん》の方の温泉にしよう、と沙和子は美代子に提案した。そこなら以前、自分も車でいったことがあるので、道に迷うこともないだろうから安心だ、と。

「うわあ、温泉なんて何年振りだろう」

言ってから、美代子は目を細め、くくっと咽喉の奥でさもおかしそうな笑い声を立てた。見ていて沙和子は、何につけても大袈裟な表情をする女だとうんざりする。十日余り一緒に過ごしていて、彼女の過剰な表情が、すっかり鼻についてしまった。同時に、単純な女だとも思う。気持ちがあけすけに表にでるタイプの女なのだ。だからこそ沙和子は、自らに対してふと首を傾げるような思いにもなる。この女は本当に脅迫者なのか。そう考えるのは沙和子の深読み、自分が抱える後ろ暗さが産みだした根拠のない疑念というものではないのか――。

が、いずれにしてももう限界だった。危険な爆弾を、いつまでも自分の懐に抱え込んでいる訳にはいかない。美代子の本意がどこにあるとしても、彼女が爆弾であることは間違いなかったし、これ以上彼女の顔を見ているのはたくさんだった。

「おかしいわよね」楽しそうな様子で、続けて美代子が言った。「北海道には温泉なんていっぱいあるのに。だけど、ああいう暮らしをしているとね、地元の人間は日々の暮らしに埋もれてしまって、温泉なんてまずいかないものなのよ。いつでもいけると思っちゃうし。私、北海道で生まれ育ったのに、登別《のぼりべつ》の温泉にだって、まだいったことがないのよ。笑っちゃうでしょ」

「東京に住んでいて東京タワーにいったことがないのと同じようなものよ」

「車でいくの？　沙和子さん、車も持っているんだ」感心したように美代子が言う。

「車はふだん乗っている暇がないから持っていないわ。駐車場を借りるだけでも、都内じゃ月何万も取られるし。だから今回は、友だちから借りることにしたの」

友だちというのは、英二のことだった。彼は今住んでいるマンションに自分の車を置いているが、仕事が忙しくてろくに乗っていない。月に一、二度、テニスやヨットにいくのに乗れば、まだしもいい方かもしれない。仕方なしに時々無駄にエンジンをかけたりしているが、このままでは車が傷む一方だと心配していた。それである時期から沙和子に、いつでも使っていいからと、スペアキーを一本預けるようになっていた。英二はこの週末、医師会の用事で名古屋にいく。彼の車を使うのに、何ら問題はなかった。使ったところで、彼はきっと気づきもしないだろう。

土曜日、沙和子は午後ももうじき三時になろうかという頃に車をとりに出かけ、いったんマンションに戻ってから、美代子とともに山梨方面に向けて出発した。

美代子の方は、お昼をまわったあたりから落ち着かなげな様子になってきて、まだでなくていいのか、などとさかんに沙和子に言っていた。彼女としては、どうせなら早い時刻に家をでて、途中の景色を楽しんだり観光地に立ち寄ったり……そんなことをしたかったのだろう。だが、沙和子はそんなことには気づいてもいないふうを装って、とぼけた調子で美代子に言った。

「大丈夫、大丈夫。山梨なんて、高速を使ったら、早ければ三時間かそこらで着いてしまうんだから。それにどうせ温泉しかないところだもの、夕飯に間に合うように旅館に着けばいいわ。ゆっくりいきましょ」

山梨ならば思いの外早く着くというのは事実だが、出発を遅らせた理由はもちろんほかにあった。美代子と一緒のところを、なるべく人に見られたくない。山梨にはいるかはいらないかのうちに、日が暮れていてほしいと沙和子は願っているし、計算もしていた。

「何ていう温泉に泊まるんだっけ？」

車を走らせはじめると、助手席の美代子が尋ねてきた。

「下部《しもべ》温泉。知ってる？　武田信玄の隠し湯と言われているところなの。もっとも信玄の隠し湯と言われているところは、山梨県内には結構いっぱいあるんだけどね」

下部温泉に、予約は入れていなかった。沙和子はどこにも泊まらず、単身東京に戻る。美代子は、森下の沙和子のマンションには帰らない。彼女は、もうどこにも帰らない。温泉には、沙和子も美代子も泊まらない。

「美代子さんがまさか東京にいて、今、山梨の温泉に向かっているなんて、きっと小樽の人は誰も思っていないでしょうね」沙和子は言った。

「ほんと、まさかよお」美代子は屈託のない調子で言って、うふふ、と笑った。「自分はあちこちに借金しといて、まさか温泉だなんてねえ」

美代子をマンションに泊めている間、沙和子は彼女とさんざん話をした。一番知りたかったのは、美代子の地元の人間や親族で、彼女が沙和子のところにきていることを、誰か知っている人間がいはしないかということだった。

美代子はいくらか暗い面持ちをして、誰もいないと首を横に振った。よくよく話を聞いてみれば、彼女は夜逃げ同然に小樽を飛びだしてきていた。

北海道には、まだ行商人のような人間が本州からやってくる。美代子はみなとホテルに滞在していた白木《しらき》という業務用調理器具の行商人と、何度か客と仲居として顔を合わせるうち、いい仲になってしまったらしかった。

そのうち美代子は自腹を切って、この男をみなとホテルに泊めるようになった。女郎よろしく、好いた客に入れ揚げたのだ。が、やがて白木との関係が、美代子の夫の知るところとなり、夫婦間での諍《いさか》いの種となった。さんざん揉めた果て、夫とは、離婚ということで落ち着いた。離婚は、むしろ彼女が望んだことだった。彼女は、白木との新生活を夢見ていた。白木も美代子に対して熱心に、東京で一緒に暮らそうと持ちかけてきていたらしい。ただ、一緒に暮らすとなると、今の賃貸マンションをでて、少し広いところに移る必要がある。もともとマンションを買うつもりで金は貯めているが、まだ少し足らない。その分の金の都合さえつけてもらえれば、すぐにでも東京で一緒に暮らせる――。

彼に乞われるままに、美代子は親兄弟や親戚からも借金をして、彼に金を渡した。ところが、その金を持って、白木は行方を晦《くら》ませてしまった。勤め先に連絡してみたが、彼は会社も辞めてしまっていた。

その時には、美代子もみなとホテルでの勤めを続ける訳にはいかなくなっていた。美代子が宿泊客の部屋に出入りして、客と関係を持っていたということから、ホテルの側が彼女を馘《くび》にしたのだ。

東京にでるからと、身内から借金までしてしまっている。どっちにしても美代子は、小樽に身を置いている訳にもいかなくなっていた。いまさら男に逃げられた、東京にでるあてもなければ、金を返すあてもなくなったとは、さすがに周囲に対しても言いかねた。どうせ自分の貯金をはたいても返せる額の借金ではない。それだけの金があれば、もともと借金などしなかった。彼女は少しばかりの残高がある銀行の預金通帳を手に、身内にも不義理をする恰好で、ふるさとを飛びだしてきた。

「うちの連中は、私が白木のところにいったと思っているんじゃないかしら。本当は彼に逃げられたとも知らないでね。馬鹿だったのよ、私も。あんな男に引っかかってさ。でも、亭主も悪いのよ。自分はずっと好きなことばっかりやってきたのよ。結婚してから、何人か女を作ったのだって、私はちゃんと知ってるのよ。だけど私は我慢してきた。なのにこっちが一度あれしたらこれだもの」

半分諦めたような、半分投げだすような口ぶりで、美代子は沙和子に語った。

借金はどれぐらいあるのか、と沙和子が問うと、一千万にはならないと、くぐもるような声でぼそりと答えたきり押し黙った。とすると、七百万か八百万というところか。多少大袈裟に言っている部分はあるかもしれないが、いずれにしても、大金であることには違いない。

高速に乗った。しばらくは単調な道筋だ。車のハンドルを握る沙和子の脳裏に、四年前の記憶が映像を伴って甦っていた。

コナーズPCスクールに通っていた頃、銀河精鋼という会社に勤めている、江上正晴という男と知り合った。本当は男などどうでもいい。正晴のことも何とも思っていなかった。にもかかわらず彼とつき合いはじめたのは、いわば自分の日常生活に、恋や恋人という彩りを添えたかったからにほかならない。単調な日常はつまらない。コマとしての男を添えたのだ。沙和子にとってはそれだけのことでしかなく、そういう意味では、部屋が殺風景だからと、一時的に部屋に切り花を飾るのと変わりがなかった。

沙和子には、その先自分が進んでいかねばならない方向がはっきりと見えていた。だからこそスクールにも通いはじめたのだし、金も貯めていた。正晴との間に描く未来は何もなかった。

が、彼は違った。一年とつき合っていもしないのに、沙和子との結婚を望みはじめた。

「子供ができる頃には、やっぱり自然が多いところで暮らしていたいよなあ。ねえ、そう思わない？　思うよね」

最初は沙和子も、よもや本気とは思わなかった。だが、正晴は、次第に自分たちの結婚が決定事項であるかのように、沙和子に向かって、二人の未来を語るようになっていった。それも彼が描いた勝手な未来を。

「当分は今の会社に勤めているつもりだけどさ、時期がきたら、宇都宮の実家に帰りたいと考えているんだよ」彼は沙和子に言った。「実家は宇都宮で、小さな工務店をやっているんだ。工務店といったって、家なんかまず建てやしないよ。職人を使って、屋根だの階段だの内装だの、あちこち修繕するような仕事が中心だね。それでも、食っていけるんだよ。地元じゃ長くやっているし、まあ便利屋みたいなところもある。いずれはその仕事を継ぐつもりでいるんだ。僕は一人っ子だからさ。沙和子みたいなしっかり者が手伝ってくれたら、鬼に金棒だな」

宇都宮の便利屋みたいな工務店――、冗談ではないと思った。沙和子はそんなところの女房になるために、東京にでてきた訳ではない。そもそも、彼と結婚するつもりは毛頭ない。次第に、正晴という男が鬱陶しくなった。だから何だかんだと理由をつけて、彼と距離を置くようにした。どうせ一時の彩りとして拾った男だ。沙和子自身ががらりと姿を変えて消えてしまえば、それで立ち消えになる相手だと考えた。

ところが、沙和子の素っ気なさが、かえって正晴の不審と執着を招いた。

彼がどうしてとりたててきれいでもない自分にあれほどの執着を抱いたのか、沙和子は今でも不思議でならない。あの頃の自分程度の女なら、掃いて捨てるほどいたはずだ。道端にでも落ちていた。

ある日、沙和子は正晴に呼びだされた。彼は真剣というよりも、怒ったような蒼ざめた顔色をしていた。

「いったい君は何を考えているんだ?」怒ったような顔をしたまま、沙和子を見据えて彼は言った。「どうかしている」

正晴の言い分を耳にしているうちに、今度は沙和子の顔が蒼ざめた。自分の中で勝手に沙和子と結婚すると決めた正晴は、沙和子のことを隅から隅までといいたくなるほど、実に詳細に調べ上げていた。

「どうしてデートクラブなんかに……。ちゃんと勤めているんだから、お金になんか困っちゃいないだろう？　何のためにそんなことをして金を稼いでいるんだ？　売春なんて、女として最も恥ずべきことだよ」

「人のことを勝手に調べるなんて。私のことは放っておいて」沙和子は言った。

「放っておける訳ないだろ。沙和子は僕の大事な人なんだから。なあ、どうしてなんだ？　なんでデートクラブなんかに勤めて金を稼いでいるんだ？　何か事情でもあるのか」

「だから放っておいてって言ってるでしょ」

「話してくれよ。でないと僕も納得がいかない。どうして売春なんか、って誰だって思うよ」

しつこかった。沙和子が答えずにいると、売春、売春とうるさいぐらいに沙和子の耳もとで言い募る。

いったいそれのどこがいけないのだ、と、反対に沙和子は言ってやりたかった。結婚という制度に乗っかって、主婦として家におさまっている女だって、突き詰めてしまえば同じことだ。からだと居心地のよい住環境を提供して、男に食わせてもらっている。客は夫一人かもしれなくても、売春とたいした違いはない。だいたい男と寝るということにどれほどの意味があるのか、沙和子にはさっぱりわからなかった。寝る前と寝た後で、何が変わるというのだろうか。沙和子は何十人という見知らぬ男とからだを合わせてきたが、そのことによってべつに額《ひたい》に刻印が刻まれるでなし、何ひとつとして変わるところはない。

「デートクラブなんて名前だけは恰好をつけているけど、君だってわかっているだろ？　君がしていることは、ただの売春なんだよ」なおも正晴は沙和子に向かって言った。「いい？　君はね、売春をしているんだ」

「整形するのよ」いい加減に嫌気がさして、沙和子は正晴に言った。「そのためにお金が要るのよ。事情はそれだけ。わかったでしょ？　私のごく個人的な問題よ。あなたには関係のないことだわ」

正晴の目が見開かれた。驚きのあまり、顔も瞳も色を失って、灰色にくすんでいた。

いくら男と寝ようとも、整形して顔かたちを今とはすっかり変えてしまえば、たとえ客の男に街でばったり出くわそうとも、沙和子は少しも困らない。顔を変えるという前提があったからこそ、不特定多数の男とからだを重ねて、金を稼ぐこともできた。がま蛙のような男に組み敷かれながら、ホテルの染みが浮いた汚れた天井を眺めて、自分を惨めに思った瞬間もある。だが、それもこれからうつくしく生まれ変わるためだと考えると、どうということもないことに思えた。別人になるのだ、今の自分の肉体になど意味はない。

「本当に君はどうかしている」嘆息するように正晴は言った。「今のままの君が一番すばらしいってことが、どうしてわからないんだ。一途でまっすぐでまじめで一所懸命で……君はそういう自分に見合った顔をしているじゃないか。僕はそういう君が好きなのに。今の自分の顔のどこに不満があるっていうんだよ。君はきれいだよ。かわいい顔をしているよ」

一途でまじめで一所懸命なのは、その先になりたい自分があるからだった。今のままでいいと思ったら、沙和子は恐らく何の努力もしていない。ふやけたようにだらしなく毎日を送っていることだろう。沙和子に言わせれば、わかっていないのは正晴の方だった。

「だからか」彼は言った。「だから君は名前も、君島和子ではなく君島沙和子なんだ。かわいそうに。君はある意味、病気だよ」

君島和子――、頭の中と目の中の両方で、パチパチッと音を立てて神経の糸が跳ねた。音がするたびに目の中で光がフラッシュする。正晴は、沙和子が最も呼ばれたくない名前を口にした。瞬間、沙和子の顔から、血の気ばかりか表情までもが消えていた。

「生年月日も違う。君は本当は君島沙和子ではなく、君島和子なんだよな。実際には、歳も僕とひとつしか違わない」

「どうしてあなた、そんなこと……」

「週末、高岡《たかおか》にいって調べてきた」

沙和子は黙したまま、なかば睨みつけるように彼を見つめた。

「君は間違った方向にいきかけている。沙和子、結婚しよう。今のままでいい。いや、今のままの君が僕は好きだ。君がデートクラブに所属していたことも、僕は忘れる。だから結婚しよう。結婚して落ち着いたら、君もきっともう馬鹿なことは考えない」

「いやよ！」叩きつけるように沙和子は言った。「私はあなたと結婚するつもりなんかない。宇都宮へなんかいきたくない。私はね、誰とも結婚なんかしたくないのよ」

「このままいったら、間違いなく君は不幸になる。僕がそばについていてやる。君を見ていてやる。わからないかな。僕がいなかったら、君は絶対に破滅する。沙和子。過去のつらい記憶が君を苦しめているだろうことも、僕には察しがつく。だけど君はやっぱり、一度君島和子に戻るべきなんだよ」

君島和子、と自分に向かって呼びかけるこの男が、沙和子は心底憎かった。からだの中で血がたぎる。それでいて、沙和子は自分の血の凍えるような冷たさを感じてもいた。

「休みをとる。一緒に北海道に旅行にいこう。北の町を旅しながら、二人でゆっくり話し合おう」

正晴は強引だった。

沙和子には、秘密を握られたという弱みがある。仕方なしに彼と一緒に北海道に旅行に出かけた。だが、旅行中も話し合いは平行線、少しも重なることがない。正晴は、自分の方向をまったく変えようとしない沙和子に業《ごう》を煮やして、日を追うごとに不機嫌になっていった。

「君が今の自分のよさに気がつかないなら、僕が気づかせてあげるしかない」彼は言った。「僕は君が君島和子だということを世間に言うよ。いいか？　君が過去にしたことは犯罪なんだよ。沙和子がこの先整形したりだとか何だとか、これ以上誤った方向にいくことを防げるなら、僕は君がデートクラブで売春していたという過去だって世間に明らかにする」

今にして思えば、正晴は本気ではなかったのかもしれない。何としても沙和子の頭を押さえ込みたいという一心で、そんなことを口にしたのではなかったか。正晴は、たぶん頑ななぐらいにまじめな男だったのだと思う。だが、あの時の沙和子にとって、それぐらい鬱陶しい手枷足枷《てかせあしかせ》もほかになかった。この男は、自分の行く手を阻《はば》もうとしている。この先には、光に満ちた世界が自分を待っているはずなのに、この男が邪魔をしている。何もかもをぶち壊しにしようとしている——、沙和子には、そうとしか考えられなくなっていた。

正晴が、厭《いと》わしくてならなかった。自分はどうしてこんな男と関わってしまったのかという後悔が、沙和子の中で膨らんだ。それならただからだを重ね合わせたら、おとなしく金を支払って帰ってくれる男の方が、よほど面倒がなくてよかった。沙和子にとっての正晴は、疫病神《やくびょうがみ》か、そうでなければ頭のおかしい偏執狂だった。

無意識のうちに奥歯を嚙みしめていたのだろう。歯と歯が軋み合うキシッといういやな音が脳に響いた。

「和子。いいか、君は和子なんだ」
和子——、重ねて彼はその名前を口にした。あの時も、頭の中でシャカシャカいう音がした。

コノ男ガイテハ、幸セニハナレナイ。
コノ男ハ一生私ニマツワリツク、ツキマトウ。
コノ男ハ、私ヲ宇都宮ノツマラナイ便利屋ノ女房ニシヨウトシテイル。
私ハコノ男カラ逃ゲラレルノカ。
逃ゲラレナイトスレバドウシタライイノカ。
消去。
抹殺。
殺すのよ——、沙和子はその時、自分の脳に囁く自らの声を聞いた。

5

「今、どのあたり？」

沙和子が黙って運転していたせいだろうか、いくらかねっとりとした眠たそうな声で美代子が訊いた。

「あ、もう山梨にはいっているわよ。大月《おおつき》ジャンクションを過ぎたから、じき国道におりるわ」

そう言ってから、沙和子は後部座席のバッグを顔で示した。

「何だか眠そうね。いやよ、寝ちゃったら。私、となりの人が寝るとつられるのよ。バッグにコーヒーのポットがはいってる。よかったら、それ、飲んで」

「うん。咽喉が渇いてきたし、ちょうどいい。いただくわ。沙和子さんは？」

「私は運転しているから要らない」

美代子がからだを後ろに振り向け、がさごそとバッグからポットを取りだす気配がした。

「あ、ドーナツもある」美代子が言った。

「忘れてた。車を取りにいった時に買ってきたんだったわ。ドーナツもどうぞ。そのために買ってきたんだもの」

「三時のおやつね。ああ、もう四時過ぎてるか。もしかして五時近い？　――国道におりたらどういくの？」

「河口湖《かわぐち》を通って、上九一色村《かみくいしき》を抜けていくつもり」

「上九一色村……聞いたことあるわ、その名前。あ、例の新興宗教団体の本部だか何だかがあったところじゃない？」

「そう。昔ね」

美代子がドーナツを頬張りながら、コーヒーを飲みはじめた。

「濃いめに淹れたから、少し苦いかも」

「大丈夫よ。ドーナツが甘いからちょうどいいわ」

「ならよかった」

上九一色村は、確かにかつてテロ事件で名を馳せた新興宗教団体の本拠地として知られていた。が、本来は自然に恵まれたうつくしい村だ。そして沙和子にとっての上九一色村は、富士の樹海につながる村として記憶されている。

となりの美代子が静かになった。沙和子の思いは、また四年前に戻っていた。


北海道では、途中でレンタカーを借りた。正晴は免許証を持ってきていなかったので、沙和子が借りるかたちをとったし、事実、運転もした。

小樽から余市《よいち》を抜けて、積丹《しゃこたん》半島を車で巡った。夏休みも終わった時期だったし、積丹半島は交通の便もよくないから、昼でもどこか閑散としていて、目に映る景色は、さいはての土地独得の寒々しさを感じさせる色をしていた。

車を駐め、ひとけのない岬にのぼる。岩と石でごつごつとした険しい道だった。正晴とともに北の深い青色をした海と空とを眺めた。日本海の波は荒く、太平洋よりもずっと青が際立つ海に砕ける波の白さと、海と同じ色をした空を自在に舞うカモメの白が、目にも鮮やかで印象的だった。それを眺める沙和子の目も心も、同じようにさえざえとして冷えていた。

「いいわね、カモメは。私は大好きよ。自由で、のびのびとしていて」沙和子は言った。

「君は近くでカモメを見たことがないからそんなことを言うんだ。顔はでかいし嘴《くちばし》は鋭いし、あれは白いカラスだよ。いやになるぐらい食い意地も張っている」

「夢がない人ね」

「夢がない、ね。まあ僕は、君みたいに別人になりきろうだなんて、荒唐無稽《こうとうむけい》な夢は見ないから」

「あなたにとってはそうであっても、私にとっては、べつに荒唐無稽な夢ではないのよ」

「そう考えるところが、まさに君の病気なんだよ」

「あなたはその病気を治してくれるという訳ね。医者でもないっていうのに」

「医者じゃないから治せるんだ」

「私は、治してほしくなんかないのよ。それを失ったら、私は生きていく意味も目標も失ってしまう。それがあなたにはぜんぜんわかっていない」

「沙和子」

いくらか疲れた調子で正晴は言った。表情にも、倦《う》みを窺わせるような鈍い歪みが見えていた。

「正晴さん、もうよしましょうよ」沙和子は言った。「私はあなたを愛していない。だから、もちろん結婚するつもりもない。あなたに私の病気とやらを治してもらいたいとも思っていないし、あなたには、そんな資格もないと思ってる」

「君は、僕のことを好きでもないのに僕とつき合って、僕と寝たのか。——そうだよな、君の本性は売春婦だものな」

九月だった。東京ではまだ夏が街にへばりついていて、人々が残暑に喘《あえ》いでいる時期だ。だが、岬を渡る風には芯があり、ひんやりとして冷たかった。正晴と沙和子の間を、冷ややかな北の海風が吹き抜けていく。

「でも、僕は諦めない。君は自分でも気づいていないんだ。過去の事件が君の神経を変なふうに捩《ね》じ曲げてしまったんだってことにね。あれは……不幸な事件だったと僕も思う。だからこそ、僕は君を元の君島和子に戻して、君本来の人生を歩ませてやることが、自分の使命なんだと思っている」

君島和子——、沙和子の頭の中でパチッという音がして、何かが思い切り弾けた感覚があった。神経が焼け焦げかけたのか、鼻の奥にきな臭さが漂い、ハレーションを起こしたみたいに目の前が真っ白になっていた。

沙和子は、いきなり正晴の股間を蹴り上げていた。呻《うめ》いてうずくまる彼の頭に、なかば投げつけるように、大きな石をふり落とす。それでも飽き足らず、まるで彼の顔をぐちゃぐちゃに潰そうとでもしているみたいに、何度も何度も顔を石で打ちつけた。

「何が和子よ。私は沙和子。君島沙和子よ。あなたに何がわかるっていうの。本当の痛みも苦しみも、何もわかっちゃいないくせに！」

ぐしゃっという音と、その音にふさわしい手応えが、重たさ、鈍さと入り混じって手に残る。からだに震えがくるような感触だった。

それでも正晴は死なない。顔は潰れて血まみれだ。が、半分意識を失いかけて朦朧《もうろう》としながらも、正晴はまだ生きていた。人間の生命力のしたたかさに愕然とする。歯が折れ、血にまみれた唇から、なおも「沙和子、沙和子……」と呟く正晴の声が聞こえてくる。

「あなたなんか、あなたなんか、死んだらいい！」

沙和子は、さらに石で正晴の頭を打ちつけた。ようやく彼の口から声が聞こえてこなくなった。しかと確かめることはできなかったが、それでも彼は、本当には死んでいなかったと思う。沙和子には、ただ気を失っているだけのように思えた。正晴に、何としても息を吹き返されたくなかった。二度とこの男の顔は見たくないし、声も耳にしたくなかった。

沙和子は正晴の足を摑んで、懸命に断崖の際までひきずっていった。途中、下の岩に、正晴の衣服が、皮膚が、引っ掛かって引き裂けた。もはや彼の肉体がどれだけ傷つこうが問題ではなかった。肉が裂けるのも完全に無視して、沙和子は必死で彼を運んでいった。

冷えた風に吹かれ続けているというのに、いつの間にやら汗だくになっていた。下は海、潮は引き潮。最後は、正晴が落ちるか自分が落ちるかという状態になりながらも、沙和子はやっとのことで彼のからだを崖下に蹴落とした。まるで不快で厄介なゴミを捨て去るような蹴落とし方だった。

岩の上に坐り込み、がくがく震える腕を突いて眼下の海を覗き込んだ。正晴の姿はすでに日本海に飲み込まれ、見えなくなっていた。

もっと荒れろ、と沙和子は心の中で叫んだ。もっと荒れろ、もっと荒れて、あの男のからだを打ち砕いてしまってくれ——。

われに返り、どうしてそこまでしてしまったかという思いに囚われかけたことも事実だ。それでも、後悔よりも最も目障りなものを排除したという清々しさの方が勝っていた。

車を運転して一人小樽に戻った時には、全身に震えが走って、頭がくらくらしていた。おぞましいような寒けが背筋を走る。疫病神のような男を振り切るために、からだの中のエネルギーをすべて使い果たしてしまったのだと思った。

レンタカーを営業所に返し終わったところで、精根尽きた。熱がでているらしいことは自分でもわかっていた。歩いているうちにも腕に鳥肌が立ってきて、寒けと眩暈に見舞われる。だんだん目も霞んで、視界がぼやけてきていた。

どこでもいい、身を横たえて眠りたい——。

その時、瞳に「みなとホテル」の明かりと文字が映った。沙和子は半分倒れるようにして、その明かりの下に飛び込んだ。

「泊めてください。ちょっと具合が悪くて……」

それだけ口にするのがやっとだった。

部屋に担ぎ込まれたのは覚えている。だが、ベッドに横たわって目を瞑《つぶ》ったが最後、泥のような眠りに引きずり込まれ、時空が捩《ねじ》れたようなおかしな夢の世界を漂い続けた。歪んでぬめった幻想だ。でてくる人間、でてくる人間、みんな気持ちの悪い顔をしている。あれは亡者《もうじゃ》の顔だったのかもしれない。

夢に魘《うな》される恰好で目覚めた時、沙和子が最初に目にした現実が、自分を覗き込んでいる美代子の顔だった。

「ああ、よかったあ」

美代子は目尻に細かな皺を寄せ、嬉しげに頰笑みかけながら沙和子に言った。

「ぜんぜん目を覚まさないから、大丈夫かしらって、みんなで心配してたんだわ。お医者さんにもきてもらったのよ。お客さんは夢現《ゆめうつつ》という感じで覚えてないかもしれないけど。旅先で、体力落ちてるところに悪い風邪を引き込んだのね。インフルエンザだろうって。ちょっと時期はずれっていうか、気が早いっていうか。まあ、流行の最先端いっているってことね、お客さんは」

そう言って、美代子は笑った。

その時は、ただただ気のよさそうな笑顔だと思って、沙和子はぼんやり美代子の顔を見ていた。その女が、四年経った今、同じ車に乗って、沙和子のとなりに坐っている。

「美代子さん、美代子さん」

沙和子は美代子に声をかけた。美代子のからだが少し動いて、声に反応した気配があった。

「寝ちゃわないでよ。大丈夫？」

「あ……何か、やたら眠たくて……コーヒーのポット……あ、大丈夫ね。蓋閉めたんだった……」

言ううちにも、美代子はまたぞろ眠りの沼に引き込まれていく。コーヒーには、インターネットを通じて購入した、強い睡眠薬が溶かしてあった。

警戒心というものがまるでない底の抜けた素直さに、この女の目的は本当に金だったのだろうかと、疑問に思う心が生じかける。ひょっとして自分は早まったことをしようとしているのではないか——。

沙和子は心の内で首を横に振った。仮に美代子が見た通りの女だったとしても、底の抜けた素直さ、単純さこそが、いずれきっと沙和子を破滅に導く。美代子を生かしておくことは危険なのだ。何よりも沙和子は、この女が目障りでならない。

沙和子が熱に浮かされながら眠り続けているような状態だったし、医者に見せる必要があったのだから仕方がない。しかし、四年前、みなとホテルに泊めてもらった時、美代子は沙和子の運転免許証と、保険証の写しを、鞄の中から勝手に探し当てていた。

沙和子が少し元気を取り戻し、ものが食べられるようになってくると、美代子は食事を部屋まで運んできてくれた。

「風邪ひいたってだけじゃないよね。何かあったんでしょ」

給仕をしてくれるかたわら、彼女は沙和子に言った。

思わず警戒する色が沙和子の瞳に宿った。

「大丈夫。あれこれ詮索なんかしないから。でも、お客さん、あちこち痣《あざ》やら擦りむけやら作ってて、どこか様子が変だったたし、爪も一枚剝がれてた。それはお医者さんに言わないで、私が手当てしておいた。あんまり人には言わない方がいいことのような気がしてさ。——あはは、そんなの私の気のまわし過ぎか」

客の白木という男と男女の仲になってしまったというのも、美代子の気のよさ、情の深さからきたことかもしれない。確かに彼女は倒れてしまった沙和子の面倒を、ただの客と仲居という関係以上によく見てくれた。

みなとホテルをあとにする時、美代子には礼をした。その後しばらくは、美代子から何か言ってくるのではないかとはらはらしながら過ごしていた。が、そのうち沙和子は住まいも職場も移ってしまったし、美代子から元の職場に連絡がはいった様子も特になかった。だから、あれはあの時だけのことと、いつからか沙和子もすっかり安心していた。もう自分の人生の中に、船木美代子という女が現れることはないと、確信に近いぐらいに思い込んでいた。彼女は一生小樽の街で暮らし続けていく。沙和子が小樽に近づかない限り、美代子と顔を合わせることは二度とない。いや、彼女は、もはや沙和子のことを覚えていないかもしれない、とさえ考えていた。あれはやはり、ただの気のいいだけの田舎の女だったのだ、と。

しかし、美代子は覚えていた。沙和子には、いざとなれば自分に手を差しのべるだけの義理があると、彼女は彼女で考えていたのだ。運転免許証や保険証という公的な書類に記載されている住所に、沙和子の住民票は置かれている。仮に沙和子が引っ越してしまっていても、住民票を追いかけたら沙和子にたどり着くことができる。

そして美代子は、自分が一番困った局面を迎えた時、この時とばかりに、沙和子を頼って東京にでてきた。沙和子は自分を家に置いてくれるだろう。ちくちく突っつけば多少の金もだしてくれるだろう。沙和子には、自分にそうするだけの負い目がある――。

四年の沈黙は、忘却の沈黙ではなかった。彼女は沙和子をいわば最後の切り札として、これまで大事にとっておいたのだ。

（そうよ。やっぱりこの女の目的は金よ。船木美代子は脅迫者よ）

　自分の決心を揺るがせまいとするように、沙和子は胸の中で吐き捨てた。

　ここにきて、正晴の父親までが会社に沙和子を訪ねてきた。それでわかった。ＪＡＪＡが言っていた自分を探っている人間とは、正晴の父親、江上晴男だったのだ。幸いにして彼は、正晴と一緒に写真に映っていた女がよもや目の前にいる沙和子だとは思わず、反対に恐縮して引き揚げていった。だが、一度は宇都宮に帰っても、思い直してまたやってこないとも限らない。その時、美代子にそばにいてもらっては困ったことになる。美代子は、四年前のあの時、沙和子が何か犯罪に絡むようなことをしでかしたのではないかと、内心では疑っていると思う。だから人殺しでも顔を変えたらわからないなどと、暗にそれをほのめかすようなことを沙和子に対して口にしてみせたのだ。ただ、正晴の死体は上がっていない。したがって、事件は表にでていない。美代子は沙和子がどこで何をしでかしたかまでは、恐らくはっきりとは摑んでいないはずだ。だが、江上晴男がまた現れれば、きっと美代子はあの時何があったかを、今度こそ明確に悟るだろう。美代子が悟ったことによって、いずれは江上晴男も事実を知るに至るかもしれない。江上晴男と船木美代子、二本の糸をつなげては絶対にいけない。一方は今、完全に断ち切っておく必要がある。そして今、断ち切られようとしているのは美代子の側の糸だった。

「美代子さん、美代子さん」

かたわらの美代子に呼びかけてみる。が、返事を返そうとする声も聞こえてこなければ、沙和子の声に反応する気配もまったく窺えなかった。車を走らせながら、ちらりと目をやる。首をがっくり項垂《うなだ》れて、深い眠りに陥っている美代子の姿が目の端に映った。

(もうすぐよ)

沙和子は心の中で美代子に向かって語りかけた。

(もうすぐあなたがゆっくり眠れるとこに着くから)

樹海の入口に向けて、沙和子は車を走らせ続けた。

第六章

1

江上晴男は、気力の感じられない吐息を漏らした。

大西千恵里に会ってきた。

写真の女とは確かに感じが似ていた。でも、実際会ってみると、何かが大きく異なってもいた。写真の女にあった目の冷たさ、素っ気なさが千恵里にはないし、顔だちにしても、鼻の線や頬骨のあたりの感じが、写真の女とはずいぶん違っている感じがする。加えて晴男からすれば、千恵里は正晴が好きになるタイプの女ではないような気がした。むろん息子の女の好みなど、本来晴男にわかろうはずもない。いわば勘のようなものだ。いずれにしても、残念ながら晴男は千恵里に会ってみても、「この女だ」という手応えを得ることはできなかった。千恵里の方も、正晴とつき合っていた事実はもちろんないし、正晴のことなど知りもしないと否定した。

「息子さん、失踪なさっているんですか」千恵里は言った。「もし私がつき合っていた相手だとしたら、私、疑われてるってことになるのかしら」

いえいえ、そんなことは、と晴男は一応首を横に振ってみせた。が、千恵里は勝手に続けた。

「だったら日記、お見せしてもいいですよ。くだらないことばっかり書いてある日記ですけど。私、子供の頃からずっと日記をつけているんです。もう二十冊ぐらいになりました。九七年の日記もありますよ。そんなもの、嘘でも書けるとお思いになるかもしれませんけど、それなら裏をとったらいいと思います。そこにでてくる人にお会いになるとかして」

内心〝裏をとる〟という言葉に苦笑しつつ、それは結構です、と晴男は断った。

これもまた完全な人違い、千恵里が写真の女と多少感じが似ているがゆえに、間違ってスクールに寄せられた情報に違いなかった。そもそも彼女は妻の真知子が言っていたように、正晴よりもひとつ歳下になる。その点でも、当時正晴が彼らにしていた話とは嚙み合わなかった。

心の中で肩を落として宇都宮に帰る。期待しまいと常に自分に言い聞かせてきたのだが、今回ばかりは知らず知らずのうちに期待していたらしい。

宇都宮に帰る電車の中、不意に脳裏に君島沙和子の姿が浮かんだ。

きれいな女だった。匂い立つような色香もある。穏やかな笑みも絶やさない。晴男の話にもまじめに耳を傾けていたし、突然訪ねていったことを不快に思っているふうも見せなかった。それでいて、どこか心ない印象を与える女でもあった。人形のような女、というのが、一番ふさわしい言い方かもしれない。そしてまた彼女は、正晴が失踪した折、晴男が心の中で描いていた姿の見えない女の像によく似てもいた。うつくしいのに、どこか素っ気なくて、男を虜《とりこ》にしながら食い尽くしてしまう女。

（しかし、どうしてあんな間違いが起きたのだろうか）

考えて、晴男はひとり首を傾げていた。

インターネットでの情報収集において、写真の女は一時期上級コースに通っていた君島沙和子という女性ではないか、という情報が複数寄せられたことだ。写真の女と現物の君島沙和子は似ても似つかない。なのにどうして複数の人間が、そんな間違いを犯したのか。

お礼かたがた、コナーズPCスクールの遠山のところにも顔をだしてきた。今回の情報では、残念ながら手掛かりを得られなかったことも報告した。

遠山は言った。

「確かに人の記憶というのは曖昧なものですからね。情報を寄越した卒業生たちも、決していい加減なことを言うつもりはなかったのだと思いますよ。ただ、記憶違い、思い込み……そうしたものが、間違った情報を生むのでしょうね」

今後も、晴男に伝えたところで、まったく無駄な情報ということで終わってしまうものがほとんどかもしれない。けれども遠山は、ひき続き寄せられた情報は、よほどいい加減なものでない限り、晴男のもとに送らせてもらうからと言っていた。晴男もまた、ぜひそうしてくれるようにと、遠山に頭を下げて帰ってきた。

また一から出直しだ。だが、どこか納得しきれないものが澱のように残っていた。

(君島沙和子――、正晴がつき合っていたのは、本当にあの女ではないのだろうか)

電車に揺られながら、そう考えている自分がいた。顔が違う。華やかさも違う。だが、写真の女とまったく共通したものがないかといえば、そんなこともない。瞬時垣間見せる視線の冷ややかさ、神経質そうな表情……それは写真の女と一致する。しかし、晴男は首を横に振った。

(何を考えているんだ。顔だち自体がまるで違うじゃないか)

やがて君島沙和子の像は脳裏から消えていった。代わりに晴男のことを追いかけてきた、トライン・コンサルタンツの女性社員の顔が浮かんでいた。赤い縁をした、レンズの小さな眼鏡をかけた女だ。名前は佐竹真澄と言っていた。彼女は仕事が終わってからの時間まで割いて、晴男の話を聞いてくれた。深刻な面持ちをして、それは熱心に耳を傾けてくれていたのを思い出す。遠山を含め、東京にもそういう人間たちがいたということに、晴男は思わず打たれたほどだった。東京は、決して他人に無関心な人間ばかりが暮らしている街ではない。

それが嬉しくて、見ず知らずの人間である彼女にこれまでのことをすべて話した。晴男も四年間抱え続けてきた思いを、誰かに吐きだしたかったのかもしれない。どこかで吐きださねば、自分が壊れてしまう。

が、晴男の首は、再び自然と傾げられていた。

自分自身でも、明確にはわからない。だが、何かが不自然であるような気がしてきていた。

遠山がひと肌脱いでくれるというのは何となくわかる。一時期にせよ、正晴はコナーズPCスクールの生徒だったのだ。まったく関わりのなかった人間ではない。一方、佐竹真澄にとっての正晴は見知らぬ赤の他人、完璧なまでの路傍《ろぼう》の石だ。しかし彼女は、時に瞳の中に翳を宿らせ、時に顔を伏せ、他人ごととは思えぬといった様子で晴男の話に耳を傾けていた。

(どうしてだろう?)

晴男は思った。

(どうして彼女は、あんな顔をして俺の話を一所懸命に聞いてくれたのだろう? 彼女は君島沙和子に関して、何か思うところがあるのだろうか)

電車のシートに坐っていても、お尻が落ち着かないような気分になりはじめていた。それが何なのかはよくわからない。だが、今回の上京で、何か釈然としないものを土産《みやげ》に持たされてきたような気分だった。大事なことをうっかり見落として帰ってこようとしているような、いやな感じも胸に漂いはじめていた。自分は今、大事なことをし損なって、うかうかと宇都宮に戻ろうとしているのではないのか――。

(何なんだ?)

自分自身に問いかける。しかし、明瞭な答えは弾きだせなかった。未練にも似た気持ちが、胸の中にわだかまる。が、電車は晴男のからだを乗せて、確実に宇都宮に向かって走っていた。

やがて晴男は、自分でも無意識のうちに首を横に振っていた。

突き詰めて考えなくては、とは思う。だが、疲れていた。からだよりも心が余計に疲れていた。駅のキヨスクで買ってきた缶ビールを取りだしてプルを倒す。自分の気持ちを誤魔化してでもいいから、少しの間眠りたかった。

2

沙和子がようやく森下のマンションに帰り着いた時、時刻はすでに深夜に近くなっていた。

時計を見る。

十一時五十二分。

日付もじきに変わろうとしていた。

もう一日が終わろうとしている、と思う反面、ひどく長い一日だったような気もした。大変な大仕事をひとつ終えたのだ。密度としては二、三日分のものがあったろう。

沙和子はぐったりとソファの上に身を落とした。そのまま永遠に立ち上がることができないのではないかと思うようなどろりとした粘っこい疲れが、からだを隈なく浸していた。今はたいしたことがないが、手足の関節や筋肉も多少痛んで熱っぽい。一晩寝たら、痛みはもっと強くなり、恐らく筋肉痛の状態になっていることだろう。今は何とも感じていないところにも、明日の朝には重たいツケがまわってくるかもしれない。

眠り込んだ美代子を背負って樹海にはいった。引っ越しの時や雑誌を束ねたりする時に使う白いナイロンの紐が、沙和子の命綱だった。樹海の入口の木に紐を括《くく》りつけ、また、ところどころの木にひと巻きしてから奥へと進む。あまり奥に踏み込みすぎるのは危険だった。いくら戻る道しるべに紐を括りつけてきているとはいえ、帰れなくなる可能性がある。それに夜の樹海で何といっても恐ろしいのは、人間以外の動物だ。よもや狼がいるとは思わないが、山犬ぐらいはでるかもしれない。冬眠期かもしれないが、熊だって絶対にでないということはあるまい。そんなものに襲われて食われることになるのだけはごめんだった。

適当と思われるところで美代子をおろすと、沙和子は用意してきたロープを大きな木の太い枝に投げかけた。輪を作った方を投げかけて、枝の向こう側に落とす。一本の枝では不安だったし、引き上げる時に力もでないだろうと考えた。だからもう一度同じ作業を繰り返した。支点はふたつ……あとは美代子の首をその輪に潜らせて、ロープの端に全体重をかける恰好で、彼女をつり上げるだけだった。

何も上までつり上げることはない。低い位置でも、人間は脳にいく血管を圧迫されたら、二、三分で脳が死ぬ。脳が死んでしまえば、やがては呼吸も止まる。心臓も停止する。大事なのは、ロープをきっちり美代子の首にまわしておくことだ。

ためらいはあった。この女を殺す必要が本当にあるのだろうか。だが、美代子の底が抜けたような笑い顔を思い出すと、手先や足先の神経が苛立たしさにちりちりとした。二度とこの女の笑い顔を目にしたくない、と叫びたいような気持ちで思った。笑い顔だけではない。いかなる顔であれ美代子の顔は、もう二度と見たくないと思った。

ロープの端を引き、半分からだを預けるようにして体重をかける。何とか美代子のからだが浮き上がったのを感じた。

美代子は眠っている。が、いくらからだは眠っていても、細胞そのものが眠りに落ちている訳ではない。反応できないだけで、意識がまったくない訳でもなかった。生体の反応として、ぐえっというような声が美代子の口から漏れ、彼女は手足をじたばたさせた。その手足の動きに耐えている時が、何といっても一番きつかった。沙和子の腕に、想像以上の圧力がかかってくる。沙和子は歯を食いしばり、ロープの端を必死で引き続けた。

（死んで！　お願いだからさっさと死んで！）

やがて美代子の動きが変わった。ぴくっぴくっという痙攣のような細かなからだの動きが、ロープを通じて伝わってきた。断末魔の時がきていることが察せられた。そして最後に一度びくんと大きく波打つと、そのまま美代子は動かなくなった。

沙和子はロープの端を木に巻きつけて、わずかに彼女のからだを浮かせるかたちで作業を終えた。

美代子の顔は見なかった。脈も確かめなかった。ぴくっぴくっという痙攣と大きなびくんという手応えだけで、もう充分だと思った。仮に息があったとしても、彼女は生き残れないだろう。仮に生き残ったとしても、まともにものが喋れる状態にまでは回復しないだろう。一刻も早く森をでたかった。ナイロンの紐を頼りに引き返す。気が狂ったように駆けだしたいところだったが、はやる自分の心を戒めた。ここで慌てて駆けだせば、紐をたどるよりも足が早く進み、途中で迷いかねない。懐中電灯で行く手を照らしながら、沙和子はしっかりと確実に紐を手繰《たぐ》って歩いていった。

樹海を抜け、車のあるところまで戻り着いた時には、腰が抜けそうになっていた。美代子が大柄な女でなくて本当によかったと思う。体重が六十キロもある女だったら、とてもこうはいかなかっただろう。

車に乗り込むとエンジンをかけ、すぐに発進させた。一分、一秒たりとも、そこにとどまっていたいとは思わなかった。三十秒さえ、エンジンを温めることはしなかった。

一直線に東京に向かって車を走らせる。それでも飛ばすことはしなかった。スピード違反などというつまらないことで絶対に捕まりたくない。自分で墓穴を掘りたくはない。晴海《はるみ》の英二のマンションの駐車場に車を戻すと、沙和子は森下の自宅に帰るべく、地下鉄に乗った。本当なら、タクシーで帰りたいところだった。が、万が一の時、どう考えてもタクシーよりも地下鉄の方が、足取りはたどられにくいだろう。そう判断したからだった。

沙和子は息をつき、首を左右に動かした。緊張のなかで運転をしてきたから、目も疲れていたし、首も肩も凝っていた。

百六十一センチ、四十五キロ、沙和子は決して見るからに力のありそうな、頑丈なからだつきはしていない。その沙和子が自分より体重のある女をおぶって樹海にはいり、女をつり上げて殺した上に、その日のうちに自宅に車を走らせて帰ってくることができようとは、恐らく人は誰も思うまい。沙和子と同じ体格の女にそれをやらせようとしてもきっと無理だ。だが、沙和子はそれをやった。沙和子にならそれができる。なぜなら、やり遂げるという強い意志があるからだ。できるという無闇な確信があるからだ。人が沙和子と同じことをなし得ないのは、どこかでもう駄目だという気持ちを抱いてしまうからにほかならない。弱気がほんの少しでもでたら、途端にすべての力は尽きてしまう。生きるか死ぬかの闘い、そう考えたら何でもできる。

渾身の力をふり絞ったと思っても、本来人はその七倍の力をだすことができる。その力は、本当に死ぬか生きるかという思いになった時、はじめて表側に現れる。なぜ、ふだんは七倍というその力がだせないのか。いつもその力をだしていたら、あっという間にからだが消耗してしまうからだ。筋肉は切れ、骨は砕け、じきに命も尽きてしまう。

今日、沙和子は、生涯一度か二度にしておくべきその力を使った。その反動が、泥のような眠気を沙和子にもたらしていた。黙っていてもひとりでに瞼が垂れ、手足の筋肉も緩んでくる。このままベッドに倒れ込むようにして眠ってしまいたかった。だが、そういう訳にはいかない。いかにしんどかろうが風呂にはいり、筋肉をしっかりほぐしてから眠るようにしないと、明日がいっそうきつくなる。明日は明日で仕事がある。美代子の私物を始末することだ。月曜日にはまた会社にいかねばならない。いつもの君島沙和子の顔をしていなくてはならない。

樹海のさほど奥で首を括らせた訳ではない。美代子の遺体は案外早く発見されるかもしれない。だが、樹海に彼女の身元を明かすようなものは、何も残してこなかった。身元が特定されるまでには時間がかかるだろう。彼女の遺体が朽ちれば朽ちるほど、特定そのものが難しくなる。

朽ちろ、早く朽ちろ――、沙和子は頭の中で願っていた。

美代子の別れた夫はもちろん、彼女の親族たちも、美代子は東京の男のもとへいったと考えている。彼女からしばらく連絡がはいらなくても、すぐに捜索願いはださないだろう。彼らが動きだすのは、あまりに彼女から連絡がなく、自分たちが貸した金のことが心配になってきた時だ。仮に遺体が船木美代子だと特定されたとして、一番最初に疑われるのは、恐らく白木という男ではないか。一応沙和子は安全圏にあるといっていいような気がした。

沙和子はようやくのことでソファから立ち上がり、のろのろとした足取りで浴室にいって、バスタブに湯を溜めはじめた。今夜ぐらいは、何も考えずにぐっすりと眠りたかった。

電話が鳴った。

眉が寄る。沙和子は電話の方にちらりと顔を振り向けたが、受話器をとることはしなかった。留守番電話がメッセージを告げている。続いて英二の声がした。

取りたくはなかった。だが、取らねばという判断が働いた。沙和子は今日、英二の車を使っている。不在というのはよくないような気がした。

慌てて受話器を摑んで沙和子は言った。「もしもし」

「ああ、いたんだ」英二の声は明るかった。「今、ホテルの部屋に戻ってきたものだから、ちょっと電話してみた」

「そうだったの。ありがとう。会合、どうもお疲れさま」いつもと変わらぬ声で沙和子は言った。

「で、来週なんだけど、いいよね」

「ほら、また。うちにくるっていう話だよ」

「ああ……」沙和子の声が鈍くなる。「年末で、今、仕事がバタバタしているのよね。――お正月、って訳にはいかないかしら？」

正月になったらなったで理由をつけて、沙和子は先延ばしにする肚《はら》づもりでいた。とにかく今は、そのことであまり揉めたくない。その体力と気力がない。

「正月か……」英二も少し鈍さのある声で言った。「正月は、こっちが確実に休みがとれるかどうかが問題なんだけど……ま、大丈夫だろう。仕方がないな。じゃあ、正月ということにしておくか。で、来週は全然時間がないの？」

「いいえ、そんなことはないと思うの。夕食ぐらい一緒にしたいわ。だから、英二さん、夜、時間がとれそうな日があったら、事前に電話してみて。そうしたら、極力私も空けるようにするから」

「やれやれだ」受話器の向こうから苦笑を含んだ英二の声が伝わってきた。「君はまったく仕事人間だなあ。じゃあ、また電話してみる。なるべく会おう。でないと永遠に会い損ないそうだ」

「永遠にだなんて大袈裟ね」

沙和子は笑みを含ませた声で言い、電話を切った。

受話器を置いた途端に、沙和子の顔からきれいに笑みは消え去り、また疲れだけが顔全体を覆うようにひろがっていた。永遠なら永遠でいいと思った。その方が、あれこれ面倒が生じなくて、沙和子もややこしい思いをしないで済む。

頭が痛かった。疲れが徐々に神経にまで行き渡りつつある。早く風呂にはいって、薬と酒でも飲んで、眠りに滑り込んでしまいたかった。

不意に沙和子の手に、美代子の痙攣の感覚が甦った。反射的にぞっと鳥肌が立つ。続けて、四年前、正晴の顔を潰した時に感じた、ぐしゃっという手応えも甦っていた。

ひとりでに沙和子の表情が、捩じれたように歪んでいた。顔にもぽたりと墨色の翳が落ちる。

ゴキブリ一匹叩き潰しても、手に跳ね返ってくる命の力というものがある。生きているものというのはこんなに小さくても、これだけの命の弾力を備えているものかと驚くほどだ。それが人間となればなおさらだった。人の命は、したたかな弾力に満ち満ちている。それを無理矢理捩じ伏せたのだ。その手応えの凄まじさは、生涯忘れられるものではない。

(二人……二人殺してしまった)

沙和子は心の中で呟きを漏らした。

(だけど、あの人たちがいけないのよ。私の邪魔をしようとするから。仕方がなかったのよ)

一度目障りになると、沙和子は相手の存在が我慢ならなくなる。その人間につきまとわれると考えると、なおのこと嫌悪が募って気が変になりそうになる。相手が悪魔か何かのように思われてくるのだ。だから完全に捻《ひね》り潰してしまうまでは、どうにも落ち着くことができない。

浴室に湯を止めにいく。ぬくい湯気のひろがるバスタブを覗き込みながら、沙和子はふと考えた。

沙和子を探っているのは、正晴の父親、江上晴男だとばかり考えていた。いったんは彼も納得して引き揚げたのだから、今は安全な時、探られていない、と判断した。それゆえ決行を決めた。また、彼以外にも沙和子を探っていた人間というのは、ほかでもない、美代子だったのではないかとも考えた。彼ら二人を除いては、思い当たる人間がいなかったのだ。が、ＪＡＪＡは、確か女二人組と言っていた。女二人組……そこが急に引っかかった。彼女らは、江上に依頼された探偵事務所か何かの職員だったのだろうか。それとも——。

沙和子ははっと顔を上げた。

考えてみれば、ＪＡＪＡそのものも問題だった。今日、彼が沙和子を探っていなかった、尾けていなかった、とどうしていえるだろう。仮に今日尾けていなくても、この十日あまり、美代子は沙和子の家にいたのだ。その間沙和子を張っている人間がいたとしたら、美代子の存在は、その人物に割れてしまっていることになる。

(馬鹿)

自分に向かって吐き捨てて、沙和子は思わず頭を抱えていた。

とにかく美代子という爆弾を処理することで、頭がいっぱいになっていた。彼女がここにいるうちに、英二なり要介なりが訪ねてくれば、それこそ説明が面倒になるし、美代子を消してしまうこともできなくなる。江上晴男と会わせるのはもっとよくないと考えた。そうしたことばかりに気がいっていて、沙和子はまだ自分を監視しているかもしれない人間がいることを、ぽかりと忘れてしまっていた。

迂闊だった。ひょっとすると自分は、最も大きな墓穴を掘ってしまったのではあるまいか――。

唐突に、途轍もない不安と苛立ちが、沙和子に襲いかかっていた。

だが、ほかにどうすることができただろう。どう考えても美代子は、最初に取り除くべき爆弾だった。仕方がなかったのだ。

沙和子はくたびれ果てたように項垂れた。

(また爆弾がくるかもしれない。その時は……また取り除くだけのことよ。しょうがないじゃない)

自分に呟くかたわらで、いつまでもそんなことは続けていけるものではない、そんなことを繰り返していたら、いずれはきっと破滅する……そう思う気持ちもあった。

からだに怖気《おぞけ》に近い震えが走った。どうしようもなくいやな予感がする。妄想に近い思い込みかもしれない。だが、自分の今日一日の行動を誰かがずっと見ていたという思いが、頭から拭い去れなくなっていた。誰かはわからない。けれども、沙和子の脳裏には、自分を見つめる暗いまなこの映像が、はっきりと浮かび上がっていた。必死にその目の映像を振り払おうとして頭を振る。しかし、目は消えていくことなく、反対に、二つが四つに、四つが六つに、と数をふやしていく。

(いやっ!)

沙和子はバスタブの縁に手をついた。

目先の危険を回避しようとしたことが、より大きくて深刻な危険を招いている。取り除ける爆弾ならいい。が、沙和子の力をもってしても取り除くことのできない爆弾がやってきた時には破綻する。

逃げろ——、沙和子は自分に囁く声を耳にしたように思った。誰の囁きでもない。沙和子自身の本能が、彼女に向かって囁いている。危ない。逃げろ。もうすぐ背後にまで、危険が迫っている——。

ヴィーナスクラブ。

リセット。

戸籍。

沙和子の目の中に、三つの単語が文字として、続けざまに浮かんでいた。

「ヴィーナスクラブ。リセット。戸籍……」

沙和子は、口の中で繰り返した。

今、沙和子にとって何が最も危険なのか。

それは沙和子が君島沙和子であり続けることなのかもしれなかった。

3

十二月の日曜日、真澄と由貴は真澄の部屋で、いつものようにともに時を過ごしていた。考えてみればこの頃は、毎日のように一緒にいる。ただし、部屋の空気はいつもと違っていた。二人でいると、ふだんは放っておいても言葉がでてきて会話が途切れるということがない。だが、今日は、二人とも揃って口から滑らかに言葉がでてこない。気づくと二人して沈黙している。かといって、話題が尽きて退屈しているという訳ではまったくなかった。真澄も由貴もそれぞれに、自分の思いを追いかけることに忙しい。それが沈黙の理由だった。

前日の土曜日、真澄と由貴は、一緒に森下の沙和子のマンションを張りにいった。午後、三時頃になってからだったろうか、外出をした沙和子を二人で尾けた。沙和子が晴海のマンションで、駐車場に駐めてあった車に乗り込んでしまった時は慌てた。が、ここは仕方がないと、真澄と由貴はタクシーを拾った。ところが、思いがけず沙和子は、そのまま森下の自分のマンションへと車で帰った。

「何だ、また自分のマンションに帰るだけだったんだ。馬鹿みたいだね。だったらここで待っていたら、タクシー代、かからなかったのに……」

いったんは落胆してそう言い合った。なおも張っていると、沙和子はすぐにまた車をだした。由貴が売れない演歌歌手のような、と形容していた中年女性も一緒だった。

「どうする？」慌てたような声で由貴が言った。

「とりあえず、またタクシー拾って追いかけてみよう」

しかし、しばらく走ると、運転手が真澄と由貴に告げた。「お客さん、あの車、高速に乗りますよ。どうします？」

高速に乗るとなると、沙和子と女がどこまでいくか、もはやわかったものではない。とてもではないが、真澄も由貴もタクシー代に無駄に三万も四万も払えた身分ではない。致し方なしに二人は追跡を断念して、高速の入口でタクシーをおりた。

中途半端な追跡に終わったことに気持ちが萎えて、今日は沙和子を張りに出かけるのはよしてしまった。ただ、真澄も由貴も心の中で、あのマンションに、もう例の中年女性はいないのではないかと予想していた。

自分たちが江上晴男に告げることもなく放置したばっかりに、彼女は沙和子に殺されてしまったのではないか――。

まさか、と打ち消しながらも、もしも沙和子が過去にも一人、人を殺しているとすれば、あり得ないことではないという気がした。しかもあの女が、それにまつわる秘密を握っているがゆえに沙和子のところに厄介になり、沙和子から金でも引き出そうとしていたとすれば、その可能性はなおのこと高くなる。

「あーあ」

思わず口を衝《つ》いてでてしまったのだろう、由貴がだるそうな溜息をついた。自分でも、はっとしたように、真澄の顔を見る。わかるわよ、という顔で、真澄は小さく頷いた。その真澄の表情を目にして、由貴がちょっと笑った。二人して、同じことを考えていたのは明らかだった。今の彼女らに、ほかに考えることはない。

「私たち、とんでもないね」由貴が言う。

「そうね」いくぶん翳った声で真澄も応じた。

しかし、由貴の溜息は、自分たちが何もすることなく手をこまねいて見ていたがゆえに、女が殺されてしまったかもしれないという後悔の念から漏れたものではなかった。真澄も由貴も、こういう流れになることは、ある面織り込み済みでいたところがある。だからこそ、寒いなか阿呆のように森下のマンションの近くで沙和子を張っていた。

ただ、沙和子が車で移動するとは考えていなかった。だから肝心の場面を目撃し損なってしまった。由貴の溜息は、それゆえ漏れたものだった。思いは真澄とて同じだった。ただ、それを互いにあからさまには口にしかねているだけのことだった。女が殺されたかもしれないことに痛みを感じるよりも、現場を見損なったことに落胆し、沙和子が女を殺したかもしれないということに興奮を覚えている——。

「あの人」やや重たげな口調で、ようやく由貴が口にした。「殺されちゃったと思う?」

「たぶん。いくら何でも、と思う気持ちもあるんだけど、やっぱり私、何だかそんな気がする」

「だよね」

「本当は、江上さんに会った時点で、沙和子さんが整形して、外見的には別人になっていることを、話しておくべきだったのよね。なのに、私はそれをしなかった」

「だけどそれは……」

「どうしてだろうな、って自分でも考えるんだけど、はっきりしないのよ。でも、私、何だか話したくなかった。江上さんの連絡先もちゃんと聞いてきているのに、今だってまだ話していない。こういう事態になっても、なぜか話そうという気持ちになれないの」

「わかるよ」

由貴がこくりと頭を縦に振りおろした。短い額の髪が、はらりと揺れておでこにこぼれた。

「沙和子さんがしていることは恐ろしいことには違いないんだけど、私も真澄ちゃんも、どこまでやるのか見届けたいって気持ち、あるのよね。だから余計な邪魔を入れたくない。だからといって誰かを見殺しにしていいのかってことになると、さすがにちょっと反省するっていうか、心が痛むところはあるんだけどさ」

「まあ、確かに後味はよくないわよね」

「沙和子さん、これからどうすると思う？　真澄ちゃんはどう予想する？」

真澄はいったん、わからない、と首を横に振った。だが、すぐに考え直したように言葉を続けた。

「このままうまくいくとは思えない。世の中、そうそう沙和子さんの思い通りにはいかないと思う。沙和子さんの、というよりも、誰の思い通りにもいかないのが世の中ってものじゃないかって気がするから」

「そうだよね。こんなこと、いつまでも続けていられるはずがないよね」

江上晴男の息子、正晴を殺したのが沙和子であり、今回も沙和子があの中年女性を殺したとすれば、もはや彼女は連続殺人犯だ。次にまた自分にとってどうしようもなく厄介で目障りな存在が生じた時、いったい沙和子はどうするのだろう。恐らくこれまでと同じように、邪魔な相手を自分の目の前から消してしまおうと考えるのではないか。一回目はうまくいった。二回目もうまくいくかもしれない。けれども、三回、四回と回を重ねれば重ねるだけ、犯罪は露顕しやすくなる。人など殺してもそうそうバレるものではないというおかしな安心感と自信も生まれるだろうから、やり口も徐々に大胆になってくる。だが、いつかはそれが綻びとなり、芋蔓《いもづる》式にすべての犯罪が露顕する。

保険金殺人がその顕著な例だ。一人目を殺害した時は、仲間同士、これでうまくいくのか、疑われることなく本当に保険金を手にできるのかと、夜も眠れない思いで戦々恐々としているに違いない。突然の訪問者を警察かと思い、縮み上がったりもしていることだろう。ところが、問題なく保険金がおり、金を現実に自分の手にしてみた時、彼らは縮み上がっていたことも忘れて笑うのだ。表立って大笑いはしないまでも、まんまとやったと内心では快哉《かいさい》を叫び、呵々《かか》大笑しているに相違ない。そして金がなくなったら、「またやるか」という話になる。二度目もうまくいった。三度目もうまくいった。だが、繰り返すうちに不審を抱かれる。果てに尻尾を摑まれる。一度だけでやめておけば、彼らは生涯犯罪者として刑務所にはいることはなかったかもしれない。

「だけど、ほんとに氷山の一角なんだねえ」しみじみと、といった口ぶりで由貴が言った。「テレビや新聞で報道されている犯罪なんて、世の中で起きている犯罪のほんの一部。知らないだけで、あちこちで犯罪は起きているんだね。人はいっぱい死んでいるし、わからないまんまの事件も多い。案外まわりじゅう、犯罪者だらけかもしれない」

「ほんとにね」

真澄にしても、少し前までは沙和子が整形していることさえ疑ってみなかった。ましてや殺人犯だなどと、どうして考えたりしただろう。

「沙和子さんも、やっぱりいつかは捕まるのかしら」

真澄は自らに問いかけるように呟いた。それがふつうの道筋だろうと思う。だが、沙和子が警察に捕らえられ、犯罪者として刑務所にはいるという図が、どうしても頭に思い浮かばなかった。仮に沙和子の犯罪が露顕して、彼女が捕まりでもしたら、世間はきっと大騒ぎをするに相違ない。何しろ整形美女の生まれ変わり殺人だ。だが、なぜか真澄はそういう結末にはならないような気がした。

「絶対無事にいくはずはないのに……何だか沙和子さん、乗り切るような気もしたりして。そんなの無理だよね。無理なのに」

言いながら自分でも首を傾げる。

由貴とともに沙和子のことを調べてみて、真澄もわかった。いい時はいい。けれども破綻をきたしはじめた時の沙和子は、決して細心でも綿密でもない。もちろん頭は悪くない。ことに数字に関する能力は、真澄の比ではないだろう。数字に関する能力、というよりも、デジタル思考、というのが当たっているかもしれない。が、もともと沙和子はバランスのいい人間ではない。徹底したデジタル思考ができる反面、片方には大きな穴がある気がしてならない。

「リセット」

「リセット」

真澄と由貴は、息を合わせたように、ほとんど同時に口にしていた。

沙和子は、江上正晴を殺した直後、BRMシステムズを退社して、外見上も自分を完全に作り替えている。勤め先も変えたし住まいも変えた。人格、性格そのものも、表面的にはBRMシステムズにいた頃の沙和子とは別人だ。

どうしようもなくなって人を殺す。いや、殺すという段階に至った時、沙和子はすでにキレているのだ。シナリオ通りの役割を演じきれなくなっている。それはまた、シナリオの破綻をも意味している。となればいったんチャラにするかたちで、リセットするしかない。

「沙和子さん、会社を辞めるかもしれないね」由貴が言った。

「会社も辞めるし引っ越すし……もういっぺん顔も作り替えるかもしれない」

真澄たちが推測していることに間違いがないとすれば、パターンとして沙和子の殺人は、リセット前のひとつのサインだ。その後彼女はリセットして、別人のように生き直す。

「でも、江上さん、一度は人違いと納得して宇都宮に帰ったとしても、やっぱり妙に思って、沙和子さんを探すかもしれない。そうなったら沙和子さん、どうするんだろう」

由貴の言う通りだった。トライン・コンサルタンツからA社なりB社なりに移ったとしても、そこに沙和子を訪ねていった江上が、トライン・コンサルタンツにいた時とはまたまったく違った顔をした沙和子に出くわしたらどう思うだろうか。

最初は驚くに違いない。が、いかにお人好しの江上でも、いよいよ彼女が顔を変えていることに思い至るのではないか。そうそう君島沙和子はたくさんいない。今度は声を聞いてもわかる。そもそも、BRMシステムズ、トライン・コンサルタンツ、そして次の会社と、常に沙和子は一本のライン上にあるのだ。いや、沙和子が次の会社に移らなくても、江上が再びBRMシステムズを訪ねて、在籍当時の沙和子の写真を見せてもらえば、写真の女がやはり沙和子であることは、すぐに知れてしまうことだった。

「そうなったら沙和子さん、いくらお金をかけて顔を直しても、いくら一所懸命にシナリオ書いて新しい役柄を自分に振りあてても、すぐに破綻をきたしちゃうかもしれないね。その時、どうするんだろう。また江上さんを殺そうとするのかな。それとも捕まっちゃうのかな。いずれにしても、だんだん不審を抱く人間はふえてくる訳だから、やりづらくなることは確かだよね」

真澄や由貴は、声にだしては言っていない。けれども、沙和子に不審を抱いた人間のうちの一人だし、すでに沙和子の秘密に触れてもいる。確かに、徐々に沙和子の暗部を覗いたり承知したりしている人間は、こうしてふえてくることだろう。すでに彼女に不審を抱いて調べている人間だって、真澄や由貴のほかにも誰かいるかもしれない。

「アメリカとかだったらね、まったくの別人として暮らし直すことも、たぶん不可能じゃないんだろうけど、日本じゃねえ」

何せあちらは国土が広い。州ごとに法律も異なり、州が違えば国が違うようなものだ。だから州を越えてしまえば、ますますその人間の足取りは摑みにくくなることだろう。

「でも、日本だって、絶対に不可能じゃない」

由貴が思い詰めたような眼差しをして言った。黙って由貴の顔を見て、真澄は次の彼女の言葉を待った。

「名前、変えちゃえばいいんだもん。――違う？」

「名前を変えちゃうってそれ、つまり、戸籍を変えちゃうってこと？」

底に昏《くら》さの感じられる眼差しをしたまま、由貴がこくんと頷いた。

「戸籍を変えるって」

無理よ、無理だわ、そんなこと……真澄はそう言葉を続けようとしていたはずなのに、気づくと言葉を飲み込んで、じっと黙して考えていた。

近頃は、時折ニュースでも伝えられることがある。偽装結婚のための戸籍の貸し借り、犯罪絡みの戸籍の売買――。

「君島沙和子が君島沙和子でなくなる……」

今の世の中であれば、それもまた可能なのかもしれなかった。

だが、間に合うのだろうか。ただの二十代のＯＬにすぎない真澄や由貴が調べてもここまでわかったことだ。江上は息子が行方不明になっている。四年経ってようやく写真の女に行き着いた。このままで済むとは思えない。その上、沙和子が本当にあの女まで殺していたとすれば。

危険は、確実に沙和子に近づいている。沙和子のシナリオの破綻の時も近づいている。リセットと破綻、果たしてどちらが先に沙和子の上に訪れるのか、真澄はまだ先が読めずにいた。

4

十二月十二日（月）の君島沙和子。
通常通りの時刻に出勤。
珍しくグレーのパンツスーツ。
それを除いては、いつもと比べて特に変わった様子はなし。
むしろ日頃にもまして明るく、のびのびと動きまわっている。
深読みしてみるなら、明るさがやや過剰か。

化粧も完璧。ただし若干濃いめ。

見た目には、疲れた様子はまったく窺えない。

少なくとも、人を殺してきたようには、とても見えない。

パンツスーツなので、三センチほどの低めの踵の革靴。黒。バッグも黒。


昼休み、真澄は昼食をとりに表にでて、喫茶店でひとりランチを食べながら、「君島メモ」に当日分を書き加えた。喫茶店の今日のAランチは、若鶏のミラノ風カツレツだった。

実際、見たところ今日の沙和子に、ふだんと変わった様子は微塵《みじん》も窺えなかった。特別疲れた様子もなく、泳ぐようにフロアを動きまわった後、いつもと同じように営業に出かけていった。肌にくすみもなければ表情に澱みもなく、光に満ち溢れたいつも通りの君島沙和子だ。

(沙和子さん、本当にあの女の人を殺してきたのかしら)

真澄は口に運びかけていたフォークを止め、自分でも気づかぬうちに小首を傾げていた。眉間《みけん》のあたりに薄い雲がかかる。

どう見ても、前々日に人を殺してきた人間とは思えなかった。真澄は、もちろんこれまで人を殺したことはないから、本当のところはわからない。が、人一人葬るというのは、並み大抵のことではない。殺す相手も、何十年分かの人生を抱えている。自分と同じ、人間としての魂を持った存在でもある。その生を、暴力的に中断するのだ。体力的にはいうまでもなく、精神的にも相当疲弊、消耗するに違いない。いかに気分を変えようとしても、後味の悪さは拭えまい。

ひょっとして沙和子は、あの女を殺していないのではないか、すべては自分たちの思い込みなのではないか――、ふとそんな思いが頭をもたげかける。が、真澄はまた無意識のうちに首を小さく横に振り、とめていた手を思い出したように動かして、フォークを口に運んだ。やはり沙和子は殺している。にもかかわらず、平常通りの君島沙和子を演じている。それができるからこそ、彼女はスーパーウーマン症候群であり、バリバリの完璧主義者、君島沙和子なのだ。

昼休みを終えて会社に戻る。間もなくデスクの上の電話が鳴った。

「佐竹さんに江上様というかたから外線がはいっております」交換が告げる。

一瞬、はっと、反射的に目が見開かれていた。全身に汗が滲む。どうしよう、と心が呟いていた。しかし、居留守を使って逃げだす訳にはいかない。

「つないでください」真澄は交換に言った。

「あ、佐竹さんですか？　先日は失礼いたしました。宇都宮の江上です」

電話を通して聞くと、また声の感じが違って耳に響く。それでもイントネーションや喋り方の具合から、電話の相手が間違いなく江上晴男であることが真澄にもわかった。人の好さそうな江上の顔が脳裏に浮かぶ。再び、汗がうっすらからだに滲みだしていた。

「こんにちは、佐竹です。こちらこそ先日は、不躾《ぶしつけ》にいろいろお伺いしまして、申し訳ありませんでした」

「いや、実は宇都宮に戻りましてから、いろいろ考えまして」

「はあ……」

茫洋とした口調で真澄は言ったが、実際には動悸がしていた。

「それで、佐竹さんに少々お願い申し上げたいことができまして、今日はお電話させていただいた訳なんです」

「私に……何でしょうか」声が勝手に臆するような色を含んでいた。

「君島さんのことです。君島さんのことで何かご存じのことがあれば、ぜひお教えいただけないかと思いまして」

「はあ……」

真澄は、先刻と同じような調子で声を発した。

「いや、先日君島さんにお目にかかった時は、お顔を拝見しただけで人違いと思って、私もびっくりしてしどろもどろになってしまいました。そんな次第でご本人にもいろいろお尋ねし損なってしまったのですよ。あの、君島さんというのは、御社にお勤めの前は、ＢＲＭシステムズさんにお勤めだったんでしょうか。ＢＲＭシステムズさんにいらした君島さんに間違いないのでしょうか」

真澄は返答ができなかった。違うと言ってしまうと、なおさら後で繕えなくなる気がした。言葉を探して、脳が右往左往する。

「今日、ＢＲＭシステムズさんにも改めて電話してみたのですよ」真澄が言葉を返す前に、江上が言った。「確かに君島沙和子さんというかたは三年ほど在籍しておられましたし、今、そちらにお勤めの君島さんのようではあるのですが、どうもＢＲＭシステムズさんからお話を伺ってみると、私が先日お目にかかった君島さんとは感じがずいぶん違うようで」

動悸がいっそう激しく早くなっていた。心臓が内側から真澄の胸板を叩く。

「あの、江上さん、申し訳ありません」真澄は言った。「今、仕事中で少々立て込んでおりまして、ゆっくりお話できないものですから……どうでしょう？　一日二日のうちに私の方からご連絡させていただくということでは？　それではまずいですか？　あの、必ずご連絡させていただきますので」

「あ、これは大変申し訳ありませんでした。佐竹さんのご都合も考慮せず、自分勝手にべらべらと喋ってしまいまして。わかりました。それでは、お電話頂戴できますか。お電話いただきましたら、すぐにご指定の番号に、私の方からかけ直します。私は宇都宮ですのでね、あなたに電話代の負担をおかけする訳にはいきません」

最後は笑みを孕《はら》んだような声になっていた。それだけに、なおさら真澄は胸が痛む思いがした。丁重な挨拶をして電話を切る。

ふう、と息が漏れそうになる。が、周囲の手前、何でもない顔を装って、すぐに目の前の書類に戻りながらも、その実、内心では大いに頭を抱えていた。

(どうしよう)

江上に声などかけてしまったから、とうとう真澄もこの一件に巻き込まれてしまった。ただの諍いごとやそれに類したトラブルではない。失踪事件——、いや、殺人事件だ。

どうしてあの時、江上を追いかけて、声をかけてしまったのかと、後悔する。反面、追いかけて話を聞いていなかったら、沙和子の秘密もまたわからなかったのだ、とも考える。江上と話をしたからこそ、沙和子の過去の犯罪も見えてきたし、彼女という人間もより明らかになってきた。

少し茶色にくすんだ肌色をした顔の上に、穏やかな微笑を浮かべた江上の様子が、真澄の瞼にはっきりと甦った。

彼はこの四年、杳《よう》として行方の知れない一人息子の正晴を、妻とともに探し続けている。くる日もくる日も息子のことを思いながら、何か情報が得られるたび、上京して自分の足で歩いて当たっている。果てに肩を落として宇都宮に帰る。その繰り返しで今日まできた。

「まるで答えのでない謎々でも抱え込んだみたいな毎日ですよ」

あの時江上は真澄にそう語ったが、決して大袈裟な言いようではないと思う。まさに江上や江上の妻は、そんな晴れない毎日に身を置き続けているのだと思う。

それを思うと、自分が承知していることを、包み隠すことなく彼に告げるべきだという気持ちが、真澄の胸の中で唐突に強まり、勢いを得る。良識ある市民としての義務だからではない。恐らくそれが人としての道というものだからだ。

(どうしよう)

それでいて、「どうしよう」という迷いが胸から消えていかない。気持ちが右に左に大きく揺らいで、どうしても、話すというところに定まらない。

「佐竹さん。――佐竹さん」

その声に、はっとなって顔を上げる。

目の前に、君島沙和子が立っていた。そのことにぎょっとしたように、真澄の目は大きく見開かれていた。追いかけるように、じわっと額に汗が噴き出した。

「やだ、どうしたの?」霞むようなやわい笑みを目もとに漂わせて、淡い笑顔のまま沙和子が言った。「もしかして、考え事でもしてた?」

「あ。はい。すみません。ぼうっとしていました」

「今、人形町《にんぎょうちょう》のお客さんのところにいってきたの。その時、これ、買ってきたから、お茶する時にでもみんなで食べて」

沙和子は真澄に人形焼きの包みを差し出した。

営業アシスタントでは、いまや真澄が一番の年長になってしまった。だから沙和子は差し入れをする時には、一応真澄を立ててのことなのか、彼女のところに菓子や土産を持ってくる。

「ああ、君島さん、いつもお気遣いいただいてすみません。本当にありがとうございます。あとでお茶を淹れる時、みんなに配らせていただくことにします」

「ごめんね、何だか佐竹さんに、かえって余計な手間をおかけしてしまうみたいで」

沙和子はにこっと真澄に笑いかけると、独特の甘いけれども爽やかな香りを身の周辺に漂わせて、真澄のデスクを離れていった。沙和子の長くて艶のある栗色の髪が、輝きながら揺れていた。

にこっと笑いかけた時の花開いたような笑みが、真澄の網膜に残ってなかなか消えていかない。心からの愛情を、明るい笑みに託したような顔だった。笑いながら、じゃあね、と手を振っているような邪気のない顔だった。

沙和子のことだ。こうした差し入れも、自分の得点を上げるための行為の一環にすぎないだろうことは、真澄にだってもうわかっている。笑顔にしても同じこと、きちんと計算し尽くされた作り笑顔といっていい。わかっていても、見る人間に沙和子の胸の底の愛や温《ぬく》みを感じさせずにはおかない笑顔を彼女が見事に作ってみせることができることに、真澄は感動に近い思いを覚えていた。

どうしてだろう、咽喉の奥がきゅっとすぼまるようになって、真澄の瞳に涙が滲みかけた。

その瞬間、真澄は、自分が沙和子を愛していることを悟っていた。

ここまでやる女は、これまで真澄も見たことがなかった。リスク、ストレス、肉体的な痛み苦しみ、陰の努力、頑張り、意地、計画、実行、結果責任……裏側ではありとあらゆるものを抱え込みながら、沙和子は表にはちらりともそれを見せず、完璧に人の心を惹きつけるだけの見事にうつくしい顔をして、光のように頰笑んでいる。そこまでやりきれるというだけで、真澄にとって君島沙和子という女は、尊敬と崇拝をするに値する人間といってよかった。ふつう、やれと言われたって、誰にもここまでできはしない。単に沙和子はビョーキなのだといってしまえばそれまでかもしれない。けれども彼女は、そのビョーキゆえの苦しみやつらさ、しんどさも、自分自身で背負っている。

(私は沙和子さんが好きだ)

真澄は今日、はっきりと自分の気持ちを認識した思いがした。

(私も沙和子さんのようになりたい)

すべてが白日《はくじつ》の下に晒されれば、何だ、顔だって作り物ではないか、と、きっと人は誇《そし》るだろう。それでも、現に今、真澄の目に映っているうつくしい沙和子が、やはり君島沙和子なのだ、と真澄は思わずにはいられなかった。元の顔も、真澄はすでに写真で見て知っている。だが、あれは君島沙和子ではない。彼女は顔を変えた時に、べつの存在に生まれ変わったのだ。

(江上さんに、やっぱり本当のことは話せない)

家に帰ったら、また由貴の部屋を訪ねて、二人額を寄せるようにして、どうしたらいいかを相談することになるのはわかっていた。だが、由貴も、江上に真実を告げるべきだ、とは言わないような気がした。そう思うのは、由貴もまた、真澄と同じ種類の人間だからだ。この世の中で、少しも思うように生きられていない。今の自分のありようなんて、願わくば嘘っぱちであってくれ、と思っている。自分がおかしいのか、自分を取り巻く世界の方がおかしいのか、その判断もよくつかない。自分がおかしいのだ、ビョーキなのだと、自分を責め、卑下してみることもある。何とか社会の中で命と暮らしはつないでいても、内側には常に鬱々としたものを抱えている。沙和子はそういう状態から、自分の羽で見事に飛び立ったのだ。ひずんだ世界を相手に、今も闘い続けている。だからこそ、真澄は沙和子に憧れる。その気持ちは、きっと由貴も一緒のはずだった。

(沙和子さん、追っ手が近づいている)

離れた席から、真澄はまるで念でも送ろうとしているかのように、沙和子に向かって心で語りかけていた。

(沙和子さん、気をつけて。もう黄色信号が灯ってる)

また咽喉の奥がすぼまったようになり、瞳に涙が滲みかけていた。

5

顔を合わせたばかりの時は、英二は沙和子にいつもの爽やかな笑顔を見せ、口もとからも健康さと健全さを象徴しているような白い歯を覗かせていた。が、今、テーブルを挟んで向かい側に腰をおろした英二は、明らかに不機嫌そうな色を顔に浮かべはじめていた。食事をしながら、沙和子が切りだしたことが彼の機嫌を損ね、顔色を鈍いものに変えさせたことははっきりしていた。

正月は、どうしても高岡の実家に帰らねばならなくなった、だから英二の家に挨拶にいくことはできない――。

英二の苦りきった顔色にも気づかぬ振りを装っていたが、沙和子が知らんぷりをしていればしているほど、彼の中の苛立ちは募り、その分表情が険悪さを色濃くしていくようだった。

「飲み物は？　何かお替わりを頼む？」

ワインのボトルが空いたので、沙和子は英二に尋ねた。彼は沙和子には返事をせず、ボーイを呼んで飲み物のリストを持ってくるように言いつけた。彼にしては珍しく、ものの言い方が横柄でつっけんどんなものになっていた。

「謝るわ」仕方なしに沙和子は言った。「でも、わかって。今回はしょうがないのよ」

「君が正月実家に帰るというのを、僕だって邪魔することはできない。でも、いつも君はそうだ。何だかんだ言って、僕の家にくるのを避けようとする。僕の気持ちをはぐらかそうとする」

「もう。はぐらかすだなんて言わないでよ」

「だけど、やっぱりそうなんだよ。君は僕をはぐらかしている」

英二はグレンモレンジの水割りを頼んだ。沙和子はジンをベースにした、この店のスペシャルドリンクを注文した。味は少し苦めのグレープフルーツジュース。

「沙和子、君、何かまずいことでもあるの？」

突然の英二の問いかけに、沙和子は心持ち目を見開いて彼を見た。最初ははっとして目を見開いてしまったのだが、その表情を巧みに「どういうこと？」と問いかけている顔に移行させる。

「いやさ……お袋が、君のことをちょっと言っていたから」

「お母様が？　何て？」

「その娘さんは、のうのうとうちにはやってこれないわよ、というようなことをね。べつに根はないんだ。どうせ自分が勧める見合いに僕がいい顔を見せず、とにかく君を紹介したいと言ったことが不満で、そんなことを言っているだけなんだろうけど」

「英二さん、お母様に私がどこの誰だか、もう話したの？」

「そりゃあ会ってくれと頼んでいるんだから、それぐらいは話したさ」

それでか、と思う気持ちが心にあった。予想していた通りだった。きっと英二の家では、自分のことを調べるだろうと、沙和子自身も予想していた。広田の家の嫁にはふさわしくない女だという烙印《らくいん》を、明らかなかたちで沙和子の上に捺《お》すためにだ。英二の母親は、早くもそれに着手したという訳だ。沙和子を探っていた女二人組というのは、江上が頼んだ調査会社の人間ではなく、あるいは英二の母親が頼んだ人間だったのかもしれない。

頭上に黒い雨雲が流れてでもきたかのように、沙和子の顔に墨色の翳が落ちていた。調査員がついていたのはいつだったのだろう。美代子がくる前か。美代子を山梨に連れ出した日は、調査員はついていたのか、いなかったのか——。

少しの間、二人の間に沈黙が流れた。

「お母様、私のことを調べたのね」沙和子が言った。「そういうことなのね」

「調べたって、そんな大袈裟なことじゃないと思う。ただ……」

「ただ、何？」言い澱む様子を窺わせた英二を、沙和子は言葉と表情で促した。

「君はいくつも会社を変わっている。仕事熱心ではあるようだが、飽きっぽいこともまた確かだ、というようなことは言っていた。それに、君に関しては、ほかにもまだ僕が驚くようなことがあった、ともね。取り合う気にはなれなかったから、それ以上は、その時僕も敢えて聞かなかったけど」

たぶん整形のことだろう、と沙和子は心の内で察しをつけた。過去を調べてみた結果、今の沙和子とは違う顔をした沙和子の写真でも、きっとどこからか入手したのに違いない。だから写真は嫌いだった。なのにどうしてだかこの国の人間は、何かにつけて写真を撮りたがる。まったくうんざりする。

「お目にかかる前から、お母様は私のことがお気に召さないということよ」運ばれてきたロングのカクテルをくいっと飲んで、咽喉を潤してから沙和子は言った。「だったらいっそ、お目にかからない方がいいと思う」

「どうして？　現実に君に会っていないからこそ、勝手に気にいらないという気持ちでいるんじゃないか。会えばお袋の気持ちもきっと変わるよ」

馬鹿を言っている……沙和子は心の中で呟いていた。英二の母親が、調べたことをまだ英二にはっきりと告げずにいるのは、沙和子が家にやってきた時、二人の面前でそれを沙和子に突きつけて、ぐうの音《ね》もでない状態にしたいと考えているからにほかならない。

あなたは昔こういう顔をしていた、なのに今はこういう顔になっている、いったいどういうことですか——。

冗談ではなかった。

「いつ？」つい詰問するような調子で沙和子は言っていた。「お母様がそのことをあなたにおっしゃったのはいつ？」

「え？　十日……いや、二週間ぐらい前だったかな」

口にしたのが二週間前だとすれば、探られていたのはそれ以前ということになる。また、英二の母親が調査報告が上がってきた時点で大騒ぎをしていないということは、美代子を連れ出した日には、調査員はついていなかったということではないか。もしもあの日、調査員がついていたら……考えただけで、脳がぐらりと揺らいで眩暈がした。手先と足先の神経が、ちりちりいいはじめていた。苛立ちが、唇をも震わせそうになる。迷惑だ、と沙和子は思った。沙和子自身は、英二と結婚したいなどとはこれっぽっちも願っていない。それなのに彼が沙和子のことを広田の家の人間に話してしまったばっかりに、沙和子は探られたくない過去を探られてしまった。

「とにかく私、ご両親にお目にかかるのはよすわ」沙和子は言った。「その方がいいと思う」

「何を言っているんだよ。今度の正月はともかく、いずれは会ってもらわなかったら、物事、ちっとも前には進まないじゃないか」

「進まなくていい。私は、べつに今のままで痛痒《つうよう》ないんですもの。医者というステータスが魅力で、あなたに近づいた訳じゃない。それを変に誤解されるのは心外だわ」

「沙和子がそういう人間じゃないことも、君に会ってもらわないことにはわからないだろ」

わかっていないのはあなたよ……沙和子は心の中で英二に向かって語りかけていた。そこで私はあなたのお母様から過去を示す証拠のようなものを突きつけられて、恥を掻くの。そんな女に本気になったあなたも恥を掻くの。そしてあなたは賢明でご立派な両親に頭を押さえられて、この先自分の結婚相手も、自分じゃ選べなくなるのよ——。

「いずれにしても、この話はもうよしましょ」沙和子は顔色を強制的に明るいものに戻して言った。「どっちみち、お正月にはお邪魔できないんですもの、今揉めたところでしょうがないと思うの。違う？」

「そうやってまた君ははぐらかすんだ」

視線を落とし、英二は水割りのグラスに唇をつけた。それから改めて顔を上げ、いくらか真剣な面持ちをして沙和子を見据えた。

「君は、本当に何か具合の悪いことでも抱えているんじゃないのか」

底に昏さを宿した瞳で、沙和子は黙って英二を見つめ返した。

内心、まただ、と嘆息していた。江上正晴とのことで、沙和子ももう懲りていた。だから、生活の彩りとしての男は、面倒がなさそうな人間を選んだつもりだった。

英二は五つも歳下だ。おまけに三代続いた医師の家の跡取りだ。一家の希望の星であり、本人もそのことをよくよく承知している。それだから、会っている時は互いに甘い恋人同士の図を描いてみせても、決して結婚だとか生活だとかいうことにはならない相手だと踏んでいた。外見的にも恵まれている英二ならば、結婚相手は選りどりみどりだろう。彼ならば正晴と違って沙和子に固執することはないし、過去を探ってみようなどということにも、絶対ならないはずだった。それがどうしてこういうことになってしまうのか。

たくさんだった。

男というのは、「君の幸せ」と言いながら、自分の人生の設計図に、女を同伴者として取り込もうとする。頭に勝手に未来の絵を描き、設計図を引くという点では、沙和子のしていることも彼らと同じかもしれない。だが、沙和子は男を登場人物にしても、男を取り込んだ図は描かない。あくまでも沙和子は沙和子、自分自身の人生を考えているしコーディネイトしている。そこが根本的に違った。結局、男にとっての女は、自分の従属物なのだ。だから自分のそばに常にその女がいる絵を描きたがる。

「沙和子。君が言うように、今日はもうこの話はやめる。でも、諦めたってことじゃないからね。君もよく考えておいてくれ。頼むよ」

わかったわ、と沙和子は言葉を返したが、気持ちは英二の言葉をぴしゃりと遮断していた。べつに、英二でなくてもよかった。この男が、この男の親が、沙和子に厄介を運んでくるならば、ほかの男で構わなかった。沙和子のシナリオにふさわしい男は、彼以外にもいるはずだ。

「飲みましょう」

沙和子は匂いのある、いつものやわらかな笑みを目もとに浮かべて英二に言った。だが、いうまでもなく、心は固く口を引き結び、少しも笑っていなかった。頭の中で、沙和子はひとり考えていた。

英二の母親は、どこまで自分のことを調べたのか。人が自分の過去をほじくり返す。切り捨てたはずの過去が自分を追いかけてくる。そろそろ私は、危ない橋を渡りかけているのかもしれない――。

英二と別れて家に帰るみちみちも、沙和子の頭を占めていたのは、英二との決着のつけ方だった。どのみち英二は沙和子の過去の一部を、じきに母親の口から知らされることになるだろう。それより先に彼の前から消えていることが、最善の策のように思えた。顔をすっかり変えていると知ったら、果たして彼はどうでるだろう。急に化け物でも見るような冷たい目をして沙和子を眺め、自分は騙されていたと嘆いた上で、沙和子を詰《なじ》るのではあるまいか。

曇った吐息が口から漏れた。醜い修羅場は願い下げだった。この先英二とつき合い続けていればいるほど、広田の家はさらに深く沙和子のことを探ろう、暴《あば》こうとしはじめるだろう。突っつきまわされた挙げ句、余計なことまで露顕してしまうというのは最悪だった。探られて痛くない肚ならいいが、沙和子の場合、探られた肚は大いに痛む。痛むだけでは済まなくなる。

マンションにたどり着く。暖冬とはいうものの、さすがに師走《しわす》の風は冷たかった。吹く風に、暮れ独特の凶暴さのようなものが感じられる。

やはりシナリオ続行は無理なのか——、そんな思いを抱きながらエレベータに乗り込み、七階にあがった。表情が完全に失せた顔をして、七階のフロアを自分の部屋に向かってのろのろとした足取りで歩きだす。

部屋の前まできた時だった。沙和子は自分の部屋のドアの前に人影を見た。反射的に、はっと身を強張《こわば》らせる。

要介だった。

蛍光灯の明かりのなかで見る彼の顔は白茶けて、死人のように冴えない顔色をして見えた。英二とのことだけでも疲れていた。咄嗟《とっさ》に顔に笑みが浮かべられなかった。唇からすっと適当な言葉もでてこなかった。

「沙和子」要介が言う。

「……どうしたの」

ようやくのことで言葉が唇にのぼる。だが、その声はくぐもったようなくすみを帯びていた。

「なかなか君が会おうとしてくれないから。話がしたい。中に入れてくれないか」

「今日は勘弁してくれる？」低く小さな声で、囁くように沙和子は言った。「私、今夜はすごくくたびれているのよ」

「中でなくてもいい。一時間……いや、三十分でいいから、どこかで話をしよう」

沙和子はいくぶん俯き、疲れ果てたように首を横に振った。要介に向かって拒絶の気持ちを示したというよりも、自分自身に向かってどうにもならない心の疲労と倦怠を告げるような、絶望的な感じのする力ない首の振り方だった。

「沙和子」

「三十分だけなら」諦めたように沙和子は言った。「近くに二十四時間営業のファミレスがあるの。そこでもいい？」

陰気な面持ちをして、要介がこくりと頷いた。

彼と肩を並べ、たった今歩いてきたばかりのフロアを、エレベータに向かって引き返す。箱の中に二人になっても、要介の顔は見なかった。ただ沙和子は、心の中でひたすら呟き続けていた。

もうたくさん。もうごめん。どうしてこういうことになるの。

この人も必要。でも、あの人も必要——、そう考えていた頃もあった。だが、今は違った。この人も不要。あの人も不要——。

こんなことにばかりかかずり合っている暇はなかった。ゆっくり入浴したい。肌のケアもしなければならないし、髪もきれいに洗い上げ、しっかり乾かしてから眠りにつきたい。ヴイタミン、コラーゲン、プラセンタ、スクワラン……今日はサプリメントもまだ飲んでいない。少し手を抜いたら、たちまち肌は荒れるし、肌色だってくすんでしまう。必要な栄養素を補給して、風呂で汗と一緒に老廃物をだし尽くし、充分な睡眠をとることが何よりだ。自分自身のケアだけでない。今、沙和子には、考えなくてはいけないことがたくさんある。営業成績を、どうやって元のレベルに引っ張り上げるか。正晴の父親、江上晴男が再び訪ねてきた時にどう対処するか。美代子が沙和子のところにいたことを、誰か知っている人間は本当にいなかったか。山梨に出かけた日、あの日は本当に安全だったのか。ＪＡＪＡは次にどうでてくるのか……。

なのにみんなが邪魔をする。それでは君島沙和子を演じ続けることなどできなくなってしまう。その余裕がなくなる。

もうたくさん。もうごめん。

リセット。

リセット。

リセット。

再び、師走の深夜の街に降り立つ。きりっとした空気の冷たさが、頬に痛いようだった。

もうたくさん。もうごめん。

リセット。

リセット。

歩きながらも、なお執拗に沙和子は胸で呟き続けていた。

第七章

1

一年が、いよいよ幕を閉じようとしていた。会社にも、あと三日でれば終わるというところにまで漕ぎ着けている。しあさって、三十日が、今年一年の仕事納めだ。が、沙和子にとっての三十日は、実のところ、それ以上の意味を持っていた。長い一年だった……ふとそんな思いが胸をよぎる。その思いは、いくばくかの疲れを伴ってもいた。

会社をでて、師走の夜の街を地下鉄小川町の駅に向かって歩く。

「君島さん！」

地下鉄の駅に通じる階段をおりようとした時だった。自分の背中に向かって飛んでくる声に、反射的に沙和子は振り返っていた。

営業部の佐竹真澄だった。

「あら、佐竹さん」

沙和子は適度な笑みを顔に漂わせて言った。真澄のかたわらには、彼女と同じ年代の女が一人立っていた。沙和子の知らない女だった。少なくとも、トライン・コンサルタンツの社員ではない。二人とも、深刻そうな顔をして沙和子を見ている。

「どうしたの？　何だか真剣な顔をしちゃって。――そちらは？　お友だち？」

「同じコーポに住んでいる友人です」

真澄が言うと、「吉村由貴です」と、かたわらのショートカットの女が、沙和子に向かって頭を下げた。

「君島さん、ちょっとでいいんです。お時間、いただけませんか？」

「え？」

沙和子は腕の時計に目を落とした。今夜、誰とも約束はない。しかし、すべきことは山ほどあった。この年が暮れると同時にしなくてはならないことが沙和子にはある。その準備が押していた。

「何かしら？　急用なの？　できれば私、今日は失礼させていただきたいんだけど」

柔らかさを失わない口調で沙和子は言った。頭が、やんわりと真澄の申し出を遠ざけることを自然に計算していた。

「急用です」

沙和子の案に相違して、思いがけない強い口調で真澄が言った。そのことにわずかに驚き、沙和子は軽く目を瞠った。

「だって、お友だちもいらっしゃるのに」

沙和子は、吉村由貴と名乗った女の顔に目をやりながら言った。彼女も、真澄と同様、切羽詰まったような顔つきを崩していない。

「何？　何かあったの？」

いくらか逡巡するような様子を見せた後、意を決したように真澄が口を開いた。

「江上さんが、江上正晴さんのお父さんが動きはじめています。君島さん、気をつけてください」

予想もしていなかった真澄の言葉に、軽く瞠られていた目が、自然ともうひとまわり大きく見開かれていた。

「君島さん、そのことでどうしてもお話ししておきたいことがあるんです。だから、お時間ください」

沙和子は真澄と由貴の顔を交互に眺めた。女二人組――、ＪＡＪＡの言葉が甦った。まさかとは思う。が、ひょっとして自分を尾けていた女二人組というのは、彼女らではなかったか。

「わかったわ」沙和子は言った。「どこか静かに話ができるところにいきましょう」

今は沙和子にとって大事な時だ。江上正晴の名前がでた以上、放置しておく訳にはいかない。それに彼女ら二人がどこまで承知しているのかを、確かめておく必要もあると思った。ひとりでに顔色が曇りがちになるのを、意志の力で立て直す。

(何てことなの)

彼女らと肩を並べて歩きはじめながら、沙和子は心で思っていた。

(こんなに身近なところにも、江上正晴の一件を承知している人間がいた。どうして誰も彼も、こうやって私のシナリオに勝手に介入してくるの? だいたいこの子たちの意図はどこにあるの?)

小川町からタクシーを拾い、銀座にでた。何度かいったことのある「ローダンセ」という、ビルの地下のレストランバーにはいった。

「で、お話って何? 江上さんのことって、どういうお話?」

沙和子の言葉に促されるように、真澄が自分と江上晴男との関わりを語りはじめた。店内は照明はかなり落とし気味で、あたりにはほの暗さが漂っている。そのせいだろうか、言葉を紡ぐ真澄の顔にも翳が落ち、心なしか苦しげな表情をしているように沙和子の目には映った。

「私、江上さんに電話をして、私も君島さんのことはよく知らないと申し上げたんです。だから、調べてからでないと何もお話し申し上げることはできないと」真澄は言った。「そうしたら、江上さんはもういいからとおっしゃって――」

真澄からの連絡が自分のところにはいるまでの間、江上は江上で考えたらしかった。沙和子と同じ社内の人間である真澄に、面倒や迷惑をかけてはいけない。だったら人を使って、自分で調べてみたらいい。

「もう調査の人は頼んだ、と言っていました。都度都度報告も上がってきているとも。沙和子さんの現在の暮らしぶりを探らせているのではありません。過去を当たってもらっているとのことでした。調査員に当たってもらったことで、江上さん、何か手応えを得たみたいなご様子なんです」

江上は真澄にこう語った。

「やはりお宅の会社にいらっしゃる君島さんが、うちの正晴とつき合っていた女性だと思います。君島さんは……昔とは違う。自分を変えてしまっている。その事自体が胡散《うさん》臭い」

朝霞署に、日下《くさか》という刑事がいる。晴男と真知子の話を、比較的よく聞いてくれた刑事だ。江上は近いうちに報告書を持って、日下のところに相談にいってみるつもりだと真澄に話した。君島沙和子には、公文書偽造の疑いもある。だから、日下もまったく相手にしてくれないということはないと思う。今度こそ、手掛かりが得られるかもしれない、と。

「ですから、君島さん。近いうちに本当に、江上さんがその日下という刑事を連れて、君島さんのところにくるかもしれません。私たち、本当のところ君島さんが過去に何をなさったのか、具体的には知りません。でも、気をつけてください。捕まらないでください。私たち、どうしてもそのことを君島さんに伝えたくて」

調査の人間を頼んだと耳にした時は、さすがに沙和子もぎくりとなった。けれども、現在の暮らしぶりを探られていたのではないとわかって安堵した。江上正晴の一件に関しては、何の証拠も上がっていないはずだ。美代子の件で尻尾を摑まれない限りは、まだ何とかなる。

白のワインを一本とり、オードブルの盛り合わせとピッツァ、それに魚介のサラダを頼んでいた。真澄も由貴も、咽喉を潤すのにワインのグラスには口をつけていたが、料理にはほとんど手をつけていなかった。

沙和子は真澄と由貴の二人に黙って頰笑みかけた。それから言った。

「少し食べたら？」

真澄も由貴も頷いて、お座なりにといった感じではあるものの、それぞれ料理に手をのばしはじめた。

「もしかしてあなたたち二人、私のことを探っていた？」

沙和子の問いに、真澄がすみません、と小さく頭を下げて詫びた。つられたように由貴もぺこりと頭を下げる。

「私も由貴ちゃんも、君島さんに憧れていたんです。君島さんみたいになりたい、って。それで君島さんのこと……」

「憧れていた……」

意外な思いがした。由貴はその存在さえ知らなかったのだからもちろんのこと、真澄のことにしても、三年同じフロアで仕事をしていたにもかかわらず、沙和子の眼中にはまったくなかった。だが、こうして改めて見てみると、彼女らには、ある種の懐かしさのようなものが嗅ぎとれるような気がした。ことによるとそれは、昔の自分の匂いなのかもしれなかった。反面、沙和子は二人に対する苛立たしさのようなものも覚えていた。

甘い。お子様。お遊び——、沙和子にとっては、それぐらい厄介なものもない。沙和子は君島沙和子を演じることに、自分の人生を懸けているといっていい。お子様のお遊びのためにそれを台無しにされてしまうのでは敵《かな》わない。また、つまらないお子様のお遊びほど、計算がない分乱暴で、沙和子のシナリオをぶち壊しにしかねない。

「信じてください」

沙和子の表情に何か不穏なものを感じ取ったのだろうか。真澄が真剣な面持ちをして言った。

「私も由貴ちゃんも、君島さんのこと、誰にも喋るつもりはありません。だからこそこうやって、ご本人である君島さんにお話ししようと、二人で決心したんです」

「そうなんです」かたわらの由貴が、ひとつ頷いてから口を開いた。「私たち、君島さんに今のままで生き続けていてほしいんです。何ていうか……そういう君島さんは、私たちの希望の星っていうか。ですから――」

由貴の「希望の星」という言葉に、思わず沙和子は小さな声を立てて笑っていた。実のところ、苦笑に近い笑いだった。

「君島さん、もしかしてうちの会社、いずれお辞めになるおつもりですか？」

真澄の問いかけに、沙和子の顔から笑みがすっと消えた。グラスにのばしかけた手も止まっていた。

「私たちなりに考えたんです。君島さんはリセットして、そろそろ次のステップに移ろうとなさっているのじゃないかって」

リセット。沙和子は黙って二人を見た。この二人は、思いがけず深いところまで察知している――、そう考えざるを得なかった。これだからお子様のお遊びは怖い。

「うちの会社をお辞めになるのはいいと思います。リセットもいいと思います。君島さんならまた次に、もっと輝きのある毎日を送られるに違いないと思いますから。でも……」

「でも、何？」

言い澱んだ真澄を、沙和子は言葉で促した。

「君島さんが、私たちの目の届かないところへいってしまうのは寂しい」

「そうなんです。私たち、君島さんのこと、見ていたいんです」由貴が言った。「久し振りでした、私。こんなに熱狂できたのは」

「絶対躓《つまず》いたり、しくじったりしないでください。君島さんが躓いたりしたら、私たちも自分の先行きに、ますます希望が持てなくなってしまいます」

沙和子は多少呆っ気にとられたようになって、二人を眺めた。

沙和子はずっと、自分のことしか見てこなかった。それは今も基本的には変わりなく、自分のことにしか関心がない。社会にあれば、周囲の人間を無視することはできないから、シナリオの登場人物としては仕方なしによその人間を持ってくる。だが、他人は常にその他大勢、主役はいつも自分だった。観客はこれまで意識したことがなかった。だが、観客はいた。勝手に存在していた。そのことに、沙和子は少し驚いていた。と同時に、沙和子の頭はせわしなく回転してもいた。ここは、彼女たちが考えていることはすべて妄想に等しい誤りだと否定してしまうことが得策か、それとも曖昧に受け入れるかたちをとって懐柔してしまうことが得策か——、瞬時に判断を下した上で沙和子は言った。

「私に憧れていてくれたというのは嬉しいけれど、私に憧れていてもしょうがないわ。何も変わらない」

「え？」

「自分で遊ぶのが一番よ」沙和子は言った。「自分で自分の気に入る遊びをするの。遊びは見ているだけではつまらない」

心の中で沙和子は呟く。お子様は、自分たちでお子様のお遊びをしていたらいい。関わってこられるのは堪らない――。

「自分で遊ぶっていったって、私たち、とても君島さんのようにはできません」

沙和子は頰に笑みを滲ませた。「やってみなくちゃわからないじゃないの」

ひょっとすると彼女らは、本当に沙和子と近い精神構造を持つ女たちなのかもしれなかった。だとすれば、理解し合えない間柄ではない。連携、あるいは連帯というかたちをとり得る人間たちだという可能性もある。だが、むろん沙和子は、彼女らを心底は信頼できずにいた。まだ甘い。まだ弱い。脇からぎゅっと押されたら、二人はたちまち潰されて、今とはかたちが変わってしまうかもしれない。沙和子の側の人間ではなくなるかもしれない。だから一緒には遊べない。沙和子は身を賭《と》した危険なゲームをしている。リスク要因は、ひとつだって背負いたくなかった。いや、逆に、もしも彼女らが沙和子の邪魔をするようなことがあれば、その時は二人を完全に排除すべく、沙和子も闘わなくてはならない。彼女らと沙和子が大きく違うのは、沙和子は本気の女だということだ。根っこそのものも違う。

真澄と由貴が、果たしてどこまで承知しているのか、沙和子は敢えてそれ以上二人に尋ねてみなかった。わざわざ彼女らの口から、整形だの殺人だのという、沙和子自身耳にしたくない言葉を、聞きたいとは思わなかった。それに、もはや彼女らがどこまで承知していようが、関係のないところに差しかかりつつもあった。もう少しだ。それまでに、江上に捕まりさえしなかったら何とかなる。警察に捕まりさえしなかったら何とかなる。

「心配してくれてありがとう」沙和子はとっておきの笑顔を二人に向けて言った。「でも、大丈夫よ。私は躓いたりも転んだりもしないから」

「君島さん、私たちの前から完全に消えてしまわないでください」縋《すが》るような目をして真澄が言った。「そんなの、寂しすぎます」

「仮にどこにいらしても、時には連絡いただきたいんです」由貴も言った。「私たち、やっぱり輝いている君島さんを見ていたい」

「わかったわ」

二人に向かって、沙和子は静かに頷いた。この場は表面的にでも二人を手の内に抱え込んでおいた方が得策という計算と判断に基づく言葉にすぎなかった。言葉や穏やかな表情とは裏腹に、沙和子は肚の中で思っていた。

(悪いけど、ごめんよ。子供につき合っている暇はないの。あなたたちのお遊びのせいで、私は迷惑もしている。今度私の邪魔をしてごらんなさい。私はあなたたちを許さない)

すでに美代子を抹殺すると決めた時に、自分はリセットボタンを押していたのだというとに、沙和子は今ようやく気がつきつつあった。それに気づいたというのは、沙和子がいつもの冷静さを取り戻した証拠かもしれなかった。

真澄と由貴の二人の顔を眺めながら、私の次のシナリオはもうはじまっているのかもしれない、と沙和子は心の中で考えていた。

2

真澄と由貴は、地下鉄の銀座駅で沙和子と別れ、二人で東中野のコーポへ帰ってきた。コーポに帰り着いても、そのまま「じゃあね」と手を振り合って、お互いそれぞれの部屋にはいってしまう気持ちにもなれなかった。結局真澄の部屋で、帰ってきた時のままの恰好をして、ひたすら惚けたように過ごしている。疲れたというよりも、勢い込んで沙和子と話した分、何だか気が抜けていた。半分天井を仰ぎながら、時折どちらかが溜息をつく。もう何十分も前から、そんな時間が続いていた。

これでよかったんだろうか……真澄は考えていた。自分たちは沙和子に伝えるべきことを、きちんと伝えることができたのだろうか。そして自分たちがしたことに、果たして間違いはなかったのだろうか、と。

自分で遊ぶのが一番よ、と君島沙和子は言った。あれは本気だったのだろうか……由貴もまた考えていた。でも、自分たちにそれができるだろうか。できたら沙和子を追いかけることに熱中しなくても、日々楽しめるようになるのだろうか。仮に沙和子が消えてしまっても、自分は楽しく生きていくことができるのだろうか。

ふう、と二人は同時に息をついていた。はっと思わず顔を見合わせて、苦笑に近い笑みを交わし合う。

「何か飲もうか」真澄が言った。

「そうしようか」由貴が頷く。

「じゃあ、コーヒーでも淹れるね」

真澄は立ち上がってキッチンにいった。

「ねえ」

キッチンに立った真澄を追いかけるように、背中に由貴の言葉が飛んできた。

「沙和子さん、何だかいやに余裕があったね」

「そうね」ヤカンを火にかけながら真澄は答えた。

「あれはもうリセットの準備が整ったということ?」

「そうかもね。私も話をしていてそんな気がした」

沙和子のことだ。内側の思いを包み隠して穏やかな表情を装うぐらいのことは造作もあるまい。それでも今日の沙和子の表情には、話の内容が話の内容だというのに、かすかな緩みさえ窺われた。

「リセットって気持ちいいんだよね」由貴が言った。「一種の快感みたいなものがあるような気がするな」

由貴と沙和子では、リセットのレベルが異なる。だが、会社やアルバイト先を辞めると決心した時は、解き放たれたような清々しさと快感が湧いてくる。

「リセットしても、沙和子さん、本当に連絡してくれるかなあ。それとも、私たちには見えないところに消えてしまうのかなあ」続けて由貴が言った。

「わからない。でも、そうなったらしばらく私、腑抜けになりそう。今でさえ何だか気が抜けちゃって、全然調子が変なのに」

「私だってそうよ」

最初は、沙和子を探ることに熱中していた。思いもよらなかった沙和子の秘密の出現に、ただただ興奮してもいた。が、そのうちに、真澄も由貴も自分でも気づかぬうちに、沙和子と沙和子の生き方そのものに、熱狂するようになっていた。いつの間にか沙和子の生き方が、自分の理想になっていた。私も君島沙和子のように生きてみたい——。

「笑わない？」

いくぶん遠慮がちな声で由貴が言った。振り返り、真澄は奥の部屋を覗き込んで由貴の顔を見てから、うん、と言って頷いた。

「私、やってみようかな」

「え？」

「沙和子さんみたいにやってみようかな。そりゃ、ああはいかない。どうしたってスケールは、うんと小さくなると思う。私には、人を殺す度胸もないしさ。でも、ミニ君島でいい。

私もしっかりシナリオ書いて、この先何年かの人生、自分でコーディネイトして演じてみようかな。沙和子さんの言う通りかもしれない。自分をコマにして、自分でゲームするからこそ楽しい。今よりも、もっともっと熱狂できるのかも、って」

そうかもしれないわね、と真澄もゆっくりと頷いた。

「真澄ちゃんは?」

「私?……」

答えるまでに二、三拍間《ま》があった。が、真澄もやはり言っていた。「私も、やってみようかな」

「そうだよね」

由貴の声が途端に弾みを帯びて真澄の耳に響いた。

「私は演技者。で、真澄ちゃんの観客。真澄ちゃんは演技者。で、私の観客。私たちなら、きっと二人で楽しく遊べるよ」

「そうね。楽しめるかもしれない。熱狂できるかもしれない。二人ならば、仮に途中で何か問題が起きても、ない知恵絞っていろいろ相談できるしね」

真澄の顔にも、自然と笑みが滲んでいた。誰が注目しているという訳でもない。どうせ真澄は壁の染みだ。関心をもって眺めてくれている人など、郷里の両親を除けば誰もいない。なのにこれまでいったい何をびくびく怖がって、穏当に、穏当にと、なりを潜めるような過ごし方をしてきたものかと思う。他人を装うからこそ、自分の本性のままに生きることも可能なのかもしれなかった。一度きりの人生なのだ。自分自身の人生なのだ。いかなるかたちであれ、自分のいいように生きてみたらいい。

湯が沸いた。

フィルターをセットしてコーヒーの粉を入れた上に、湯を注ぎはじめた時だった。電話が鳴った。

「あ。交代。私がコーヒー、淹れておく」

あとの仕事は由貴に託し、真澄は急いで電話に歩み寄り、受話器をとった。

「あ。佐竹さんですか。宇都宮の江上です」

その声に、反射的にどっと汗が噴き出していた。今日完璧に裏切ってしまった相手だった。しかし江上は、今もって真澄のことを信用している様子だった。真澄が江上に自分の方から声をかけ、あれこれ事情を尋ねたのも、真澄自身、沙和子に対して何か胡散臭《うさん》いものを感じていたからにほかならないと、彼は自分で勝手に解釈している。江上が人を信じやすい好人物だけに、彼の声を耳にすると、真澄の良心はちくりと痛む。

「年が明けましたら、朝霞署の日下さんと一緒に、君島さんにもう一度お目にかかるつもりです」受話器の向こう側の江上は言った。「そうなったら君島さんの身辺も、少々ごたごたするかもしれません。佐竹さんには極力ご迷惑、おかけしないつもりですが、あなたにはいろいろお世話になりましたから、前もってお報せしておくべきかと思いまして、今日はお電話させていただきました」

真澄の困惑と混乱をよそに、受話器の向こうの江上は喋り続けた。今回、確かな手応えと手掛かりを得たことに、彼自身、少々興奮しているのかもしれなかった。

「何のお役にも立てませんでしたのに、私のことにまでお気遣いいただいて恐縮です。今回こそ、ご子息の行方が判明することを、私も陰ながらお祈りしております」

ひと通り江上の話を聞いた後、真澄は彼に丁重な挨拶をしてから受話器を置いた。受話器を戻した時、真澄はぐったりと疲れ果てたように床の上に腰をおろした。はあ、と口から勝手に息が漏れる。

「何？　どうしたの？　もしかして何かあったの？」

待ちきれずに先にコーヒーを飲んでいた由貴が、保温しておいたコーヒーを、真澄のカップに注ぎながら尋ねた。

「江上さん、年が明けたら、刑事と一緒に沙和子さんのところにいくって」

「年明け……沙和子さん、間に合うかな。でも、刑事と一緒って、江上さん、何か証拠に近いものでも摑んだの？」

「例の公文書偽造とかいう問題」

「ああ、前に江上さん、そんなことを匂わせていたわよね。それって結局、どういうことなの？」

「あのね、由貴ちゃん。沙和子さん、沙和子さんじゃないんだって」

「え？　何？」

「沙和子さん、君島沙和子じゃなくて、君島和子なんだって」

「君島和子」

「歳も本当は、二つ若いのだそうよ。だから私とは四つ違い。由貴ちゃんとは五つ違い」

「どういうこと？」

さすがに由貴も訳がわからないというように、目を見開きながらも瞼をぱちぱちと瞬かせた。

江上正晴の件、それに関わる人物と思われる、例の中年女性の件……君島沙和子のお尻には、もう火がついているといっていい。だから真澄も、こうなってきたからには、遠からず沙和子が別人になるだろうことは予想していた。そう考えたからこそ、沙和子に報せるべきことは報せておきたいと考えたし、彼女が消えてしまう前に、何としても話をしておこうと決心して、由貴とともに行動にでた。

だが、君島沙和子は、君島沙和子ではなかった。この世に生まれ落ちた時が君島沙和子だったのではなく、彼女はすでに一度、別人になっていた。本来の彼女とは異なる別人、それが君島沙和子だったのだ。

さすがに真澄も、そこまで想像していなかった。君島沙和子ではなく、君島和子。沙和子に和子、たった一字の違いでしかない。だが、そのわずか一字の違いがとてつもなく大きな差異であるかのように、真澄には感じられていた。

3

佐竹真澄と吉村由貴、二人と別れて家に帰りついた沙和子は、十日余り前、ＪＡＪＡと会った時のことを思い出していた。

沙和子の腕の中のＪＡＪＡは、まるで胎児のようだった。貧弱な裸のからだを、胎児みたいに丸めていた。

身長は沙和子と同じか少し低いぐらい……百六十センチあるかないかだろう。身長はともかく、ＪＡＪＡは服を脱いでみると、痩せているというよりも、皮膚を透かして骨と骨格が明らかに見えるほどだった。

この人はこの人で、身を削《そ》ぐようにして生きている——、沙和子は決して義務や打算のみからでなく、ＪＡＪＡのからだを抱き締めていた。

「戸籍を探して」

ＪＡＪＡにそう頼んだのは、英二と要介、二人に会った晩の直後のことだ。

ない人」

「急ぎよ。誰でもいい。ただし、私と年齢が近くて係累がなくて、何もトラブルを抱えてい

顔はまた作り替えたらいい。だが、君島沙和子として生き続けるのは、やはりそろそろ限界だと判断せざるを得なかった。

沙和子のマンションを訪ねてきた要介は、離婚は成立した、とファミリーレストランで彼女に告げた。これからは自分と、結婚ということを視野に入れたつき合いをしてもらいたい、と。むろん、沙和子は即座に首を横に振った。

「あなたは離婚は私とは関係ないことだと言うでしょうね。事実、そうかもしれない。でも私は、誰かを不幸にした上で、自分が幸せになんかなりたくはないのよ。それじゃずっと気持ちの悪さをひきずって生きていかなくてはならなくなる。生涯後ろめたさを持ち続けるのは堪らないわ」

「嘘だ」要介は言った。

嘘？　と、沙和子は、心外といった表情を顔に浮かべてみせた。が、彼の言う通りだった。沙和子が口にしたのは、こんな時がやってきたら口にしようと前々から頭で考えていた、きれいごとの言い逃れでしかなかった。沙和子は、誰が幸福になろうが不幸になろうが知ったことではない。ただ、自分が思った通りの幸せを、自分の手で手に入れたいと考えている。それだけだった。

「君は、表面的には、いつも愛情深くて穏やかで、僕に対してもやさしさで満ち溢れている。まるで天女のような人だと思う。それでいて、いつも心はべつのところにあるようで、一緒にいても摑みどころがなくて不安になる。僕は、そういう君を、どうしても捕まえておきたいと思ってしまう。その気持ちは、誰にも止めようがないんだよ。沙和子、僕は君のことが諦められない」

おかしな執着ほど、沙和子を悩ませるものもほかになかった。英二もそうなら要介もそう。表側の生活のみならず、私生活でも沙和子は、どんどん追い込まれてきてしまっていた。美代子のこともある。江上晴男の存在も大きい。完全に綻びが見えてしまってからでは手遅れになる。もう今の君島沙和子を、いったん投げだすよりしょうがなかった。

ただし、君島沙和子は殺してはしまわない。正晴と同じく、君島沙和子は当分行方不明になる。幽霊のように、紙の上だけで生き続けるのだ。実体はない。実体としての君島沙和子はよその女に移す。

「RYUさんは、やっと俺のことを信用してくれたんだね」

沙和子が戸籍のことを頼んだ時、JAJAは沙和子にそう言った。

JAJAがどうでるか、沙和子にも読みきれていなかった。だから頼むと決めた時は、これはひとつの賭けだと考えていた。どっちみち、JAJAは沙和子から目を離すまい。彼は、沙和子が四年前には江上正晴を、今回は船木美代子を殺害したことまで承知しているかもしれない。どうせ一番危険な爆弾なら、いったん懐に抱えてしまうことだと沙和子は肚を括《くく》った。もしも本当に彼を取り込めたら、危険な爆弾は最強の武器にもなる。いざとなれば、また別人になって、逃げられるだけ彼から逃げるのみだと思った。

同じベッドの中で二人とも裸になり、何時間も抱き合いながら身を横たえていた。だが、二人の間にセックスはなかった。

「してもいいのよ」

沙和子は言った。JAJAも頷いた。だが、抱き合っているうちに沙和子にもわかった。JAJAにセックスは必要ないのだ。男としては成長が未熟であり、一種の不能だといえばそういえるのかもしれなかった。ただ、それはJAJA本人が望んだ不能のように思えた。恐らく彼は、本当ならば生きていたくない人間なのだ。だから、ろくに食べない。自分自身の成長も、ある段階で止めてしまった。生殖という行為にも及ぶつもりがない。自分の本能と意思に基づく結果としてのことだから、彼も未熟と不能を恥じていない。だからこそ、服も下着も全部とり払い、平気で子供のような性器を沙和子に対して晒してみせることもできる。

長いこと丸まったままでいるJAJAを見ていると、まるで彼は生まれる前の胎児に戻り、母親の胎内に回帰することを願っているような気さえした。生まれてきたくなかった……それが彼の偽らざる気持ちなのかもしれなかった。でも、こんな世界に生まれてきてしまった。

ならば現実を無視して、自分の世界を構築するよりほかに生きのびていく方法はない。

「戸籍を扱っている奴らには心当たりがある。危なくない方法でアクセスできる。待ってて。RYUさんのこれからにふさわしい戸籍を探してもらうよ。そんなに時間はかからない」

丸まったまま、ぼそぼそとした調子でJAJAが言葉を紡ぐ。沙和子は、そんな彼の頭を、ひたすらやさしく撫で続けた。

「RYUさんは、この世の中をなめている。俺はそこが好きなんだ。自分をキャラにして、この世を遊び場にして遊んでいる。RYUさんのしていることはゲームだね。それも自分をキャラにした、かなり危険なゲームだよ。それを知った時、そこまでできる人がいるというのがね、俺はすごく楽しかった。久しぶりにわくわくしたし笑ったよ」

JAJAはからだを捻り、首をのばすようにして沙和子を見た。JAJAの髪は少し乱れ、眼鏡をはずしたその顔は、どこかねぼけた子供のようでもあった。

「ゲームを楽しんだらいいよ」JAJAが言った。「身を賭した、命懸けのゲームをさ。でも、一人で楽しい？」

「え？」突然の問いに、沙和子は戸惑ったようにJAJAを見た。

「俺は思うんだ。やっぱりゲームは観客がいてこそ面白い、って」

「観客がいてこそ……」

その発想は、これまでの沙和子にはないものだった。沙和子は自分で演じ、自分で観てきた。得点だって、自分自身でつけてきた。すべては自分の中で完結させてきたといっていいだろう。

「本当は演技者は、観客がいるから『どう？　ここまでやりきったわよ。スコアは九十八点。圧倒的な私の勝利でしょ？』ってなって、気持ちがいいものなんじゃないのかな」

「JAJAは？　観客がいるの？」

JAJAは苦笑に近い笑みを口もとに漂わせて、小さく首を横に振った。

「俺のやっていることなんか、結局は犯罪だもの。観客がいては、やっぱり具合が悪い」

「それは……私だって同じだわ」

「だから俺はRYUさんに興味を持った。俺がRYUさんの観客になり、サポーターになりたいと思った。そしてRYUさんにも、俺の観客になってもらいたいと思った。RYUさんとならやれると思ったから、俺はRYUさんの前に姿を現したんだ」

JAJAの言葉に、沙和子の顔にぱっと明かりがさしたように、鮮やかな笑みが灯っていた。いつもの作り笑顔ではなかった。わけもなく楽しい気分になって、久しぶりに沙和子は、自然に頰笑んでいた。

「なかなかパートナーシップを組めそうな奴なんていなかった。どいつもこいつも自分が大事だし計算高いし、本当はどうにもならないぐらいに臆病だ。できれば世の中におもねって生きていきたいと考えている。世間で評価されたいと願っている。いざという時、まったく信用ならない。でも、RYUさんとなら、徹底的に世の中を遊び場にして、思い切り遊び倒してやることができそうな気がした。集団行動は俺も苦手。野球もサッカーも、昔からみんな嫌いだった。だから、二人で一緒に遊ぼうっていうんじゃない。俺とRYUさんは、それぞれに遊ぶんだ。だけど、観ている。いつもお互いを見ている。サポートもする。俺とRYUさんはお互いリスクもしょっている。だから余計な口を開くこともない。それだから、信用し合えるパートナー……遊び仲間になれると思った。RYUさん。スコアブックだってさ、俺がつけてあげてもいいんだよ。観客兼スコアラーだな。減点二。減点理由なになに、なんてね。どう？　自分でスコアをつけるよりも、公正だとは思わない？」

沙和子は、声を立てて笑っていた。そのことに、自分自身はっとする。でも、笑いをひっこめてしまうことはなかった。自分の演技に得点をつけてくれる人がいる。考えてみただけで楽しかった。

「俺たち、この世の中ではフリークなんだよ」

「フリーク？」

「いや、化け物かな。RYUさんも俺も化け物なんだよ。でも半分は、この世の中が生みだした化け物なんだ。世の中自体がひずんでいるから、俺たちみたいなのが生まれてくる」

言われてみればそうかもしれない、と沙和子も思った。少なくとも沙和子は、実体としてもつぎはぎだらけの化け物だ。

だが、素のJAJAは、よくよく眺めてみるならば、少しもみっともないことはなかった。ただ体格が貧弱で、ひ弱に映るというだけのことだ。眼鏡をとった顔はいくぶん子供っぽいが、顔だちそのものは悪くなかった。からだだって、彼に鍛える気があって、運動をして栄養のつくものをたくさん食べさえしたら、きっと見違えるようになることだろう。髪型も似合ったものにして、身につける服も変える。それだけで彼の印象は、がらりと変わってしまうはずだ。

にもかかわらず、JAJAはそれをしない。わざわざいじめられっこのなれの果てにふさわしい自分を装っている。からだつきが貧弱なのをさらに強調しようとするみたいに、肩をすぼめ、顔を俯かせ、猫背気味に歩いてみせる。いつも気弱そうにしていて、人と視線を合わせようとしない。

逆だった。沙和子が自分をよりうつくしく見せようと努力し、顔やからだにまでメスやシリコンを入れ、雑誌やカタログを眺め、どんな服装やコーディネイトの仕方が最も自分を引き立たせるかを考えて服を選ぶのと、彼がしていることは正反対だった。

が、まるきり反対であるからこそ、二人は似ていた。二人のそうした一種の偽装や擬態の底にある精神構造は、出方が左右両極であるだけで、ほとんど同じといってもいいのかもしれない。

「みっともなくてつまんない男だと思うでしょ？」自分でもおかしそうに、笑みを含んだ声でJAJAが言った。「だけどさ、こんな恰好悪い男がさ、実は君島沙和子の究極のパートナーなんだ」

沙和子は、また声を立てて笑っていた。JAJAを馬鹿にして笑った訳ではないことは、沙和子の笑い声を耳にすれば、JAJAにもはっきりとわかったはずだった。見ると、声までは立てていなかったが、JAJAも同じく笑っていた。

コンピュータの天才――、沙和子の新しいシナリオの、登場人物の一人が決まった。沙和子の陰の恋人は、十一歳下の、コンピュータの天才、この世の化け物。

「JAJA、あなたは最高のキャラだわ」

晴れ渡った声で言いながら、沙和子は彼に抱きついた。骨ばったJAJAのからだの感触を、沙和子は真実いとおしいと感じていた。

広田英二、仁村要介……彼らは表面的には愛情溢れんばかりの沙和子の微笑の下にある、彼女の冷えた顔と冷めた心を垣間見てしまう。だからこそ沙和子に執着した。沙和子自身が、男の選び方を根本的に誤っていたのだ。冷えた顔、冷めた心、冷たい血……それらを元からさらしても、ともに手をつなげる男を選んでおけばよかったのだ。仮に沙和子が人を殺してきたと告げても、「ああ、そう」と、顔色ひとつ変えずに頷いてくれるような男を。

男など、誰に見せるものでもない。見てくれなどどうでもよかった。恋人はコンピュータにかけては恐ろしいまでの天才——、この社会において、それぐらい頼りになるパートナーもほかにいない。

「RYUさん、待っていて」再びJAJAが言った。「戸籍は必ず俺が用意するから。RYUさんにふさわしい戸籍をね」

沙和子は眩しいような笑みを浮かべ、彼に向かって頷いていた。

約束通り、JAJAは準備を整えてくれている。だから沙和子は、三十日に会社にでたら、年が明けても、もうトライン・コンサルタンツに出社するつもりはなかった。すなわち、三十日は、沙和子のトライン・コンサルタンツでの三年の仕事納めの日でもあった。

社を去ることは、上司の前田にも河合にもまったく告げていない。誰も沙和子が会社にでてこなくなるとは、少しも考えていないだろう。したがって、仕事のひき継ぎも何もしていない。年が明け、幾日かが過ぎても沙和子が出社してこなかったら、彼らはさぞかし慌てるに違いない。これまで沙和子は、自分の顧客の管理は頑ななまでに自分一人でやってきた。顧客との詳しい取り引き内容や先方の事情を、部の人間もろくに知らない。前田も河合もそのことに、右往左往せざるを得ないはずだった。

BRMシステムズにいた時は、いずれは君島沙和子としてべつの会社に移るという前提があった。つまり、君島沙和子としての生活のラインは、まだつながったままだった。だから面倒なひき継ぎもしっかり済ませ、立つ鳥あとを濁さずの言葉通りにきれいなかたちで社を去った。だが、今度は違う。君島沙和子のラインはいったん切る。君島沙和子は消えるのだ。だから、自分からそんな面倒を背負って、わざわざ消耗と疲労を拾う必要はどこにもなかった。

部屋の家具や荷物は一時的にトランクルームに預け、当面はホテル暮らしをするつもりでいた。そこでこれからのことをゆっくりと考えなければならない。

自らが描き、この三年懸命に演じてきたシナリオをとうとう放擲《ほうてき》することになった。それは敗北を意味しているのかもしれなかった。にもかかわらず、沙和子の心は意外なほどに晴れていた。四年前を思い出す。BRMシステムズを辞めた時も、沙和子の心は妙に晴れていた。

江上正晴を殺してしまった。彼が自分とのつき合いを人に話していないということは知っていた。新聞、テレビで報じられていないからには、正晴の死体もまだ上がっていないのだろうとも考えていた。そのままBRMシステムズにいても、とりたてて危険なことはなかったかもしれない。だが、沙和子には、あの時のままの自分でいることが我慢ならなかった。だからこそ、自分を作り替えようと金を貯めていたのだし、シナリオを書き進めてもいた。いったんあそこで自分の生活を投げだせるということが、沙和子にとっては楽しかった。

今回も、敗北という意識は薄かった。より自分の理想に近い君島沙和子として生き直すためのリセットだ。次こそ完璧に、シナリオ通りに演じてみせる。

考えながら、沙和子は小首を傾げた。ひょっとすると、芝居には終わりがあるから楽しいのかもしれなかった。延々と続き、果てしのない芝居はいつか演じる側にも疲れと退屈をもたらす。シナリオにもいったん終了の時があり、次のシナリオがあるからこそ、楽しめるものなのかもしれなかった。

沙和子の脳裏に、真澄と由貴の顔が甦っていた。沙和子は冷ややかな面持ちをして首を横に振った。

中途半端な仲間や観客は邪魔なだけだ。沙和子には、ＪＡＪＡという観客とスコアラーがいる。そのほかの人間は必要なかった。

4

宇都宮に帰っても、江上晴男の頭から、君島沙和子のことが離れなかった。わざわざ自分を追いかけてきて話を聞いてくれた佐竹真澄のことも気にかかった。

「お帽子をお忘れではないかと」

あの時確か真澄はそう言った。だが、帽子は手にしていなかった。晴男の忘れ物ではないかと思って追いかけてきたのなら、当然帽子を持っていて然るべきだった。ならばなぜ彼女はそんな嘘をついたのか。

真澄もまた、君島沙和子に強い関心を抱いているのだと思った。もしかするとトライン・コンサルタンツでの君島沙和子には、真澄の反発を招くような、何か強い匂いがあるのではないか。それゆえ沙和子を訪ねてきた晴男に興味を惹かれたのではないかと、そんなふうに考えた。

真澄はまだ二十代だ。会社での立場もあるだろう。彼女に迷惑をかけてはいけない――、そんな思いも手伝って、晴男ははじめて調査事務所というところに赴いてみる決心をした。

調査事務所というのは、もっと秘密めいていて、陰気な感じのするところかと思っていた。が、違った。現代的な感じのする調査員が、一応は晴男の話にいちいち感じ入ったような相槌を打ちながらも、きわめて事務的にとんとん話を進めていく。プロがやることだけに、調査が上がってくるのも驚くほどに早かった。

その報告の内容に、正直いって晴男は肝を潰したし興奮した。誰かに話したい、聞いてもらいたい――。

だが、妻の真知子にも、調査事務所に君島沙和子の調査を依頼したことは話していなかった。頼んだ、まったく的はずれだった……そういうことで、またしても真知子を落胆させたくなかった。一切が明らかになってから、きちんと話をしようと考えていた。

そんな時、ふと佐竹真澄のことが頭に浮かんだ。残念ながら真澄からは、これといった情報は得られなかったが、彼女はいつ電話をしても応対がていねいで、感じがよかった。信頼できそうな娘だった。そんなことを思いながら、ついつい晴男は真澄に電話をかけてしまっていた。

沙和子が恐らくは整形手術を受け、昔とはまったく顔を変えてしまっているということにも、むろん晴男は大いに驚いた。瞼を二重にしたり、痣《あざ》や黒子《ほくろ》を取ったり、あるいは多少鼻を高くしたり……その程度のことは、世間で割合一般的に行われているのだろうと頭では考えていた。だが、顔がすっかり変わってしまうほどに、自分の顔のどこもかしこもに細工を施す人間がいようとは、晴男も想像していなかった。

晴男が会った沙和子は、うつくしい女だった。整形によって出来上がった美人とは思えないほどに自然な顔だちをしていた。それでいて、整形していたということが明らかになってみると、どこか作り物のようなうつくしさであった気がしてくるからおかしなものだった。それは彼女に心が感じられなかったせいかもしれない。

が、それよりも晴男を驚かせたのは、君島沙和子が君島沙和子ではなかったということだ。

調査員の笠原礼一《かさはられいいち》という男は、晴男に語った。

「被調査人、ここでは君島沙和子としておきましょうか。彼女は富山県高岡市の出身なのですが、高校二年の時に不幸な事件に巻き込まれまして、大変な怪我を負って長い入院生活を送る羽目になりました。家は昔の庄屋の家ですので裕福です。沙和子に充分な治療を受けさせるだけのお金はありました。しかし治療の甲斐もなく、沙和子は十九歳の時に、入院先の金沢の近代医療センターで亡くなっています」

えっ、と晴男は途中で声を上げない訳にはいかなかった。

「確かに亡くなったのは君島沙和子さんであるはずなのですよ。なのにどうした訳か、亡くなったのは、君島和子さんということで届けがだされた。したがって書類上は、君島和子さんが死亡したことになっているんです。昭和六十三年のことです」

すぐには訳がわからず、唖然としている晴男に対して笠原は、和子というのは沙和子の二つ歳下の妹なのだと語った。

「お姉さんが、地元・高岡ではなく、金沢の病院に入院しているということもあって、彼女も金沢の高校に通っていたようなのです。おかしなことに、その妹の和子さんの方が、亡くなったことになってしまっているのです」

むろん君島家をよく知っている地元の人間たちは、亡くなったのが長女の沙和子であると承知しているし、今もそう信じている。それが事実なのだ。ただ、書類の上だけで、死んだ人間が姉妹間で入れ替わっていた。

「高校をでてから、君島和子さんは単身東京にでてきています。それも君島和子としてではなく自ら君島沙和子と名乗って、今日まで生き続けています。東京にでてきてからは、コンピュータやビジネス関係の専門学校に通っていたようですが、全部姉の君島沙和子の経歴を元にした履歴書を提出していたようです。それはそうですよね。何しろ君島和子の方は、公的な紙の上では死んでしまっているのですから」

「どうしてそんなことが……」晴男は言った。

「意図的に彼女がやったのでしょうね。死亡した旨の書類を役所にだす時に、君島沙和子ではなく、和子、つまりは自分が死亡したというかたちをとったのでしょう」

晴男には、いったいどうしてそんなことをする必要があるのか、ますますもって訳がわからなかった。

笠原にも、その本当のところはわからないという。ただ、彼はひとつの推論を持っていた。和子の姉、君島沙和子は、幼い少女の頃から地元でも評判のうつくしい娘で、早熟な匂いのする娘でもあったらしい。また、彼女は、きわめて聡明でもあった。当時、君島家は、沙和子の祖母に当たるカノが実権を握り、家全体をとり仕切っているような恰好だったが、カノはことのほか、この沙和子のことを可愛がっていた。君島家には、沙和子の上に暢寛《のぶひろ》という長男がいたが、カノは沙和子に婿をとって家を継がせると、彼女がまだ幼い頃から周囲に公言して憚らないほどだった。

三人目に、沙和子の妹が生まれても、カノの関心はひとえに沙和子に向けられたままだった。名前のつけ方自体が、長男、長女の時とはまるで違った。沙和子の後に生まれた子供だから和子――、安直としかいいようがない。次女であり第三子である彼女は、カノにとってはものの数にもはいっていないような存在だった。

成長するに従い、和子自身も、自分とはまるで違う天然の可憐さ、たおやかさを備え、匂い立つようなあでやかさをも併せ持ったうつくしい姉の沙和子を、自分の一番の自慢にするようになっていった。沙和子はそれほどに、はたにいる人間を虜《とりこ》にする力を身に有した娘だった。彼女に備わっていたのは、魅力というより、一種の魔力といっていいものだったのかもしれない。

「妹の和子は、自分はカノさんに半分無視されるような扱いをされながらも、姉である沙和子さんを慕っていたし、姉さんに心底憧れていたのでしょうね」笠原は言った。「ところが、その姉さんが大変不幸な事件に遭われて、結果として早世することになってしまったんです。その事件については追い追いお話ししていきますが、ともあれカノさんをはじめとする君島家の人間の嘆きは並み大抵ではない。そんななかで、和子は、この先は自分が姉の沙和子として生きよう、姉のように生きたいと、思ったんじゃないでしょうか」

和子は、姉ではなくて自分が死亡したかたちで役所に届けをだした。その後まもなく君島沙和子として、一人で東京にでてきてしまった。沙和子が死亡した当時、和子はまだ十七歳だ。その年齢を考えればなおのこと、和子がやってのけたことは、まったくもって大胆といわざるを得ない。

「私はそういうことだったのだと思いますよ」笠原は言った。「そう考えると、彼女の今の生きざまにも説明がつく」

今の君島沙和子、すなわち君島和子の頭には、常に姉の沙和子の姿がある。沙和子が生きていたらどう暮らしていただろうか、どう行動していただろうか……実のところ和子は、常にそれを考えている。沙和子のように振る舞えないとしたら、それは自分の顔かたちが沙和子とは違うからだ、見劣りがするからだ——、そう考えれば、顔だって迷わず作り直すのではないか。

「でも、高岡の君島家のかたたちは、当然そのことに気がついたでしょう?」晴男は言った。

「役所から書類もくるでしょうし、いつまでも違ったかたちで死亡届がだされていることに気がつかないことはないでしょう」

「すぐにかどうかは知りませんが、当然気がついたでしょうね」

「なのにどうしてそのままに……」

「そこには、本当に亡くなった沙和子という人と、彼女が巻き込まれた事件ということが、大きく関係してくるように私は思うのですよ」笠原は言った。

高校二年といえば、十六歳か十七歳というところだ。当時の沙和子にはその年齢の娘独特の若い命の勢いに満ちた眩しい輝きのみならず、大人の女顔負けの色香があった。もともとうつくしい娘である上に、少女の面差しに、時としてむせるような女の匂いが香る。男が目をつけない道理がなかった。やがて彼女の周辺を、地元の不良連中がうろうろしはじめるようになった。むろん彼女は、彼らの姿など目にもはいっていないかのように、まったく相手にもしなかった。

「そして事件は起きたんです」

ある日沙和子は、下校途中に彼らに無理矢理に連れ去られた。拉致《らち》されたのだ。沙和子が見つかったのは、行方が知れなくなってから、三日が経ってのことだった。三日間に及ぶ監禁暴行……保護された時に、沙和子は沙和子ではなくなってしまっていた。

「当時、地元では騒がれた事件です」笠原は言った。「不良は五人のグループでしたが、彼女は発見、保護されるまでの三日の間に、彼らからそれはひどい暴行を受けたんです。可愛さ余って、というやつでしょうかね。それとも持て余したエネルギーの捌《は》け口《ぐち》でしかなかったのか。殴る蹴るの暴行はもちろんのこと、爪は剝がされる、髪は刈られる、歯はへし折られる……よく生きて発見されたと思うぐらいに、ひどい状態だったようです。男が女に対してすることですからね、もっと聞くにおぞましいような真似もしたに違いありません。気の毒に沙和子さんは外見的にも、持ち前のすぐれた容貌を完全に失ってしまったんですよ」

被害者である君島沙和子がその時点で死亡していたとなるとまた違ったかもしれない。が、彼女が生存していただけに、君島家も警察も、事件の詳細が大々的に報じられることを防ぐ方向にでた。ただ、君島家は、地元では裕福な家として知られている。沙和子もまた、そのうつくしさで評判の娘だった。その彼女が拉致されて暴行を受けたとなると、どうしても世間の同情のみならず、好奇の眼差しが集まらざるを得ない。沙和子を見せ物にして、この上心に傷を負わせる訳にはいかない。彼女を、地元の病院に置いておく訳にはいかなかった。無事退院できたとしても、彼女を地元・高岡で暮らし続けさせるのは、やはり酷というものだった。

「それで容体が落ち着いた頃を見計らって、金沢の病院に入院させ直したようです。ただ、君島沙和子という名前は目立つ。君島家も、沙和子さんを守ることに懸命だったでしょうし、人の目や耳に対して過剰に神経質になっていたのかもしれません。それで医師とも相談の上、表向きの入院患者の氏名は君島和子、つまり、妹の名前にしておいたらしいのですよ。沙和子と和子、一字しか違いませんが、印象はずいぶん違う。詳しいことはまだわかりませんが、ひょっとするとそこから沙和子と和子、両者の混乱がはじまったのかもしれませんし、妹の和子が、沙和子ではなく和子が死亡したという操作をするのに好都合な状況ができることにもつながったのかもしれません」

笠原の話を耳にするうちに、晴男の顔は自然と翳っていった。吐き気がしそうなほどに、陰惨な事件というよりほかなかった。不幸の芽は、十四年前にあったという訳だ。

「現在彼女は、高岡の実家とは、まったく連絡をとっていないようですね。母親の志穂《しほ》さんという人が生きていればまた状況は違ったのかもしれませんが、和子が物心つくかつかないかの頃に、病気で亡くなってしまっているのですよ」笠原は続けて言った。「沙和子さんのことは、まったくもって不幸な事件です。しかし、過去にどういう不幸な事件があったにせよ、むろんそれは今彼女がしていることの言い訳にも何にもなりません。いずれにしても、江上さんがお感じになった通り、君島沙和子には問題があるといえます。文書を偽造した上で、自分の実の姉であるとはいえ、名前や身分を詐称して他人になりすまして生きているのですからね。これは立派な犯罪です。死亡診断書の偽造からはじまったとすれば、私文書偽造罪でしょうか。それから派生させてさまざまな証明書類をださせている訳ですから、公文書偽造罪も加わるでしょうね。どちらも刑法に触れる犯罪です。まずそのあたりを突っつく恰好で、化けの皮を剝いでいくのがよろしいでしょう。恐らく彼女はほかにもいろいろなことをやっていると思いますよ。叩けば埃のでるからだです。それも、たぶんこっちが咳き込むぐらいの埃がね」

間違いない——、晴男も確信していた。君島沙和子、いや、君島和子というべきか、正晴の失踪事件には、彼女がやはり関わっている。正晴は、何か彼女が人には知られたくないと思っている重大な秘密を知ってしまったのだろうか。それとも二人の間には、何かほかに問題が起きていたのだろうか。そこにあった本当の事情はまだわからない。だが、とうとう自分は失踪の鍵を握る女に行き着いたと思った。

和子の姉、沙和子の事件は、聞くだに痛ましいと晴男も思う。姉の事件で和子も苦しみ、心に傷は負ったかもしれない。だが、それを言ったら、晴男や真知子にしても同じだった。正晴の件でこの四年、苦しみ続けている。正晴が死んでいるとなればなおのことだ。一生痛みを背負っていかねばならない。沙和子に同情はしても、和子に同情することはできない。してはならない、と晴男は思った。とまれ晴男は、これである程度まで、沙和子を追い込むことができたような気がしていた。少なくとも和子は、文書偽造という犯罪行為はしているのだ。今度こそ警察も、きっと動いてくれるに違いなかった。

今年も残り幾日もない。じきに暮れてしまう。だが、来年こそは、永遠に終わりがないように感じられていた宿題を抱えたまま、長い一年を過ごすということにはならないはずだった。

「今回こそ、ご子息の行方が判明することを、私も陰ながらお祈りしています」

耳の底に、心持ち翳りを帯びた佐竹真澄の声が甦っていた。

5

田中映子《たなかえいこ》、一九七〇年五月二十日生まれ、三十一歳——。

それがこれから当面、沙和子が姿を借りることになる女の名前と生年月日だった。

一九七〇年……沙和子が生まれた年だ。十四年ぶりに、一九七〇年生まれに戻る。

戸籍は、ＪＡＪＡが調達してくれた。それに沙和子は七十万という金を支払った。その金額が相場として高いのか安いのか、沙和子にはわからない。だが、沙和子にとって決して高い買い物でないことは明らかだった。

「この戸籍は、何の問題も抱えていない。RYUさん、安心していいよ」JAJAは言った。

「だったらこの人、田中映子という人は、いったい今、どこでどうしているの?」

「さあ。たぶん死んでるんじゃない」

沙和子の問いかけに、JAJAはあっさりとそう言ってのけた。

思えば江上正晴だって同じだった。戸籍の上ではまだ生きている。だが、実体としての彼は死んでいる。田中映子というのもそうした人間の一人なのだろう。

「名前もいいよね」JAJAは言う。「田中映子。ありふれている。田中という姓もそうだけど、映子もいい。A子だな。明らかには特定、指名できない感じがして」

田中A子、JAJAの言葉に、沙和子は笑った。確かに君島沙和子という名前よりは、雑踏と群衆に紛れてしまいやすい名前かもしれない。

何かで君島沙和子という名前がでれば、沙和子のことを知っている人間なら、自分が知っている、あの君島沙和子ではないかと、すぐに沙和子と結びつけて考える。その点タナカエイコならば、同姓同名、自分が知っているタナカエイコとは別人だろうと、ついつい人は考えがちになる。

おかしなものだった。生きていても紙の上で死んでいれば死んでいる。死んでいても紙の上で生きていれば生きている。君島沙和子の場合は後者だったし、君島和子の場合は前者だった。

姉の沙和子は、たおやかで実にうつくしい人だった。そこにいるだけで、人目を惹き、自然と足をとめさせるだけの魅力に満ちていた。加えて沙和子は、少女の頃から女だった。それが甘い香りとなって、彼女の身辺には漂っているようだった。色は白く、からだは細かった。首が長く、顔は小さい。きれいな卵型をした輪郭を持ち、ふっと頬笑みかけただけで、顔に明かりが灯ったようになって、細かな光の粒が、頬や瞳にきらきらと溢れでた。

頭もよかった。子供の時から、一度耳にしたことは忘れない。暗記力に優れているばかりでなく、次にはそれを頭の中できちんと処理、整理して、自分で応用できる人だった。

そんな人だったから、誰も彼もが沙和子に夢中になった。祖母、父、母、兄、そして和子……むろん家族だけではない。沙和子を知った人間は、たちまち彼女に惹きつけられた。

「沙和子は外交官にだってスチュワーデスにだって、何にだってなれるよ」祖母のカノはよく言っていた。「だけど私は、沙和子にこの君島の家を継がせたい。あの子にはこの家に残ってほしい」

生きていたら、沙和子はどうしていただろう、と和子は幾度か考えた。

「お姉ちゃん、何になりたいの？」

以前、和子は尋ねたことがある。

「さあね」

沙和子はもの憂げにちょっと小首を傾げて笑みを滲ませた。そんな瞬間、沙和子の顔には、自然と春のちょっともの憂げで、香りのある空気が漂う。

「ずっと高岡にいる？　おばあちゃんが言うみたいに」

沙和子は軽く首を横に振った。「何年かは東京にいくと思うわ。だって、せっかくこの時代に生まれてきたんですもの。東京にいって、思い切りきらきら輝きながら暮らしてみたい。おばあちゃんの言う通りにはならないわよ。うちには暢寛兄さんもいることだしね」

東京にいってきらきらと輝きながら暮らしてみたい——、そう口にしていたというのに、沙和子はそれから間もなくけだもののような連中に監禁されて、口にするのもおぞましいような三日間を過ごす羽目になった。男たちに完膚《かんぷ》なきまでに破壊された上、それが元で十九の時に亡くなってしまった。

「沙和子が……沙和子がいなくなってしまったら、何の意味もなくなってしまう」

まだ沙和子が療養している頃から、始終カノはそう口にして嘆いていた。ある意味でカノは、沙和子という人間に憑かれてしまっていたのかもしれない。

和子もまた、幾度も幾度も「沙和子がいなくなってしまっては意味がない」というカノの言葉を耳にするうちに、それを自分の思いにしていったところがある。君島沙和子がこの世から消えてしまっては、何の意味もなくなってしまう——。

だから沙和子が死んだ時、和子は沙和子ではなく和子を殺した。たった一字だけの違い、それがこの時は幸いした。沙和子に和子、故意に混乱を招こうとすれば招きやすい。両者の名前の違いをうっかり人は見過ごしたり、あるいは和子という名前が本当なのかと、勝手に判断してくれたりする。書類からも、沙の字をうまくとりさえしたらあとは何とかなる。

沙和子が亡くなったのが、地元・高岡の病院ではなく、金沢だったというのも、事がうまく運んだ理由のひとつだった。もともと沙和子は周囲の好奇の目を逃れるため、和子の名前で入院していた。二年の間、君島和子として入院しているうちに、看護師らをはじめとする周囲の人間も、名前ということにおいては、沙和子を和子と認識していたところがあった。

和子は死んだ。これからは自分が君島沙和子となって、姉が望んでいたように、東京にて、花のように華麗に生きてみたい、と和子は思った。それが自分の務めだとも考えた。

屑のような男どもに破壊されきった沙和子は、医師、看護師を除けば、和子以外の誰とも会いたがらなかった。たとえ身内であれ、あまりに変わり果ててしまった自分を人目に晒すのが、沙和子には堪えがたいほどに苦痛だったのだと思う。

和子は、それまで沙和子が、自分のうつくしさを少しも鼻にかけていないのはもちろんのこと、自分自身、それをろくに認識していないのではないかと考えていた。事実、うつくしい君島沙和子であった時はそうだったのだと思う。が、鼻や頰の骨まで砕かれて、歯もほとんどをへし折られ、透き通るようなきめ細かな肌も台無しにされてしまってからの沙和子は違った。執念のように、元の自分に戻ることをひたすら求め続けた。

しかし、沙和子が負わされた怪我は、からだの奥深くにまで及んでいた。たび重なる手術に堪える体力が覚束ない。それでも沙和子は自分を元の自分に戻すために、繰り返し手術を受け続けた。渋る医師を説き伏せてでも、沙和子は自分を元の自分に戻すために、何とか手術を受けようとした。和子もまた姉のために、それを懸命に医師に頼み込んだ。

医師はそんな和子に、苦しげな面持ちをして告げた。

「気持ちはよくわかる。でも、お姉さんが受けた痛手は、からだの奥深く、組織の奥深くまで及んでしまっているんだよ。そこまで傷つけられてしまったんだね。何十回、何百回手術を繰り返したところで、本当には元に戻るものではないんだよ」

人間というものは、どこまでも残酷になれるものらしい。さすがに沙和子も自分がどんな目に遭わされたかを、具体的に和子に語ることはしなかった。だが、外側からは見えないからだの内側までをも、沙和子は虐《しいた》げられ、痛めつけられてしまっていた。女ならば想像しただけで、生理的な悪寒と震えを覚えないではいられない。

「お姉ちゃん、何度も手術を受けててつらくない？」

和子は、沙和子に尋ねてみたことがある。ベッドに身を横たえた沙和子は、即座に首を横に振って言った。

「全然。だって、麻酔がかかっているのよ。あの時の痛みに比べたら、どう切り刻まれようが張り合わせられようが、何ていうことはないわ。それより私は、元の自分に戻りたい。こんな私は、自分じゃないもの。君島沙和子ではないもの」

沙和子を見つめながら、人は外側から力によって、外見的にここまで壊されてしまうものなのだということを、和子はつくづくと悟らざるを得なかった。

沙和子は滅茶苦茶に壊されることにも堪えた。元の君島沙和子に戻ろうとするために、再度切り刻まれつなぎ合わされる痛み、苦しみにも平然と堪えていた。

交通事故にあっただけで、一瞬にして人は、別人のようになってしまうこともある。そこから元の自分や理想に近づけることを考えたら、和子が沙和子になるために自分を切り刻んで改造する痛みなど、いわば子供騙しみたいなもので、まったくたいしたことはなかった。だから和子は怖くない。自分の痛みなど些細なものだと思っている。仮に痛みや苦しみがあったとしても、沙和子が堪えられたのだから自分に堪えられないことはないと思う。また生まれ直すと決めた今は、かえって施術部に不具合が生じることを恐れる気持ちからも解放された。今までの君島沙和子の容貌を保ち続けようとする必要はどこにもない。

ただ姉の沙和子は、からだが傷みきっていた上に、基本的な体力自体が落ちていた。何度もからだにメスを入れ、薬を入れるための針を刺し……と繰り返すうちに感染症を起こし、それが元で亡くなってしまった。沙和子がいなくなったら何の意味もないとくどいぐらいに言っていたカノは、沙和子の死の三ヵ月後に、本当に後を追うようにしてこの世を去っていった。

続く不幸に、君島の家の中はごたごたしていた。それでも当然和子の父は、死亡したのが沙和子ではなく和子になっていることに、間もなく気がついたはずだ。だが、すぐにそれを正すことをしなかった。その気力さえも失ってしまっていたのかもしれない。誰もが疲れきっていた。それぐらいに君島家を襲った不幸は大きかったのだ。ことによると父もカノや和子と同じ気持ちだったのかもしれない。沙和子がいなくなってしまっては何の意味もない——。

やがて和子は、君島沙和子として、単身、東京にでた。そのままずるずると時間が過ぎていった。高岡の君島の家は、沙和子とカノが相次いで亡くなってからというもの、火が消えたような状態のままでいる。もともとが、いくぶん病んだ家だったのだ。先祖が遺した家、土地、財産に縋り、ただただそれらを守っていくことばかりを考えている。和子の父もそうだが、兄の暢寛も、いってしまえばただの無気力な出来損ないだ。君島家で光を放っていたのは沙和子だけだった。竹も椿も、自分の命が尽きる時には、狂ったように花を咲かせるという。そういう意味では、沙和子は凋落《ちょうらく》していく君島家の、最後の徒花《あだばな》だったのかもしれない。終《つい》の花。

沙和子を破壊した五人組の不良のうち、三人は特別少年院に送られ、残り二人は保護観察処分となった。それぞれが法の上での処罰や処分を受けた訳だが、とうていそれで帳消しになることではなかった。当然、カノも和子の父も、彼らを殺してやりたいほどに憎みはした。

とはいえ、彼らに対して報復行動にでるまでの精神的なしたたかさも行動力も君島家の人間にはない。また、彼らは法によって裁かれたが、一方で法によって保護されてもいた。報復は、法に違反する行為だし、特別少年院にいるとわかっている三人はともかくとして、保護観察処分となり、地元から姿を消した二人の少年の行方については完全に秘されていて、被害者である君島家には、その所在さえもが知らされないような有り様だった。歯痒かった。

事件当時、和子は十五歳だった。何の力もない。結局世の中というものはそういうふうにできているのだと、歯噛みするような思いで諦めざるを得なかった。とり巻く世の中そのものが、和子には憎く思われた。またあの頃は、彼らのことよりも傷ついた沙和子を見守ることに懸命だったし、和子自身が少女といえる年齢だっただけに、五人の男について考えること自体が、おぞましくてならなかった。彼ら五人だけではない。和子には、男という生き物が汚らしく思われた。男を厭《いと》わしく思う気持ちは、今も和子の中に残っている。厭わしく思うからこそ、反対に、男と女の肉体の営みになど何の意味もないと思いもする。そこに愛だの魂の交流だの、そんなものがあってたまるものか。肉体は肉体、それだけのことで、とりたてて意味はない。あれだけ無残に破壊された姉を目にすれば、男も愛も信じられなくなる。それに切ったり縫ったりつなげたり……そんな様を見続けていたら、所詮肉体は物なのだとしか思えなくなる。姉の沙和子をこれだけの目に遭わせ、加害者たちを囲うようにして生きのびさせている世の中の方がどうかしていると思うようになる。一度は一切を否定しなければ、気持ちが保てなかった。一切……和子は君島和子という自分自身をも否定した。否定しなかったのは姉の沙和子だけだ。

ただ、どうしても彼ら五人のことを記憶から抹消してしまうことはできなかった。沙和子が亡くなり、東京にでてきてからも、彼らのことは折につけて思い出したし、たぎるような憎しみが、からだの内に甦りもした。あの男たちをこのまま許していいのか——。

ある時期、和子は人を使って彼らがその後どうしているかを調べさせた。東京にでてきてから、五、六年が経った頃だったろうか。特別少年院に送られた三人も、すでに外にでてきていた。主犯格の久内穎規《ひさうちえいき》という男は、酷薄で無軌道な性分そのままに、極道の世界に足を踏み入れていた。いま一人は中途半端なちんぴらで、残りの三人はそれぞれに、地元を離れて一応堅気《かたぎ》の生活を営んでいた。

その実彼らがどこでどういう生活を送っていようが、和子にはどうでもよかった。ただ、まだ生きている、そのことが許せなかった。できることなら、彼ら五人をこの世の中から消してしまいたいと思った。だが、それはできない。なぜなら、和子はすでに君島沙和子だからだ。沙和子は生きている。輝きながら東京という街で暮らしている。彼らに完膚なきまでに痛めつけられ、死んでいったという過去はない。

彼らに鉄槌《てっつい》を下し得る存在がいるとすれば、それは神だった。ならば彼らに対しては、自分は見えざる神になろうと考えた。久内以外の四人に関しては、和子はいつでも所在を押さえていて、彼らがどういう人間であるかが、自然と周囲の人間に知れるようにとり計らっている。彼らに幸せになる権利などない。彼らがどこに居を移そうとも、和子は見えざる神として、生涯それを続けていくつもりだった。

最も憎むべき相手である久内には、残念ながら失うものがない。彼は根っからのワルなのだ。残り四人とは、精神構造そのものが異なっている。けれども、彼もいつか愛するものや執着するものを持つだろう。その時和子はそれを奪う。さもなくば、和子自身がすべてを放棄せざるを得ない日がやってきた時、和子は彼を道連れにする。

和子は姉の沙和子に憧れていた。沙和子になりたいと思ったし、沙和子として生き続けたいと考えた。それは事実だ。が、一方で、和子は神になりたいと思っていたのかもしれなかった。沙和子に過酷な運命を与えたもうた神、この捩れた世の中を創った神。その残酷な神を否定して、自分が神になろうと考えたのかもしれなかった。

自分さえも否定した。だから君島和子という自分を捨てることにもためらいがなかった。あの時すべてを否定していなかったら、和子は自分をつなぎとめられていただろうか。生きていられただろうか。思えばあの時が和子にとって、一度目の生きるか死ぬかの闘いだった。

君島家の人間はもう誰も、敢えてややこしい面倒を背負ってまで、昭和六十三年に死亡したのが沙和子だったということを、いまさら明らかにしようとしていない。どうせいつかは自分も死ぬ、どちらでもいい……そんな気持ちなのだと思う。和子は、昔からものの数にはいっていなかった。むしろ君島家の人間たちは、かたちの上だけでも、沙和子が生きていることの方を望んでいるのかもしれなかった。

ただ、金沢の高校の同窓会だけは、当時和子が確かにその高校に在籍していたことから、彼女の名前を名簿から抹消していない。彼女、すなわち君島和子が死んだとは思っていない。それゆえ時々思い出したように便りを寄越す。その郵便物を目にする時が、無理矢理自分が君島和子に引きずり戻されるようで、和子にとっては最もいやな瞬間だった。けれども、そこに君島和子としての痕跡を残してきている以上、下手に同窓会に行方を探られでもしたら面倒なことになる。昭和六十三年に死亡していたはずの和子が在籍していたというのでは、齟齬が生じる。だからいかに目にするのがいやでも、和子は高校からの郵便物は、自分の手元に届くように手配せざるを得なかった。

高岡の実家には、もう長いこと帰っていない。最後に帰ったのが何年前のことだったか、それすら忘れてしまった。もはや帰るつもりもない。

過去の事件のことは、ＪＡＪＡに話した。事件について誰かに口にしたのは、和子もはじめてのことだった。

ＪＡＪＡは、和子も自分も、幼い頃に一度、脳に傷を負ったのだと言う。幼い時分の社会は家庭だ。そこを離れては生きていけない。また猛烈な勢いで発達を続ける子供の脳は、その時点で基本的な脳の神経細胞の情報ネットワーク作りをする。なのにその時点でとるに足らないものとして疎外され、家庭という社会で必要な情報が与えられなければ、上手に脳のネットワークが形成されない。

「必要な情報って?」和子は問うた。

「愛情だよ」心なしか哀しげな笑みを浮かべてJAJAは言った。

愛情という情報が与えられなかった脳は、いわばネットワーク形成においてダメージを受ける。傷を負う。一番最初に出逢った社会で傷を負った脳は、その後も社会というものに適応することが難しくなるし、とり巻く世界や自分の肉体と自己の意識の間に乖離が生じる。無意味感を覚えるようになる。その上追い討ちをかけられるように社会から痛い目を見せ続けられれば、乖離と無意味感をより大きくするしかない。

「自分という現実の存在に対する乖離と無意味感て何だと思う?」JAJAは言った。「結局自分を物化することだよ。ガキの時分、いじめられた。何もしちゃいないのに、ずいぶん殴られたりもしたよ。でも、殴られている自分にも傷んだ肉体にも、すでに実感が持てなくなっていた。RYUさん、俺にはさ、自分というものに実感もなければ、生きている実感なんてものもないんだよ。そういうふうになっちゃったんだ。生き続けていくためにね。本当は、この世の中なんかでちっとも生きていたいとは思っちゃいないのに」

和子はこれまで、JAJAのように突き詰めて考えてみたことはなかった。だが、言われてみれば、そうかもしれないという思いがした。幼い頃から、家庭を含めた社会というものに傷を負わされ続けてきた脳。自分では気づかずにいた。けれども沙和子の事件の際に脳が受けた損傷も、思っている以上に大きかったのかもしれない。あの時、自分が物になった。だから容易に自分を捨てられたのかもしれなかった。

「RYUさんは今、田中映子になることだけ考えていたらいい」JAJAは言った。「奴らのことは、俺がウォッチしていてやるよ。奴ら一人一人がどこでどんな暮らしをしているか、今、何を一番大事に思っているか……みんな俺が調べてやる。調べてRYUさんに教えてやる。何なら俺が神様になって、見えざる手で奴らに鉄槌を下し続ける役目を引き受けたっていい。RYUさんは自分をゲームのコマにして、この世の中を嘲笑うように、思い切り遊んでいたらいいんだよ」

ことによると、JAJAも神様になりたい人間なのかもしれなかった。彼もここに至るまで、何度も世の中というものに、捻り潰されそうになってきた。それゆえ違う世界に活路を求め、自分でも現実とは異なる世界を構築した。コンピュータの中の世界だ。歪んだ社会が産みだした化け物同士――、だからJAJAとはうまくやれる。彼はやはり和子の頼れるパートナーだった。

和子は、身のまわりのものをボストンバッグに詰めた。大晦日に、森下のマンションをでることにしていた。荷物はすでにおおかたトランクルームに預けてしまって、物はほとんど残っていない。当面は、ホテルを転々として時を過ごす。しばらくの間、ウィークリーマンションを使うことになるかもしれない。そうして転々と居所を変えて過ごしながら、和子は次のシナリオを書く。落ち着き場所を定めたら、またそのシナリオに見合った顔に、自分自身を作り替える。今は一刻も早く逃げる時だ。本能が、赤に近い黄色信号を点滅させながら、和子に囁き続けている。

危険。

危機ガ迫ッテイル。早ク逃ゲロ。君島沙和子ヲ一度捨テロ――。

これまでも自分の本能の声に耳を塞がずにきたからこそ、和子はここまでやってこられた。だから和子は、自分の本能の声を決して疑わない。

和子は、殺風景な部屋の中にぽつんと置かれた人形に手をのばした。オードリー。一度やさしく頭を撫でてから、ていねいにタオルでくるんでバッグに収めた。

これから何年かは、田中映子として生きることになるだろう。が、和子はいつかはまた君島沙和子に戻る。シナリオはいくつもある。ただし、和子の究極の理想はひとつだった。

君島沙和子がいなくなってしまっては、何の意味もなくなってしまう――、和子は心で呟いた。

沙和子は、東京で輝きながら生きたいと和子に言ったが、いざ東京にでてきてそれを実践しようとしてみれば、並み大抵のことではなかった。高卒というだけで、得たい職を得るにも苦労が要った。テレマーケターを振りだしに、和子は営業成績という面での実績とキャリアを積んだ。夜、学校に通って勉強もした。それでも能力とはまたべつに、一緒に試験を受けた女性よりも見劣りがする、明るさがない、魅力が感じられない……そうしたことで不採用になる。手取りで月十五、六万の給料では、東京で暮らしているのがやっとで、生活を楽しむ余裕もない。光を放つことなどとうてい無理だった。ようやくBRMシステムズに職を得た。和子は何としても成績を上げようと、営業だけを考えた歩きやすい靴を履いていた。不恰好な靴、服に似合わない靴、いつも同じ靴……ただ靴のことだけで、どれだけ同僚に馬鹿にされたことだろう。

今の社会は見た目が大きくものを言うのだと悟らない訳にはいかなかった。やはりうつくしくあらねばならない――、和子は思った。でなければ、沙和子が望んだように輝きながら日々を送ることはできない。時として、自分をとり巻くあらゆるものが、自分を潰しにかかってきているのではないかとさえ思われた。だが、自分は沙和子なのだ、沙和子になるのだ、と思ったから頑張れた。心に沙和子という支えがなかったら、和子は社会の重みに負けて、潰れてしまっていたかもしれない。

こんなことがいったいいつまで続けられるのか、和子自身にもわからない。金が尽き、若さが尽き、からだが尽きた時が終わりの時なのだろうか。土台となる自分が弱ってしまったら、顔を替え続けることにもおのずと限界がくるだろう。加えて、哀しいことに日本は狭い。いつか江上晴男が、船木美代子の親族が、あるいは警察が、逃げる和子に追い迫ってくる日がくるかもしれない。それでも、やれるところまで和子はやるつもりだった。十四年前、君島和子は死んでいる。そう考えたら、いまさら肉体が粉々になって砕け落ちたところで、べつにどうということはない。

傷持ちの脳だ。自分が間違っているのか、それとも社会の方が間違っているのか、和子にはよくわからない。だが、和子はＪＡＪＡをパートナーに、自分という存在をコマにした命懸けのゲームを、ぎりぎりいっぱいまで続けてみようと思う。終わりの日がきた時に、果して間違っていたのはどちらだったのかも、もしかするとわかるのかもしれない。

姉の沙和子は最後には力尽きるかたちで亡くなったが、それでいい、と和子も思う。人間、どうせ最後は死ぬだけだ。どんな死に方をしても同じことだ。

「私は君島沙和子。いつかまた君島沙和子に戻る」

和子はもう台本なしには生きていかれない。そして台本の背後には、常に君島沙和子の姿がある。

和子の脳裏には、十九で亡くなった透き通るような肌をした姉の沙和子の顔が、白い花のように浮かんでいた。

エピローグ

二〇〇二年　七月　東京

君島沙和子の行方が知れなくなってから、すでに半年余りが過ぎていた。

年明け、初出社の日がきても、沙和子が社に姿を見せることはなかった。三日が過ぎ、四日が過ぎても同じだった。社の人間が問い合わせてみると、沙和子が年末に森下のマンションを引き払ってしまっていることがわかった。

君島沙和子が消えた——、トライン・コンサルタンツの社内は、いっぺんに上を下への大騒動になった。調べてみると、沙和子が年末、何件かの自分の顧客からの支払いを、通常の振り込みというかたちではなく、集金というかたちで受け取っていたことも明らかになった。顧客の方は、多少訝りながらも、年末年始という問題もあるのかと考えて、言われる通りに沙和子に金を支払ったという。

沙和子が姿を消したばかりか金を持ち逃げしたとなれば、もはや事件だ。それだけで充分社内じゅうが噂で持ちきりになる。加えて、一月も半ばすぎになって、江上晴男が刑事とともにトライン・コンサルタンツを訪れた。江上もまた、沙和子の居所が知れなくなったことに慌てきっていた。

君島沙和子は整形をして顔をまったく変えていたらしい――、自然とそんな噂も流れだし、一時期沙和子の一件をめぐっての社内の興奮は、とどまるところを知らなかった。

そのなかで、真澄だけがはぐれて、ひとり沈み込んでいた。

(リセット。もうリセットしたんだ)

暮れに銀座で話をしてから幾日と経っていなかった。さすがに真澄も、そこまですみやかに沙和子が消えてしまうとは考えていなかっただけに、いきなりとり残されたような寂しさを覚えずにはいられなかった。

刑事とともにトライン・コンサルタンツを訪れた江上は、無念の表情をして真澄に言った。

「残念です。一歩遅れをとりました。あの手の女は動物的な勘が働くものなのですね。もう少し証拠固めをしてから、と思ったのが仇《あだ》になりました。本当に残念です。でも、私は諦めません。こうなったら自分の一生を懸けてでも、きっとあの女を探しだして、正晴の一件を明らかにしてみせるつもりです」

江上に対しては申し訳のないことをした。だが、それよりも、自分の目の前から、沙和子が消えてしまったということが、真澄はただひたすら寂しくてならない。会社にでてきていても、もの足りなさ、空虚さばかりが胸に積もっていく。そんな時間が三ヵ月近く続いた。

いっぺんに気力を失くしてしまったような真澄に、ある日、由貴が言った。

「ねえ、真澄ちゃん。真澄ちゃんがそんなじゃ、沙和子さん、絶対連絡してきてくれないと思うよ」

由貴は、年が明けると間もなく、再び働きにでるようになった。昼はDPEのショップに勤め、夜は夜で週に三日ほどキャバクラにでている。最初のうち真澄は、内心、どうせ今度も長く続くまいと思って見ていた。キャバクラ嬢など、彼女には最も似つかわしくない職業だ。ところが、案に相違して、由貴はいまだにその生活を続けている。

「今までは、吉村由貴だと思うから、あれこれ考えちゃって続かなかったんだ」由貴は言った。「DPEのショップにいる時はA子さん、キャバクラにでている時はB子さん、どっちも仮の姿だと思うと、結構楽しめるもんなんだな、これが」

実際、由貴は楽しげだった。かつては顔に見えたくすみがない。沙和子を探った時に、他人を装う面白さを知ったのだろう。

由貴は、沙和子はきっとどこかで自分たちを見ているに違いないと真澄に言う。そして由貴や真澄が、沙和子を頷かせるような生き方をしていさえすれば、いつか必ず連絡をしてきてくれるはずだ、と。

「つまりさ、これは同類だと沙和子さんが信じられる生き方、合格点を与えられる暮らし方をしていたら、沙和子さん、絶対連絡をくれると私は思うんだ」

そうだろうか。沙和子は本当に自分の方から連絡をしてきてくれるだろうか。正直いって真澄にはわからない。だが、そんな由貴の言葉と生活ぶりに刺激されて、春も本格的になった頃、ようやく真澄も動きだした。由貴が以前よりずっと輝いているのが羨ましかったからかもしれない。真澄は、まずは赤い縁の眼鏡をはずし、コンタクトに切り換えた。髪はショートボブにして、赤い色に染めた。それにつれ、自然と着るものも変わっていった。

「いったいどういう心境の変化なの？」

あっという間に姿を変えた真澄に、いつも真澄の赤い眼鏡を腐していた同僚の西田理恵も、目を瞠った。

「もしかして恋でもしてる？　それにしてもいきなりの変わりようね。でも、真澄、そっちの方が全然いいよ。明るい感じがするし、今っぽい」

由貴と同じだった。佐竹史朗《しろう》と朝子《あきこ》の娘、佐竹家の長女、佐竹真澄と考えたら、この程度の冒険だってできなかったような気がする。これは私の仮の姿、べつの人――、そう考えれば、ある程度自分を物のようにいじることもできる。失敗したとしても仮の姿の話だ。関係ない。いやならまたやり直したらいい。

トライン・コンサルタンツは、この秋で退社することにした。短大をでてからもう八年、トライン・コンサルタンツに勤め続けてきた。沙和子の消えた会社に楽しみは見つけられなかったし、〝営業アシスタントの女の子〟であり続けるのもそろそろ限界だった。次の仕事が見つかるまでは、由貴と同じく昼はアルバイトをして、夜もどこかで働くつもりだった。お金を貯めなくてはならない。もっと積極的に自分を作り替えていくための資金が、今の真澄には必要だった。

来年には、由貴と一緒にどこかべつのところに引っ越す計画も立てていた。最初は二人でマンションを借りる。ルームメイトとしての共同生活だ。とにかくせせこましくて生活臭が漂う、このコーポラスとおさらばするのだ。一度自分が置かれている状況から飛びださないことには、きっと何も変わらない。

由貴の見た目も、ここにきてずいぶん変わった。夜の仕事に出かける時は、つけ毛をつけ、それこそ別人のように派手な恰好をしていく。いずれは顔もいじるつもりだと由貴は言う。「こんなことで自分のビョーキがよくなるなんて思ってもみなかったよ」由貴は自分でもおかしそうにくすくす笑う。「自分が重たすぎたんだ。自分の重みに負けそうになってたんだ。いったん自分を投げだしてしまったら、軽い、軽い」

近頃では、週末に由貴とマンションの物件を見に出かけたり、新しい住まいに入れる家具や家電を物色しに出かけたりするのが二人の一番の楽しみになった。今まで敬遠していたパソコンも、引っ越したら共同で購入することに決めていた。パソコンを活用して情報を集めなかったら、今の時代、おいしい餌もとり逃がしてしまう。時代や社会に背を向けていて、どうして沙和子のように世の中を逆手にとれるだろうか。

部屋のドアがノックされる音がした。今日も由貴と、家具やインテリアの小物を見に出かける約束になっていた。

すでに何度も見にいっている。しかも毎週末のように見に出かけてはいても、まだ実際に買う訳ではない。それでも二人して「あれがいい」「やっぱりこっちがいい」「あの店のカフェチェアは捨てがたいね」などと、近い未来の設計図を描きながら、飽くことなく繰り返すのが楽しかった。

「真澄ちゃん、迎えにきたよ。そろそろ出かけようよ。支度はＯＫ？」

ドアの隙間から、由貴が顔を覗かせた。二、三日前と、また髪形が変わっていた。色も少し黄色くなっている。

「うん。すぐにでも出かけられる」

真澄と由貴は連れ立って、渋谷の街に繰り出した。少し前までは自分たちには場違いと、二人して苦手にしていた街だ。

「インテリアから先に見ようよ。スタンドは必需品だよね。夜は明かりを落とした部屋で、ゆったり寛ぐのがやっぱりいいもの」

「そうね。私もスタンドは必需品だと思う。背は低い方がいいと思うな。で、シンプルでシックなやつ」

二人肩を並べて雑踏を縫うようにしながら、名の知れた家具、インテリアの専門店を目指して歩いていく。

真澄には、自分たちが今していることが、あるいはしようとしていることが、この先本当に自分たちに幸せをもたらしてくれるのか、実のところよくわからずにいた。これが正しい生き方だとは、とうていいえまいという思いも頭の隅にはある。でも、少なくとも今は、この息苦しい日常からいったん脱けだすために、それをしてみずにはいられなかった。やがて自分に訪れるのが、心華やぐような幸せなのか、それとも後悔してもしきれないほどの不幸なのか、真澄に先は見えない。まるで先が見えないことだけが、少し不安だった。

沙和子のことに思いを馳せる。今のところ沙和子はうまく逃げおおせているといっていいだろう。だが、沙和子のことは、江上のみならず、もはや警察も追っている。そして真澄は江上が会社にやってきた時に見せた、無念の顔が忘れられない。

本当に残念です。でも、私は諦めません。こうなったら自分の一生を懸けてでも、きっとあの女を探しだして、正晴の一件を明らかにしてみせるつもりです——、真澄にそう告げた時、江上はこれまでとは違った顔をしていた。険しい顔だ。目にもこれまでの彼には見られなかった鋭い光が窺われた。当然だろう。憎い仇を目の前にしながら、うかうかとり逃がしてしまったのだ。彼の執念は、より募ったに違いない。その後、江上は東京にアパートを借りたという。いうまでもなくもっと頻繁に警察に足を運んで、積極的に捜査を進めてもらうためだ。草の根分けても、君島沙和子を見つけだすためだ。

沙和子は、どんどん自分を追う人間をふやしている。どんなに顔を変えたところで、シナリオを書き直したところで、殺人という人として最も重い犯罪を犯した人間が、果たしてこの日本で、最後まで無事逃げきれるものだろうか。真澄はむろん沙和子の破綻を望んではいないが、いつか本当の破滅の時が彼女に訪れるような予感を拭いきれずにいた。

自らの思いに気をとられていたせいだろうか、目指す店の入口あたりまでやってきた時、真澄は今しがたちょうど店からでてきたらしい女と、どんと肩のあたりでぶつかっていた。半分振り返るような恰好で女を見る。髪の短い、ギャルソンのような中性的な雰囲気の、かなり痩せた女だった。歳は三十ぐらいだろうか。

「ごめんなさい」

真澄が言うと、女は軽く頰笑んでから頷くように心持ち頭を下げ、そのまますぐに立ち去っていった。女が消えたあと、ふわりとしたコロンの残り香が、真澄の鼻先に漂っていた。

「今の人！」

真澄は慌てて背後を振り返った。

「何？　どうしたの？」

「今の人、沙和子さんじゃなかった？」

コロンの香りに記憶があった。甘いのにくどさがまったくない爽やかな香りだ。加えて、ほんのりと頬や目もとに笑みを滲ませるような頬笑み方にも、沙和子を彷彿させるものがあった気がした。

「まさか。だって全然違う……」

由貴が言った。言ってから、すぐに思い直したように言葉を添えた。

「でも、ひょっとするとそうかもしれない」

髪は、きわめて短くしていた。前髪など、眉毛どころかおでこが半分でるほどだった。顎のラインも鼻筋も、シャープで現代的な感じがした。服装は黒。上から下まで全部黒で統一したパンツスタイルだった。からだにぴったりとしたその服は、からだの細さを際立たせていた。

舗道に立ったまま、背伸びをして雑踏を眺めまわす。が、懸命にその姿を探してみても、すでに人込みに紛れてしまったようで、女の姿を見出すことはできなかった。

「沙和子さんだ。やっぱり沙和子さんだ」真澄は言った。

真澄が「ごめんなさい」と謝ったにもかかわらず、声をだして応じようとしなかったのが、その証拠のように思われた。人は顔を変えることはできても、声まで変えてしまうことはできない。

「あれが沙和子さんだったとしたら、やっぱりあの人、化け物だよ」由貴が言う。

今の女が沙和子だったとするならば、トライン・コンサルタンツにいた頃とは、彼女はまた百八十度、姿かたちを変えていた。雰囲気はもちろん、体型までまったく違っていた。

しばし茫然と店の前に立ち尽くす。

見るたび違う砂の上の風紋のように、あるいはどろりとしたアメーバーのように、姿かたちを変えながら、沙和子はこの先延々生き続けていくのだろうか。生き続けていけるのだろうか。

店のウィンドウに、真澄と由貴の姿が映っていた。二人もこの何ヵ月かで、人が驚くほどに様子を変えた。だが、ガラスに映った真澄と由貴は、やはりまだ元の佐竹真澄であり吉村由貴だった。

自然と言葉少なになりながら、二人は店の中に足を踏み入れた。スタンドやベンチチェストを眺めながら、真澄も由貴もそれぞれに、頭の中で考えていた。

変わらなきゃ。もっともっと大胆にならなくちゃ。お金だって稼がなくちゃ——。

行く手に不安を覚えながらも、内側の弱気を払拭しようとするように自らに囁く。

恐れることは何もない。いざとなればやり直したらいい。

リセット。

登場人物も決まっていない。喜劇になるのか悲劇になるのか、それもまだわからない。

二人のシナリオは、恐らくまだようやくその一行目が、今書きはじめられたばかりだった。

新装版あとがき

私は、デビュー前から〝悪女もの〟を書きたいと思っていましたし、書いてもいました。でも、戦略もあって、私はホラー小説で作家デビューを果たし、以降、しばらくはホラー小説を書いていました。

そんな私に、本来私が書きたかった〝悪女もの〟への扉を開いてくれたのが、本作『女神』でしたし、作家にとっては何よりも嬉しい重版を初めて私にもたらしてくれたのもまた『女神』でした。それだけに、本作が私にとって忘れ難い作品であることは言うまでもありません。『女神』によって扉は開かれ、その道は『汝の名』（中公文庫）、『さえずる舌』『契約』（光文社文庫）……近著『誰？』（徳間文庫）へと続いていきます。

本作の主人公・君島沙和子《きみしまさわこ》は、全身美容整形をしてでも人を殺してでも、自分の理想を追い求め、彼女なりの完璧を目指す女性です。物語は主として沙和子に憧れる会社の後輩の真《ま》澄《すみ》とその友人の由貴《ゆき》、そして行方不明の息子を捜す江上《えがみ》夫妻が、沙和子の真実と息子の行方を追う恰好で転がっていき、中盤から終盤は、万全と思われた沙和子の足掻《あが》きと敗走という展開になっていきます。沙和子がそうなるのは、彼女の完璧さに大きな問題があったことにお気づきになった読者の方も多いのではないでしょうか。

そう、沙和子の完璧は彼女のなかだけで成立しているに過ぎず、彼女に関わってくる人たちにはそれぞれの思いがあり、そうそう彼女の思う通りには動いてくれないし、時には沙和子の完璧に楔《くさび》を打ち込んでもくるからです。そうしてできたひび割れが、やがて彼女の完璧を瓦解《がかい》に至らせます。社会で人と関わって生きている以上、もともと完璧など、成立し得ないものなのかもしれません。

けれども、沙和子には、今、自分が手にしているものすべてを捨て去っても、仕切り直そう、自分の理想と完璧を追い求めようというしぶとさ、したたかさがあります。

本作『女神』は、人の心や行動は、こちらの思うようには操れないということ、そして、何があろうと諦めることなく自分の道を突き進む女性の強さと根性を、改めて私に思い出させてくれた気がします。

読者の皆さんは、本作から何を感じ取られたでしょうか。それは私と同じなのか異なるのか、はたまたどんなものなのか、筆者としてはぜひとも聞いてみたいところです。

最後に、『女神』に携わってくださったすべての方に感謝を込めて。

解説

関《せき》口《ぐち》苑《えん》生《せい》
（文芸評論家）

ミステリーであれ、時代小説であれ、はたまたファンタジーであれ、小説というのはそれが書かれた時代の雰囲気を微妙に反映しているものだ。もちろん作者自身がそのことを意識して書いている場合もあるだろうが、かりにそうでなくとも、優れた作品になればなるほどなぜかそうなってしまうように思う。たとえば、過去のことを書いているはずの時代小説や、未来の世界を描くＳＦにおいてさえ、その背景、底流には〝現代〟社会の問題点が確実に浮き彫りにされているのだった。

ましてや、常に現実主義的であろうとしてきたミステリーの場合は、なおさら時代に即した内容となって当然であった。実際にこの十年から二十年の間の、ミステリーの世界を席巻してきたテーマをざっとあげてみても、男性社会への女性進出とそれに伴うハラスメント、法の不備を追及するリーガル・サスペンス、現代人の心の闇や病いを抉《えぐ》ったサイコ・スリラー、少年犯罪を筆頭に事件がアナログに起こるのではなく、理由もなくデジタルに、しかも残酷な形で発生するさまを描く尖鋭的な犯罪小説……など、まさに時代を反映したものばかりであった。

本書の作者である明野照葉も、これらのテーマを中心に据えながら、現代という時代が生み出していった「歪《いびつ》なるもの」を描くことに終始している作家のような気がする。

明野照葉の文壇デビューは一九九八年、第三十七回《オール讀物》推理小説新人賞を受賞した「雨女」によってである。その後、二〇〇〇年度第七回松本清張賞を『輪廻』で受賞し、本格的な作家活動に入った。続いて第二作『憑流』、第三作『棲家』とホラー・タッチの作品を発表し、一躍気鋭の新人として注目される。けれど、子細に読み込んでいくと、そこにはある共通した特徴があって、ひとつには女性がひとりで生きていくことの困難さと不自由さ、そしてもうひとつは家族、それも母と娘の凄まじいまでの確執と愛情が描かれていることに気づかされる。この現代的なテーマに加えて、憑依と憑霊という超常現象が物語を彩っていくのである。

ところが、本文庫にも収録されている第四作の『赤道』で、明野照葉は突然の脱皮を図り、華麗にして見事なる成長を遂げてみせるのだ。というのは、この作品で彼女はホラーとは別種の、スリラー的恐怖を真正面から描いていったのだった。ホラーの恐怖とは、原則としてスーパー・ナチュラル、超自然の恐怖、この世のものではない恐怖が核となっている。たとえ、それが人間心理の中に恐怖を見ようとする作品の場合であっても、人知の理解を超えた恐ろしさを感じさせなければならない。しかし、主人公が味わう恐怖が、自分自身の、あるいは登場人物の誰かによる狂気によるものだったとわかる作品は、ホラーではなくスリラーということになる。スリラーとは、元々は穴を穿《うが》つ、突き刺すといった意味合いであるらしいが、そこから転じて心がどきどきする瞬間の「心の状態」を指すようになったと言われる。要するに、現身《なまみ》の人間が同じ立場の人間に対して与える恐怖である。

中堅の商社員が事実上の左遷でバンコクへ赴任して、次第に心のネジがはずれ始め、固く封印していたはずの〝闇〟が浮かび上がってくる恐怖を描いた『赤道』は、まさにこのスリラーの恐怖が全編に横溢《おういつ》している作品だった。人間が「壊れて」いく原因というのは人それぞれで、それこそ限りなくありそうだが、中でもある種の「感覚喪失」感は非常に重要な要素とされている。たとえば匂いを感ずる能力と犯罪の関係性といったようなことも報告されてはいるのだが、こうした五感に関する問題はひとつ間違えばすぐに差別的な描写だと糾弾されかねないので、書き方も実に難しくなる。だが、明野照葉の見事さは、そうしたことをいささかも感じさせずに、人間が壊れていくさまを怜悧《れいり》に描いて恐怖の正体を浮かび上がらせていくのである。

本書『女神』にも明らかに病んでいる人間が登場するが、そのおおもとの原因をたぐっていくと、やはりここでも何かが足りないと感じて、それを補おうとあがき苦しんだ結果生まれ出た歪さが描かれていく。加えて、子供の頃から偏差値教育に馴染まされ、長じてからも数字で判断される組織の中で生き抜かなければならない現代社会の異常さなどの、外的要素も物語の背景にある。

そういう中にあっても、いやそういう社会であるからこそ完璧な人間になりたい。誰だって一度や二度はそんな思いを抱いたことがあるに違いない。それも、文字通りの完璧さ——頭脳は明晰、容姿は端麗、仕事も有能、人間関係も文句なしと、どこをどうとっても欠点などかけらもないパーフェクトな人間にだ。もちろん、そんな人間がこの世に存在すると考えるほうがおかしい。逆に言えば、だからこその、虚しくも、切ない望みであるのかもしれなかった。

ところが、本書のヒロイン君島沙和子は、まさに絵に描いたようなパーフェクト・ウーマンなのだった。誰もが一目見てため息をつくような美貌。非の打ちどころがない抜群のプロポーション。おまけに仕事はトップセールスを誇り、恋人はエリート医師と、すべてにおいて完璧な女性だったのだ。後輩OLの佐竹真澄はそんな彼女に憧れを抱きつつも、どこかしら違和感を覚える。世の中にこれほど完全無欠な人間がどうして存在しているのか？　憧憬はやがて疑問に変わり、真澄は友人の吉村由貴とふたりで沙和子の身辺を探り始めるのだった。とはいえ、最初は彼女の行動を観察してメモをとる程度のものだったのだが、その結果、奇妙な事実が見え始めてきたのだ。

本書は一種のピカレスク・ロマンと称して差し支えないだろう。女性が男性と伍して勝負し、成功するためには尋常な手段では成し得ないのである。しかし本書のヒロインがとった方法は、およそ信じがたい凄まじいものだった。といって、彼女だけが〈異常〉なのではない。その沙和子の異常さを暴いてやろうとするふたりの女性もまた、対人恐怖症の被害妄想およびセルフ・イメージ障害で、周囲との協調がとれず、「何者にもなれない」ことのコンプレックスを持つ人間である。つまり、ここで描かれるのは何らかのビョーキを抱える人間ばかりなのであった。

心の病気が怖いのは、それが進行していくうちに、単に心の問題だけにとどまらず、精神や、脳にも影響を及ぼして、身体そのものを蝕《むしば》んでいくことだろう。さらには、そうした歪《ゆが》んだ心の矛先が自分ばかりでなく、他者へと向けられたとき、そこに犯罪が発生する可能性は飛躍的に増大する。しかもその犯罪の芽は、親しい友人や家族の間でも気づかぬうちに育っていき、とある瞬間に突然爆発するのである。下手な譬《たと》えで申し訳ないが、あたかも蛇口から一滴一滴と漏れ落ちる水が広い浴槽にいつしか次第に溜まっていき、最後の一滴で突如溢れ出すようなものだろうか。どれほど大きい心の器でも、吐き出し口がない場合は、心の鬱積は溜まっていく一方となる。いつか必ず飽和状態となるのは間違いないのだ。しかし、その瞬間がいつで、何がきっかけとなるのか、これは当の本人にも分からない。

沙和子の場合も、それは唐突に訪れる。

だが、それにしてもと思うのは、沙和子の絶望的な孤独感のありようだ。この暗黒の孤独には、どうにも救いがないのである。彼女がしてきたことは、たとえ正当な理由、高邁《こうまい》な動